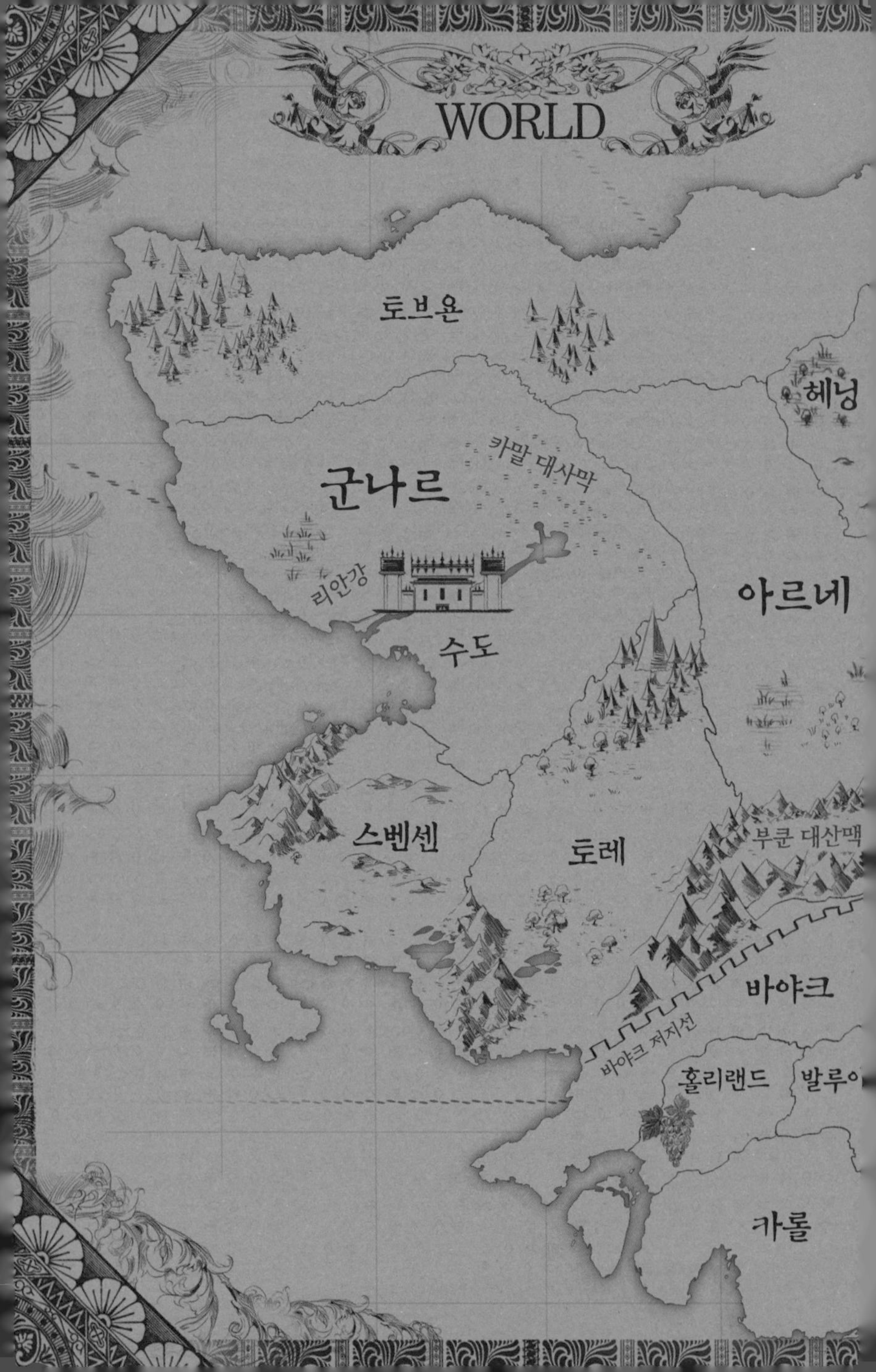
WORLD
토브윤
헤닝
카말 대사막
군나르
리안강
수도
아르네
스벤센
토레
부쿤 대산맥
바야크
바야크 저지선
홀리랜드
발루이
카롤

룬드
에룬
요르겐
맥클라우드
위그
마고
N

하라간

ORIGINAL FANTASY STORY & ADVENTURE

쥬논 판타지 장편소설

dream books
드림북스

하라간 10 아홉 왕국 체제의 해체

초판 1쇄 인쇄 2018년 7월 12일
초판 1쇄 발행 2018년 7월 23일

지은이 쥬논
발행인 오영배
기획 박성인
책임편집 이대용
일러스트 유진
디자인 권지연
제작 조하늬

펴낸 곳 (주)삼양출판사 · 드림북스
수소 서울시 강북구 도봉로 173
대표 전화 02-980-2112 팩스 02-983-0660
편집부 전화 02-980-2116 팩스 02-983-8201
블로그 blog.naver.com/dreambookss
출판등록 1999년 3월 11일 제9-00046호

ISBN 979-11-283-9207-8 (04810) / 979-11-313-0654-3 (세트)

+ 이 도서의 국립중앙도서관 출판시도서목록(CIP)은 서지정보유통지원시스템홈페이지(http://seoji.nl.go.kr)와 국가자료공동목록시스템(http://www.nl.go.kr/kolisnet)에서 이용하실 수 있습니다. (CIP제어번호: 2018021529)

하라간
쥬논 판타지 장편소설
ORIGINAL FANTASY STORY & ADVENTURE
10
아홉 왕국 체제의 해체
dream books
드림북스

목차

사대신수

「성혈의 바하문트」

—신수: 날개 달린 사자

—상징: 공포

—속성: 흙(土), 피(血)

「둠 블러드 이탄」

—신수: 냉혹의 뱀

—상징: 파멸

—속성: 금속(金), 빛(光)

「불과 어둠의 지배자 샤피로」

—신수: 광기의 매

—상징: 탐욕

—속성: 불(火), 어둠(暗), 나무(木)

「포식자 하라간」

—신수: 투명 마수

—상징: 타락, 나태

—속성: 얼음(氷), 균(菌), 물(水)

영멸을 원하는 자여

검푸른 마해(魔海)를 들여다보라

끝을 가늠할 수 없는 그 깊은 심해저 밑바닥에

괴물이 산다

제1화
충격

Chapter 1

열여섯 장의 날개를 가진 대원사는 오늘도 하늘에 올라 광활한 잿빛 공기를 올려다보았다.

"하아, 오늘도 천신의 은혜가 내리기는 글렀구나. 이 일을 어쩔꼬?"

대원사의 한숨이 1톤짜리 쇳덩이보다 더 무겁게 내리깔렸다. 결국 대원사는 힘없이 날갯짓을 하며 제단으로 내려왔다.

구름 위에 돌탑을 쌓아서 만든 제단엔 좌원사와 우원사가 대기 중이었다. 검정 옷에 검은 수염을 기른 좌원사가 대원사에게 물었다.

"오늘도 은혜 소식이 없습니까?"

"없네. 오늘도 아니야."

대원사가 머리를 가로저었다.

하얀 옷에 하얀 수염을 기른 우원사가 체면도 잊고 울먹거렸다.

"우흐흑, 대원사님. 이 일을 어쩌면 좋습니까? 우리 천족들은 아무래도 천신께 버림을 받은 것 같습니다."

우원사의 말에 좌원사가 도끼눈을 떴다.

"예끼, 이 사람. 그런 거지발싸개 같은 말은 입에 담지도 말게. 오롯이 천신만 섬기며 살아온 우리 천족들일세. 천신께 버림을 받는다니, 그럼 끝장인 게야. 세상 끝장!"

"나라고 그런 말을 입에 담고 싶어서 담았겠나? 오죽 답답하면 그러겠어?"

"아무리 답답해도 그렇지. 입에 담아서 되는 말이 있고, 담아서는 안 되는 말이 있는 게야."

좌원사와 우원사가 입씨름을 해 댔다.

대원사가 버럭 소리를 질렀다.

"그만. 그만. 둘 다 그만하게. 내가 머리가 너무 아프니 자네들이라도 좀 자중하길 바라네."

"송구합니다, 대원사님."

"저희가 그만 철없이 굴었습니다."

자원사와 우원사가 죄를 빌었다.

대원사는 깊은 한숨과 함께 여왕에 대해 물었다.

“그나저나 인간계로 내려가신 여왕 폐하께선 좀 어떠신가?”

좌원사가 먼저 대답했다.

“몸은 얼추 만드신 것 같습니다.”

“벌써?”

“삼신기의 도움도 있었을 것입니다. 천신께서 하사하신 삼신기 덕분에 여왕 폐하의 신체 구성이 빨라지신 게지요.”

“거, 듣던 중 반가운 소리군. 하면 나머지 신장들은?”

대원사가 이번엔 우원사에게 질문했다.

우원사가 신장들의 상황을 보고했다.

“어둠의 신장 막센과 서신장 도릭스는 이미 신체 구성을 마치고 활동에 돌입했지 않습니까? 그 이야기는 지난번에 말씀드렸지요.”

“그랬지. 그건 들었네.”

“이틀 전에 남신장 바투스가 신체 구성을 끝마쳤습니다.”

대원사가 손뼉을 쳤다.

“오호라! 바투스라면 플라비우스와 막센을 제외하면 신장들 가운데 최강자가 아닌가. 그런 바투스가 출격 준비를 완료했다고?”

"그렇습니다. 바투스의 합류는 여왕 폐하께 큰 힘이 될 것입니다."

우원사가 힘차게 고개를 주억거렸다.

대원사가 질문을 이었다.

"헌데 바투스가 강림한 곳이 어디일꼬? 여왕 폐하께서 강림하신 마고 왕국과 좀 가까운 곳인가?"

우원사가 양손을 좌우로 쫙 벌리자 구름 위에 지도가 그려졌다. 우원사는 손가락으로 지도 한쪽을 가리켰다.

"카롤 왕국이라고, 마고 왕국과는 좀 거리가 있는 곳입니다. 하지만 바투스의 권능이라면 언제든지 여왕 폐하의 곁으로 달려갈 수 있으니 안심입니다. 하하."

우원사가 모처럼 밝게 웃었다.

대원사가 손가락을 꼽았다.

"그래. 막센, 도릭스, 바투스. 이 3명이라면 마음이 좀 놓이는군. 하면 나머지 세 신장은 언제쯤 신체 구성을 마무리 지을 것 같은가?"

"동신장 브렌누스가 제법 진도가 빠른 것 같습니다. 그 다음이 북신장 수키우스일 것 같고요."

우원사가 동신장과 북신장을 입에 담았다.

대원사는 얼굴을 찌푸렸다.

"뭐야? 그럼 가장 중요한 빛의 신장 플라비우스가 꼴찌란 말인가?"

"송구합니다만 일이 그렇게 되었습니다. 안타깝게도 미천한 인간들 가운데에는 플라비우스의 막대한 권능을 받아들일 인재가 부족한지라……."

우원사가 말꼬리를 흐렸다.

"저런!"

대원사가 울상을 짓자 좌원사가 끼어들었다.

"대원사님, 너무 실망하실 필요 없습니다. 바투스가 여왕 폐하의 곁을 지키는 사이 서신장 도릭스와 어둠의 신장 막센이 활동에 나설 겁니다. 특히 도릭스는 인간계 북부의 마물들을 소탕할 작전에 이미 돌입했다는 소식입니다."

"허어, 그건 너무 진도가 빠른 것 아닌가? 여왕 폐하와 육대신장이 힘을 합쳐도 모자랄 판에 혼자서 섣부르게 움직여서 오히려 일을 망치는 것 아냐? 지금 인간계에 올라와 있는 마물들이 문제가 아닐세. 그런 피라미들은 아무나 나서도 해결이 가능하지. 하지만 우리가 소탕해야 할 진짜 주적은 마해 깊숙한 곳에 웅크리고 있는 거물급들일세. 막키르샤 이상의 대형 마물들! 그들을 소탕한 뒤 결국 마신의 심장을 찢어 놓아야 비로소 천신께서 진노를 푸시고 우리 천족들에게 은혜를 내려 주실 게야."

대원사는 도릭스의 성급한 움직임을 우려했다.

좌원사와 우원사가 그 말에 동의했다.

“옳으신 말씀입니다. 대원사님의 충고처럼 완급을 조절할 필요가 있습니다.”

“그렇습니다. 요새 아이들이 너무 성급한 면이 있지요. 저희가 도릭스에게 주의를 주도록 하겠습니다. 그런데 육대신장 녀석들이 도통 말을 듣지 않아서 문제입니다.”

“허! 육대신장이 그대들의 충고를 듣지 않는다고? 그게 참말인가?”

대원사의 눈가에 얼핏 노여운 기색이 스쳐 지나갔다.

좌원사와 우원사는 이때가 기회다 싶어서 육대신장의 흉을 보았다.

“어린 것들이 다 그렇지요. 나이 든 천족의 지혜를 무시하고 다들 자기 잘난 맛에 날뛰고 있습니다. 쯧쯧쯧.”

“그동안 저희가 대원사님께 말씀을 드리지 않아서 그렇지, 사실 문제가 많습니다. 요새 아이들을 보면 저러다 한번 크게 혼꾸멍나겠구나 싶을 때가 한두 번이 아닙니다. 어허험.”

“어허, 그 정도인가? 으으음.”

대원사가 자못 심각한 표정을 지었다.

천계의 하루는 그렇게 시작되었다.

Chapter 2

화르르르륵!

초록색 독액이 상공에서 폭포수처럼 떨어졌다. 눈 깜짝할 사이에 피돌 성 바닥이 움푹 패며 커다란 독웅덩이가 형성되었다. 그 웅덩이로부터 증발한 녹색의 안개가 방사형으로 퍼져 나갔다.

녹색 안개에 접촉한 모든 생명체가 다 말라죽었다. 벽돌 틈새로 잎사귀를 뻗어 끈질긴 생명을 이어 가던 넝쿨도, 피돌 성 마구간에서 투레질을 하던 군마도, 투구를 쓰고 건물 밖으로 뛰쳐나오던 사람들도, 심지어 땅속에 숨어 있던 풀벌레들까지 모두 스러졌다. 땅에 주저앉은 토브욘 병사들의 피부엔 녹색의 물집이 부글부글 끓어오르다가 푹푹 소리를 내며 터졌다.

마물독의 파괴력은 정말 끔찍했다. 탁소 키르샤가 한 번 독액을 뱉을 때마다 주변 수 킬로미터가 녹색의 독안개로 가득 찼다.

"케엑!"

"크흡, 이건!"

피돌 성의 사람들은 비탄에 젖을 새도 없었다. 바로 옆에서 남편이 고꾸라지고 아버지가 쓰러졌다. 아내가 중독되었다. 자식들이 목을 손으로 쥐어뜯으며 발버둥 쳤다. 이렇게 일가족이 동시에 쓰러지고 나니 남아서 슬퍼할 자가 없었다.

죽음의 사신은 독안개와 함께 문틈으로 스며들어 녹색의 숨결을 내뱉고 지나갔다. 사신이 스르릉 지나간 자리엔 그 어떤 생명체도 남지 않았다.

[피하십시오. 어서 피하십시오.]

거대한 전갈을 닮은 마물이 뇌파로 악을 썼다.

연해 3층 레벨의 마물 아이쉐아였다. 길이가 30 미터나 되는 이 전갈형 마물은 12쌍의 다리를 놀려 몸을 높이 세우더니 스르릉 밀려드는 독안개를 향해 독침을 마구 쏘았다.

그렇게 발악을 한다고 안개가 흩어질 리 없었다. 녹색의 안개가 밀려드는 속도는 아이쉐아의 저항에도 불구하고 단 1초도 늦춰지지 않았다.

아이쉐아가 12쌍의 발을 놀려 안개 속으로 뛰어들었다.

"안 돼!"

피돌 성의 총사령관 유쿠가 악을 썼다.

지금 독안개를 향해 뛰어든 아이쉐아는 오래전부터 유쿠를 보필해 온 충성스러운 심복이었다. 그 심복이 유쿠가 탈출할 시간을 벌기 위해 독안개에 몸을 던진 것이다.

유쿠는 피눈물을 흘리며 아이쉐아에게 달려갔다.

반쯤 무너진 성벽을 12쌍의 발로 타고 오르면서 아이쉐아가 꼬리를 세차게 휘둘렀다. 유쿠의 몸은 그 꼬리에 휘감겨 멀리 튕겨 나갔다.

[캬아아아아!]

폐허가 된 성벽을 딛고 서서 아이쉐아가 크게 포효를 질렀다. 독침이 가득 장전된 꼬리를 곤두세우고, 집게발을 딱딱거리는 아이쉐아 위로 녹색의 안개가 덮쳤다.

푸스스스—

아이쉐아의 단단한 껍질이 단숨에 녹기 시작했다. 철판도 찢어 버릴 듯한 집게발도 녹색 안개에 닿자 허무할 정도로 손쉽게 짓물러 버렸다.

[끄아, 끄아아.]

아이쉐아가 고통에 몸을 뒤틀었다. 머리부터 꼬리 끝까지 길이가 30 미터나 되는 대형 마물 아이쉐아가 난리 법석을 떨자 그 여파가 대단했다. 사방에 널려 있던 길이 50 센티미터의 무거운 성벽 돌이 아이쉐아의 꼬리에 맞아 휭휭 허공을 날았다. 반쯤 무너졌던 벽이 완전히 허물어지며 흙먼지가 솟구쳤다.

"안 돼애애애!"

멀리서 유쿠가 괴성을 질렀다.

주인의 목소리를 들은 아이쉐아가 가물거리는 정신을 다

잡았다. 아이쉐아는 반쯤 녹아 버린 집게발로 땅을 짚고 동체를 일으켰다. 아직 독이 닿지 않은 꼬리로 땅바닥을 쾅! 때리며 싸울 의지를 세웠다.

[캬아아아아—]

아이쉐아가 다시 한 번 미지의 적을 향해 포효를 날렸다.

지상부터 시작해서 저 까마득한 상공까지 가득 채운 독안개가 해일처럼 밀려들어 아이쉐아를 덮쳤다. 그 독안개를 뚫고 거대한 그림자가 용솟음쳤다.

단숨에 상공 100 미터 높이까지 높이 솟구친 그림자는 3개의 시뻘건 화염을 일으키며 무시무시한 속도로 다시 낙하했다.

[키약?]

그 아찔한 속도감에 아이쉐아가 기겁했다.

강한 질풍이 하늘 위에서 지상을 향해 작렬했다. 그 바람에 독안개가 확 흩어졌다.

아이쉐아는 그제야 적의 실체를 목격할 수 있었다.

3개의 화염 덩어리로 착각했던 것은 상대의 눈이었다. 녹색 독안개 사이로 틈틈이 보이던 황갈색 장막은 상대의 거대한 날개였다. 치즈를 가르는 나이프처럼 성벽을 짓뭉개며 파고들었던 것은 상대의 발톱이었다.

[아으!]

상대를 목격한 것만으로도 아이쉐아는 혼이 빠졌다.

이건 맞서 싸울 적이 아니었다. 이건 아이쉐아가 독침을 곤두세워 마지막까지 치열하게 발악해야 할 대상이 아니었다.

적의 실체를 본 것만으로도 아이쉐아는 온몸이 굳었다. 아무런 사고도 할 수 없었다. 어떻게든 유쿠를 살려야 한다는 사명감도 사라진 지 오래였다.

신이 이 땅에 강림했다.

800년 전 저 높은 곳으로 훨훨 날아가 버린 신께서 다시 이 땅에 내려오셨다.

[오오오!]

아이쉐아가 고개를 뒤로 젖히고 자신의 목을 앞으로 내밀었다.

단단한 껍질로 둘러싸인 신체 다른 부위와 달리, 아이쉐아의 목은 가장 연약했다. 아이쉐아는 하늘에서 지상까지 가공할 속도로 낙하하는 키르샤를 향해 목숨줄을 기꺼이 내주었다. 수백 겹의 겹눈을 지닌 아이쉐아의 눈에 얼핏 진물이 흘렀다.

직후,

콰득! 소리와 함께 아이쉐아의 거대한 몸통이 하늘로 붕 떠올렸다. 단숨에 아이쉐아를 물고 고개를 위로 치켜든 탁소 키르샤는 허공 80 미터 높이에서 턱에 힘을 주었다.

게의 껍질이 바스러지는 듯한 소리와 함께 아이쉐아의 몸뚱어리 절반이 탁소 키르샤의 목구멍 안으로 들어갔다. 카르샤의 입가에서 후두둑 떨어지는 잔재가 지상에 떨어지기도 전에 독안개에 닿아 지글지글 녹아 버렸다.

[꾸어어어어어엉!]

단숨에 아이쉐아를 해치운 탁소 키르샤가 가공할 포효를 내뿜었다.

"아으으, 아아아아아!"

멀리 떨어져 있던 유쿠가 엉덩방아를 찧었다.

유쿠의 머릿속도 아이쉐아와 마찬가지로 하얗게 탈색되었다. 지금 유쿠는 아무런 생각도 하지 못했다. 평소 유쿠가 목숨처럼 소중하게 생각하던 황금 막대가 땅에 떨어져 그의 머리카락이 지저분하게 휘날렸다.

쿵! 쿵! 쿠웅!

땅에 파문이 일었다.

영혼을 잃어버린 듯한 유쿠의 눈동자에 전설의 생명체가 맺혔다.

"키르……샤. 어떻게 키르샤가!"

북부인들에게 키르샤는 곧 신이었다. 태어날 때부터 받았던 종교적 세뇌가 유쿠의 모든 사고를 멎게 만들었다. 유

쿠는 눈앞에서 키르샤를 본 것만으로도 황홀했다.

"위대해! 아름다워! 오오오오!"

걸음을 내디딜 때마다 물결치듯 움직이는 저 아름다운 비늘!

한눈에 다 보기도 힘든 저 거대한 동체!

감히 마주 볼 수조차 없는 휘황한 눈!

이건 진정으로 유쿠가 그려 온 신의 형상이었다.

"오오오, 나의 신이시여!"

황홀감에 젖은 유쿠는 무릎을 꿇은 상태에서 고개를 뒤로 젖히고 두 팔을 활짝 벌렸다. 그냥 팔만 벌린 것이 아니라 스스로 옷을 찢어 가슴을 개방했다.

"위대하신 분의 아들, 저 유쿠가 신께 저를 제물로 바치나이다. 어서 저를 취하소서, 나의 위대한 신이시여!"

유쿠는 지금 자신이 무슨 말을 하고 있는지도 몰랐다. 유쿠의 눈초리를 타고 눈물이 주르륵 흘렀다.

Chapter 3

코앞까지 다가온 탁소 키르샤가 유쿠 앞에서 고개를 갸웃했다.

키르샤와 결합한 하라간이 눈을 찌푸렸다.

'황금 막대를 꽂고 있었던 것을 보니 토브욘의 자식이구나. 그런데 확실히 도플갱어는 아니야. 토브욘의 자식들은 도플갱어의 피를 타고나지 못했어.'

도플갱어가 아닌 것은 그렇다고 치자. 유쿠의 마물도 하라간의 기대에 미치지 못했다.

탁소 키르샤가 발톱 하나를 들어 쓱 그었다.

유쿠의 가슴에서 피가 좌악 튀었다. 가슴속 마정석이 깨지면서 검은 털 뭉치를 뭉쳐 놓은 듯한 유쿠의 마물이 세차게 일어났다.

그 마물은 등장과 동시에 탁소 키르샤의 입속으로 후루룩 빨려 들어갔다.

피돌 성 뒤편까지 도착한 탁소 키르샤는 90 미터 길이의 거대한 꼬리를 크게 휘둘렀다.

피돌 성은 절벽 사이에 낀 샌드위치 형태로 축조되었는데, 특이하게도 이 절벽은 성 뒤쪽으로 갈수록 점점 좁아지는 구조였다. 이를 하늘 위에서 보면, 깎아지른 절벽이 뒤로 가면서 삼각형 모양으로 점점 길목을 좁히고 있고, 그 출입구 쪽에 쐐기 모양의 피돌 성이 길목을 딱 막은 형태였다.

콰아앙!

탁소 키르샤는 꼬리를 풀 스윙해서 피돌 성 양쪽 절벽을 무너뜨렸다. 그와 동시에 날개를 활짝 펴서 강풍을 일으켰다.

어마어마한 굉음과 함께 양쪽 절벽이 붕괴했다. 그런데 안쪽으로 붕괴하면서 길을 막아 버린 것이 아니었다. 양쪽 절벽 전체가 뒤로 밀려나면서 비좁던 협로가 크게 뚫렸다.

좁은 통로를 탁 트이게 넓힌 다음, 하라간은 숨을 훅 들이켰다.

주변 수 킬로미터를 뒤덮었던 녹색의 안개가 다시 탁소 키르샤의 콧속으로 쭈왁 빨려 들어왔다. 성안 곳곳에 만들어졌던 녹색의 독웅덩이도 어느새 독기를 잃고 평범한 물웅덩이로 바뀌었다.

6 킬로미터를 날아와 온몸으로 성벽을 들이받고, 눈 깜짝할 사이에 피돌 성의 모든 생명체를 지워 버린 탁소 키르샤는 두 다리로 힘차게 대지를 박찼다.

쿠왕!

몸 길이가 200 미터나 되는 키르샤가 날개를 접고 하늘로 솟구치는 장면은 장관이었다. 그렇게 구름 높이까지 올라온 탁소 키르샤가 허공에서 날개를 쫙 펼쳤다. 그다음 양 날개를 한 번 펄럭여서 군나르군의 머리 위로 날아왔다.

"으어어."

"오오, 신이시여! 나의 신이시여!"

온바를 비롯하여 모든 군나르 병사들이 하늘을 우러러보았다. 그들의 눈에서 눈물이 펑펑 흘렀다. 친위대원들도 예외는 아니었다. 다들 무릎을 꿇고 경배하듯 밤하늘을 올려다보았다.

허공에 정지하듯 머물던 탁소 키르샤가 지상으로 휙 내려왔다.

저 거대한 덩치가 이대로 낙하하면 끝장. 군나르 진영 한복판에 거대한 유성에 두들겨 맞은 충격이 작렬할 것이다. 그러면 군나르 병사들이 기겁을 하며 도망쳐야 옳았다.

하지만 병사들은 아무도 그 자리에서 움직이지 않았다.

이건 병사들이 의지를 가지고 그 자리를 지키는 것이 아니었다. 다들 넋을 놓고 이대로 키르샤에게 깔려 죽을 것처럼 꼼짝도 하지 못했다.

다행히 하라간은 군나르군 진영을 짓뭉개 버리지 않았다. 하강을 하던 중 하라간은 탁소 키르샤와의 결합을 해제했다. 그의 이마 양쪽에 돋아난 거대한 뿔이 스르륵 사라졌다. 온 하늘을 뒤덮은 날개도 거짓말처럼 자취를 감추었다. 단단한 비늘이 없어졌다. 꼬리도 보이지 않았다.

사람의 모습으로 돌아온 하라간이 바람을 타고 하강해 군나르군 진영 중앙에 유유히 착지했다.

한바탕 세상을 휘저은 탁소 키르샤는 다시 저 먼 남쪽의 군나르에게 돌아갔다. 인간으로 돌아온 하라간이 땅에 내려서 앞으로 몇 걸음을 옮겼다.

"우워어어어."

온바가 입술을 열었다. 그런데 목이 메어 제대로 말을 할 수 없었다. 온바는 짐승의 소리와 함께 땅바닥에 머리를 처박았다. 온바의 이마에서 피가 튀었다. 온바의 눈에서 눈물이 튀었다.

"우우욱!"

"으흐흐흑."

북부군의 부대장들이, 작전 참모들이, 모든 솔샤르들이, 일반 병사들이 온바와 비슷한 신음을 토하며 하라간 앞에 머리를 조아렸다.

하라간이 손가락을 까딱거렸다.

"옷."

"네? 아, 네."

레다가 퍼뜩 정신을 차렸다.

지금 하라간은 발가벗은 상태였다. 탁소 키르샤와 결합을 하면서 의복이 찢어진 탓이었다. 그나마 남은 찢어진 조각마저 독안개에 닿아 녹아 버렸다.

"레다, 이것을 드려."

융이 황급히 자신의 털옷을 벗어 레다에게 건넸다.

"땡큐."

레다는 융의 옷을 들고 하라간에게 달려가 그의 어깨에 걸쳐 주었다.

융은 198 센티미터의 장신이었다.

반면 하라간의 키는 175 센티미터에 불과했다. 융의 털옷은 하라간에게는 너무 길었다. 옷의 밑단이 바닥에 질질 끌렸다.

그래도 뭐라고 할 사람은 없었다. 다들 머리를 바닥에 처박고 있어 하라간의 옷매무새에 신경 쓸 사람도 없었다.

하라간이 막사 안으로 들어가고 난 뒤, 레다가 참았던 숨을 겨우 내뱉었다.

"후아! 하아, 하아, 하아."

레다는 하라간의 막사 앞에서 빠르게 숨을 들이쉬고 다시 내쉬었다. 그렇게 억지로 호흡을 가다듬자 겨우 마음이 진정되었다.

테티는 다리가 풀려 아직까지 일어서지도 못했다.

온바도 그들과 다를 바 없었다. 온바는 무릎을 꿇은 상태에서 넋을 잃고 하라간의 막사를 바라보았다.

지금까지 하라간에게 불경한 마음을 약간이나마 품고 있던 일부 부대장들은 머리가 새하얗게 물들고 정신이 혼미했다.

[어떻게 하지?]

[우리 이제 어떻게 해?]

조금이나마 하라간을 무시했던 부대장들은 집게로 자신들의 혀를 잡아 뽑고 싶은 심정이었다.

그때였다.

"레다."

막사 안에서 하라간이 레다를 불렀다.

"넵, 하라간 님."

레다가 후다닥 막사 안으로 들어갔다.

어마어마하게 넓은 군막 안에서 하라간이 털옷을 훌렁 벗고 레다를 기다렸다.

"앗!"

마른 듯하면서도 잔근육이 잘게 박힌 하라간이었다. 그의 나체를 목격한 레다가 황급히 시선을 내리깔았다. 물론 그러면서도 힐끔힐끔 곁눈질하는 것을 잊지 않았다.

레다는 최근 하라간의 알몸을 자주 접하는 편이었다. 하라간이 군나르 왕궁 친전에 머물 때는 비돔의 시녀들이 의복 시중을 들었는데, 토브욘 왕국으로 진격한 뒤부터는 시녀들 대신 라티파가 그 역할을 맡았다. 그리고 라티파가 하라간의 명령에 의해 욘타나 성에 남게 되자 쌍둥이 동생인 레다에게 이 중요한(?) 일이 넘어왔다.

'후훗, 이게 웬 횡재람?'

레다는 옷시중을 든다는 핑계로 하라간의 알몸을 종종 훔쳐보곤 했다. 이건 완전히 길바닥에서 황금을 주운 기분이라는 것이 레다의 생각이었다.

그런데 오늘따라 그녀의 마음가짐이 달라졌다. 하라간을 향한 레다의 눈빛은 짝사랑에 빠진 소녀의 눈빛이라기보다는 신을 영접하는 여신관의 눈빛에 가까웠다.

하라간이 레다에게 핀잔을 주었다.

"뭐해? 와서 옷을 입혀 줘야지."

"네? 아아, 죄송합니다."

레다가 후다닥 달려와 하라간의 의복을 준비했다.

루잉 백작이던 시절 하라간은 단 한 번도 남에게 의복 시중을 맡긴 적이 없었다. 그러던 하라간이 이제는 옷을 입을 때 손가락 하나 까딱하기 싫어했다.

자리가 사람을 변하게 만드는 법이었다.

Chapter 4

코소바레는 운이 좋은 여인이었다.

지난밤 피돌 성에 머무르던 사람들은 전멸했다. 탁소 키르샤의 쩌렁쩌렁한 포효가 밤하늘을 뒤흔든 순간, 코소바레는 아군의 전멸을 예감했다.

세상에 키르샤와 맞설 존재는 없었다. 전설 속의 키르샤가 강림해 성을 부순다면 그 성은 그냥 부서져야 마땅했다.

코소바레는 처절하게 붕괴해 가는 피돌 성의 모습을 먼발치에서 바라보았다. 밤하늘에 떠오른 시뻘건 불덩이 3개가 주변을 환하게 밝혀 주었다. 그 아래 위치한 피돌 성은 녹색 안개에 휘감겨 빠르게 소멸하는 중이었다.

"으으읏!"

핼버드를 움켜쥔 코소바레의 손등에 핏줄이 두둑 솟았다.

코소바레는 숨도 제대로 쉬지 못했다. 코소바레와 합류한 돌격대원 30명도 모두 호흡을 멈추고 부들부들 떨었다.

키르샤의 강림은 그만큼 충격적이었다. 가까운 곳에서 키르샤의 강림을 목격한 토브욘 왕국 전사들은 모두 "신의 영광스러운 강림"을 노래하며 무방비 상태로 죽음을 맞았다. 평상시 그들의 뇌에 박힌 종교적 영향력 때문에 그 누구도 탁소 키르샤를 향해 무기를 휘두르지 못했다. 탁소 키르샤의 모습을 눈으로 확인하기 전까지는 안개 속 미지의 적을 향해 활도 쏘고 악도 썼지만, 일단 키르샤의 본체를 접한 직후에는 다들 무기를 버리고 그 자리에 엎드렸다.

아니, 이건 단지 종교적 영향력 때문만은 아니었다. 키르샤가 뿜어내는 위압감에 솔샤르들의 마물이 꽁꽁 얼어붙은 탓도 컸다.

다행히 코소바레와 돌격대원들은 키르샤의 영향력에 직접적으로 휩쓸리지는 않았다. 거리가 멀리 떨어져 있었던 덕분이었다.

[꾸어어어엉!]

완전히 붕괴한 피돌 성에서 무시무시한 포효가 터졌다.

"크읍!"

코소바레가 양손으로 귀를 틀어막았다.

이건 뇌에 직접 전달되는 포효였다. 귀를 막는다고 그 소리가 들리지 않는 것은 아니지만, 코소바레는 본능적으로 고막부터 보호할 수밖에 없었다.

"컥!"

"으흡!"

코소바레뿐 아니라 토브욘의 돌격대원들도 전부 마찬가지였다. 다들 귀를 막고 입에서 핏물을 토했다.

마지막으로 웅대한 포효를 터뜨린 탁소 키르샤는 밤하늘로 승천했다. 거대한 드래곤이 날개를 펄럭여 쭈욱 솟구치는 모습은 그야말로 신화 속의 한 장면 같았다.

코소바레는 무너지려는 정신을 가까스로 추슬렀다. 그사

이 하라간이 마물과 결합을 끊고 군나르 진영에 안착했다.

코소바레는 휘청거리며 뒷걸음질 쳤다.

"왜 하필!"

코소바레가 하고 싶은 말은 "왜 하필 신께서 군나르 왕국에 강림하셨단 말인가? 우리 토브욘 왕국에 강림하셨어야 했는데."였다.

신께서 군나르 왕국의 편을 들어주신 이상 토브욘 왕국은 끝이었다. 코소바레는 '이대로 투항할까? 나처럼 미약한 존재가 어찌 감히 신께 대항하겠어?'라는 생각을 잠깐 했다. 그러곤 머리를 강하게 흔들어 마음을 고쳐먹었다.

"아니지. 아니야. 지금 이 상황에서 섣부른 판단을 내릴 수는 없어. 내가 그냥 투항해 버리면 죽어서 유쿠 님을 어찌 뵌단 말인가!"

유쿠에 대한 충성심이 약해지려는 코소바레의 마음을 다잡아 주었다. 코소바레는 엄지로 후방을 가리켰다.

"일단 후퇴한다."

그런데 돌격대원들의 반응이 어정쩡했다.

코소바레가 눈썹을 치켜세웠다.

"네놈들, 감히 항명할 생각이냐?"

핼버드를 움켜쥔 코소바레의 손에 힘이 꾹 들어갔다.

30명의 돌격대원들 가운데 한 명이 대표로 나섰다.

"후퇴……를 한다는 것이 정확하게 어떤 의미십니까? 지금 신인께서 강림하신 모습을 보았지 않습니까? 그럼 마땅히 신인께 달려가 무릎부터 꿇어야 하는 것 아닙니까?"

북부의 솔샤르들에겐 종교가 첫째, 왕국에 대한 충성심은 둘째였다. 북부의 아홉 왕국들이 모두 신인으로부터 비롯되었으니 이는 당연한 일이었다. 신인의 재림 앞에서 왕국을 나누는 것은 무의미했다. 키르샤가 다시 세상에 등장했으니 다들 신인 앞에 무릎을 꿇고 아홉 왕국이 하나가 되어야 옳은 일이었다. 800년 전에 그랬듯이 말이다. 돌격대원들은 모두 그렇게 믿었다.

코소바레가 으르렁거렸다.

"조금 전 우리가 목격한 것이 과연 신인의 재림인지 확신하느냐? 혹시 다른 존재일 수도 있지 않으냐? 너희들은 이런 상황에서 사막의 땅개들에게 그냥 항복할 셈이냐?"

"저희가 언제 사막의 땅개들에게 항복한다고 했습니까? 저희는 다만 신인을 추종할 뿐입니다."

"그렇습니다. 그리고 코소바레 님도 똑똑히 보시지 않았습니까? 분명 신인의 재림이었습니다."

돌격대원들도 지지 않고 맞받아쳤다.

코소바레가 다시 한 번 으르렁거렸다.

"조금 전 그 존재가 신인의 재림이신지 알 수 없다니까."

"왜 알 수 없습니까? 교리 시간에 배운 신인의 풍모와 완전히 일치하는데, 왜 그걸 부인하십니까? 설마 코소바레 대장님께서는 신인의 존재를 부정하시는 겁니까?"

이곳 북부에서 신인을 부정하는 자, 살아 숨 쉴 가치가 없었다. 코소바레를 노려보는 돌격대원들의 눈이 스산하게 물들었다. 일부 돌격대원들은 무기를 슬쩍 치켜들었다.

부하들이 광신도처럼 돌변하자 코소바레는 입술을 꽉 다물었다.

코소바레가 큰 한숨과 함께 다시 입을 열었다.

"후우우, 내가 왜 신인의 존재를 부정하겠느냐? 너희들의 말이 옳다. 신인의 재림을 두 눈으로 똑똑히 목격한 이상 군나르군 막사로 찾아가 신인 앞에 무릎을 꿇는 것이 우선이겠지."

"잘 생각하셨습니다."

"그러실 줄 알았습니다."

돌격대원들은 그제야 무기를 든 손을 아래로 내렸다.

그때 코소바레가 움직였다.

후웅—!

갑자기 반원을 그리며 뻗은 코소바레의 핼버드가 돌격대원 5명의 목을 한꺼번에 쳤다.

"크왁!"

"이 배교자!"

나머지 돌격대원들이 코소바레를 향해 고함을 질렀다. 몇몇 돌격대원들은 이미 마물과의 결합을 시작했다.

여기서 25대 1로 싸우는 것은 미친 짓이었다. 코소바레는 방패로 대원 한 명의 얼굴을 후려쳐 갈긴 다음, 뒤도 돌아보지 않고 몸을 빼냈다.

"잡아랏!"

"감히 신인의 존재를 부정한 배교자다. 잡아서 종교 재판에 넘겨야 한다."

광신도로 돌변한 돌격대원들이 시뻘건 눈으로 코소바레를 추격했다.

코소바레는 전력을 다해 산비탈을 내달렸다. 눈앞에서 나뭇가지가 확확 지나갔다. 매서운 강풍이 뺨을 때렸다. 코소바레가 입술을 꽉 깨물었다.

'유쿠 님!'

코소바레가 이렇게까지 하는 이유는 바로 유쿠 때문이었다. 피돌 성에서 키르샤에게 짓밟혔을 것이 뻔한 유쿠 때문.

Chapter 5

"하라간 님."

온바가 최대한 조심스러운 목소리로 하라간을 불렀다.

군막 안에선 답이 없었다.

온바는 잠시 망설이다가 다시 아뢰었다.

"하라간 님, 토브욘의 잔당들이 항복해 왔습니다. 그들이 신인……의 재림이신 하라간 님을 뵈올 기회를 달라고 청하는데, 어찌하는 것이 좋겠사옵니까?"

온바는 하라간을 '신인의 재림' 이라 높여 불렀다.

군막 입구가 열리고, 긴 창을 든 레다가 먼저 모습을 보였다.

온바는 레다를 향해서도 머리를 조아렸다.

하라간이 신인의 재림이라면, 그 시중을 드는 레다도 신의 사자였다. 온바는 조용히 머리를 숙인 채 응답을 기다렸다.

레다의 뒤를 이어 하라간이 걸어 나왔다.

하늘하늘한 옷을 걸친 하라간의 미모는 온 세상의 아름다움을 그 한 몸에 축약해 놓은 듯 치명적이었다. 북해의 차가운 강풍이 불어 하라간의 머리카락을 흔들며 지나갔다. 하라간은 눈곱만큼도 추워하는 기색이 없었다.

하라간이 온바를 내려다보았다.

"하라간 님……."

온바가 부들부들 떨리는 동공으로 하라간을 우러러보았다.

하라간이 고개를 끄덕였다.

"데려와."

"네?"

홀린 듯이 하라간을 올려다보던 온바가 갑자기 눈을 끔뻑였다.

하라간이 나직이 한숨을 쉬었다.

"하아, 정신을 어디다 둔 거야? 나를 찾아온 항복자들이 있다고 하지 않았나? 그들을 내 앞에 데려오라고."

"네. 알겠사옵니다."

온바가 후다닥 답을 하고 하라간 앞에서 물러났다. 체격에 걸맞지 않게 몸을 웅크리고 조심스레 뒷걸음질을 치는 온바의 모습이 우스웠다.

막사에서 조금 떨어진 곳에서 온바가 고개를 갸웃했다. 뭔지 모를 이질감 때문이었다.

'뭐지?'

조금 전 하라간의 몸에서 광채가 뿜어지는 것처럼 느낀 것은 그다지 이상한 일이 아니었다. 그 전에도 하라간에게

선 밝은 광휘가 후광처럼 은은하게 뿌려지곤 했다.

'그런데 뭐가 이상했지?'

온바는 연신 고개를 갸웃거렸다. 그러다 토브욘의 잔당들 앞에 도착해서야 이질감의 정체를 알아차렸다.

"아! 입김!"

조금 전 하라간은 온바와 몇 마디 대화를 나누었다. 영하 15도보다 더 기온이 낮은 이곳에서 사람이 말을 하면 당연히 하얀 입김이 발생해야 옳았다. 사람의 체온이 36.5도이니 추운 지역에서 온도 차이에 의해서 입김이 생기는 것은 너무나 자연스러운 현상이었다.

그런데 하라간은 달랐다. 그가 말을 할 때는 입김이 보이지 않았다. 하라간의 폐에서 뿜어지는 공기가 주변보다 더 차갑기 때문이다.

온바는 그런 자세한 사정을 알지는 못했다. 그저 이런 이적이 모두 신인의 위대함 때문이라고 생각했다.

"과연 신인의 재림이시구나. 그분께선 우리와 같은 인간이 아니셔. 우리와는 뭐가 달라도 달라."

별것 아닌 것처럼 보이는 현상을 발견한 것만으로도 온바의 신심은 더욱 단단하게 굳어졌다.

온바가 항복한 적들을 하라간 앞에 데려왔다.

토브욘의 돌격대원 25명이 하라간 앞에 납죽 엎드렸다.

"고개를 들라."

하라간이 무감정한 음성으로 명했다.

돌격대원들은 조심스레 머리를 들고 하라간을 올려다보았다. 그러곤 무의식중에 탄성을 터뜨렸다.

"오!"

"역시!"

아침 햇살을 받은 하라간의 미모는 숨이 막힐 정도로 아름다웠다. 만약 토브욘의 돌격대원들이 아무런 정보도 없이 하라간의 얼굴을 보았다면 '세상에 이렇게 아름다운 여자가 있었나?' 라고 감탄했을 것이다. 그런데 돌격대원들의 머릿속에는 어젯밤 목격했던 파괴적인 키르샤의 모습이 각인되어 있었다.

신이 강림한 듯한 그 키르샤의 위용이란!

돌격대원들이 약속이라도 한 것처럼 부르르 전율했다. 어젯밤의 장면을 되새기는 것만으로도 돌격대원들의 눈에선 눈물이 흘렀다.

"신인이시여!"

돌격대원 한 명이 하라간을 향해 다시 머리를 조아렸다.

그 행동이 기폭제가 되어 나머지 24명도 바닥에 머리를 처박았다.

"오오오, 신인이시여!"

토브욘 병사들의 머릿속엔 어젯밤 보았던 탁소 키르샤의 모습이 선명했다. 그 위에 아침 햇살을 받아 환하게 빛나는 하라간의 얼굴이 겹쳐 떠올랐다.

지난밤 피돌 성에 징벌의 벼락을 내리친 신은 소름 끼치게 무서웠다. 그 신은 공포와 파괴, 그리고 분노의 상징 같았다.

반면 오늘 아침 떠오르는 태양보다 더 빛나는 신은 너무도 아름다웠다. 그 신은 온몸이 찬란한 빛으로 뭉쳐진 것 같았다.

신은 두 가지 상반된 모습으로 사람들에게 다가왔다. 자신들이 직접 목격한 신의 양면성에 토브욘 돌격대원들은 말로 형언할 수 없는 감동을 받았다. 그들은 하라간이 신인의 재림이라 믿어 의심치 않았다.

돌격대원들 가운데 가장 신심이 깊은 자가 어깨를 들썩거렸다.

"으흐흑, 으흑, 저희는…… 저희는…… 저희 북부인들은…… 800년이나 기다려 왔습니다. 으흐흑. 800년이나, 무려 800년이나 기다려 왔습니다. 신께서 다시 우리 곁에 와 주실 것이라 믿고 800년을, 아버지의 아버지의 아버지의 아버지 때부터 계속해서 기다려 왔습니다. 으흐흐흐흐흑. 이렇게 다시 와 주실 것이라 믿었습니다. 언젠가 다시 오실 것이라 정말 믿고 있었습니다. 으흐흐흐흐흑."

돌격대원은 흐느껴 울다가 자신의 가슴을 쥐어뜯었다. 그는 마치 오랜만에 부모를 다시 만난 어린 자식처럼 행동했다.

다들 그 마음을 이해했다. 신인의 재림 앞에 토브욘과 군나르가 따로 있을 수 없었다. 800년 전 북부는 신인의 발아래 하나였다.

"으흐흑."

"흐흐흐흐흑."

토브욘의 돌격대원들이 하나둘 손으로 입을 막고 흐느껴 울었다.

그 북받친 울음이 군나르 병사들에게도 영향을 주었다. 군나르 병사들은 토브욘 항복자들의 흐느낌에 소름이 돋았다. 창을 들고 조각상처럼 우뚝 서 있던 군나르군이 가을날 수확되는 밀처럼 일제히 바닥에 엎드렸다.

"신인이시여."

"북부의 신이시여."

모두의 눈에서 뜨거운 눈물이 흘렀다.

Chapter 6

'쩝.'

하라간은 조금 당혹스러웠다. 지난밤 탁소 키르샤를 세상에 드러내었을 때 솔직히 하라간은 이런 반응이 나올 거라고는 예상하지 못했다.

'이건 거의 광신도 수준인걸? 북부인들이 이토록 키르샤에 열광할 줄은 몰랐어.'

솔직히 하라간은 신앙심이 거의 바닥이었다. 이건 그가 루잉과 영혼이 섞인 탓도 있고, 마신과 결합한 탓도 있었다.

마해 모든 마물들의 정점에 위치한 존재가 바로 마신이다. 그리고 지금은 하라간이 곧 그 마신이 되었다. 그런 하라간에게 '키르샤'란 하찮은 피라미 새끼에 불과했다. 반면 북부인들에게 키르샤는 곧 신이자 삶의 이정표였다.

토브욘 돌격대원들의 흐느낌을 목격한 순간, 하라간은 북부인들의 삶에 신앙이 얼마나 중요한가를 비로소 깨달았다.

'쯧쯧쯧, 이거 내가 너무 생각이 짧았네. 지금까지 자신들의 존재를 숨기고 있던 몇몇 군주들이 제법 격렬한 반응을 보이겠어.'

하라간이 속으로 혀를 찼다.

하라간은 알고 있었다. 북부의 아홉 군주들 가운데 몇 명은 이미 키르샤였다. 그런데 이 키르샤들은 아직까지 세상에 본체를 드러내지 않았다. 800년 전 선조인 욘 아르네와 동급에 올라설 수 없다는, 종교적인 이유 때문이었다. 또한 섣불리 본체를 드러내었다가 다른 키르샤들의 집중 공격을 받을까 봐 우려한 탓도 있을 것이다.

어쨌거나 이 세상엔 정체를 숨겨 온 은둔 키르샤들이 존재했다.

이런 상황에서 하라간이 선수를 쳤다.

어젯밤의 소식을 듣고 은둔 키르샤들이 과연 어떤 반응을 보일 것인가? 그들은 자국의 백성들이 하라간을 신인의 재림으로 떠받드는 꼴을 그냥 두고 보지 않을 터였다.

'그동안 가만히 웅크리고 있던 키르샤들이 여기저기서 튀어나와서 우리 군나르 왕국을 압박하겠지? 에라, 모르겠다. 어차피 북부를 빨리 안정시켜야 하는데, 이참에 싹 다 정리를 해야겠어.'

하라간은 검지로 관자놀이를 쓱쓱 긁었다.

'그 와중에 입가심도 좀 하면 좋고.'

생각보다 일이 커질 것 같아 곤혹스러운 가운데, 하라간의 입 안엔 은근히 군침이 고였다.

하라간의 예상과 달리 소문이 퍼지는 속도는 그리 빠르지 않았다. 어젯밤 탁소 키르샤를 본 목격자들이 대부분이 죽어 버린 탓이었다. 군나르군과 토브욘 돌격대원들은 죽지 않고 살아남은 목격자들이지만, 하라간과 함께 행군하느라 키르샤의 등장 사실을 널리 퍼뜨릴 수 없었다.

그래도 입과 입을 통해 이상한 이야기가 떠돌았다. 피돌성에 강력한 전염병이 돌았다는 둥, 구름을 뚫고 신인이 재림했다는 둥, 종잡을 수 없는 이야기들이었다.

토브욘 왕국에선 이런 해괴한 소문이 퍼지는 것을 용납하지 않았다.

“괴소문이 퍼지면 아군의 사기가 떨어질 것은 자명한 일! 헛소리를 퍼뜨리는 자들을 붙잡아 엄벌에 처하라.”

2왕비 카스트렌이 진노했다.

토브욘 왕국이 본격적인 단속에 나선 덕분에 얼마 지나지 않아 토브욘 수도에 떠돌던 뜬소문들이 자취를 감췄다. 그 와중에도 소수의 사람들은 시중에 조금 남은 소문에 신경을 기울였다.

군나르 왕국과 토브욘 왕국의 전쟁을 관심 있게 지켜보는 타국의 첩보원들도 그 부류에 속했다. 그들은 이번 전쟁과 관련된 정보라면 실오라기 한 올 놓치지 않고 전부 수집했다. 그다음 그 정보들을 본국으로 보냈다.

"시중에 떠도는 소문이 사실이건 아니건 신경 쓸 것 없다. 진짜인지 가짜인지 여부는 본국에서 알아서 판단할 게야. 우리는 그저 정보란 정보는 모두 모아서 보내 주기만 하면 돼."

아르네 왕국에서 파견된 첩보 조직의 수장이 이렇게 명을 내렸다. 그의 부하들이 토브욘 수도의 추운 밤거리를 샅샅이 훑으며 정보를 긁어모았다.

헤닝 왕국의 첩보 조직도 조심스럽게 움직였다.

얼마 전까지만 해도 헤닝 왕국은 내전을 치르느라 정신이 없었다. 그렇게 내 코가 석 자이다 보니 타국의 사정에 신경을 쓸 겨를도 없었다.

하지만 이제는 달라졌다. 오르곤의 승리로 내전도 마무리가 되었겠다, 헤닝 왕국의 첩보 조직도 오랜만에 기지개를 켰다. 토브욘 수도에서 수집된 정보들이 은밀한 암호로 바뀐 다음, 소형 포탈을 통해 헤닝 왕국에 전달되었다.

아르네 왕국과 헤닝 왕국에 이어서 먼 동쪽의 섬왕국 에룬도 정보 수집에 끼어들었다.

에룬 왕국은 세상일에 관여하지 않기로 유명한 곳이었다. 그래서 붙은 별칭이 바로 '은둔 왕국'이었다. 그 에룬이 최근 대륙 서쪽으로 첩보원들을 파견해 군나르 왕국과 토브욘 왕국, 그리고 스벤센 왕국의 정보를 모으기 시작했다. 군나르와 토브욘 사이에 전쟁이 벌어지자 에룬 왕국의 움직임도 한층 활발해졌다.

피돌 성을 단숨에 짓뭉개 버린 군나르 북부군은 토브욘 중부 지방까지 진입한 다음 숨을 골랐다. 온바는 행군을 잠시 멈추고 병력을 재정비했다.

그사이 라티파가 보낸 보급품과 추가 병력이 도착했다. 온바는 동상에 걸려 행동이 불편한 병사 100여 명을 후방으로 빼는 대신, 막 도착한 추가 병력을 북부군에 섞어서 배치했다.

온바가 이끄는 북부군 77,900명.

보급품과 함께 올라온 군나르 왕국 중앙군 20,000명.

이 둘만 합쳐도 하라간의 군대는 거의 십만 대군에 육박했다. 여기에 더해서 중앙군 40,000명이 2차, 3차 보급품과 함께 차례로 북상 중이었다. 서부 침엽수림에선 서부군 80,000명이 군단을 둘로 나눠서 토브욘의 수도로 돌격하고 있었다.

잠시 휴식을 취하는 동안 하라간은 뇌파를 통해 군나르와 대화를 나누었다. 이번에도 탁소 키르샤가 둘 사이를 연결하는 매개체가 되었다.

[피돌 성에서 전투는 잘 보았다.]

군나르가 먼저 화두를 꺼냈다. 탁소 키르샤는 원래 군나르의 마물이었다. 하라간이 그 마물을 잠시 빌려서 피돌 성을 박살 냈을 뿐이다. 덕분에 군나르도 탁소 키르샤를 통해 전투 장면들을 생생하게 보고 느꼈다.

[정말 굉장하더구나. 허허허, 정말 굉장했어.]

군나르가 흥분된 기색으로 지난 전투를 되새겼다. 그동안 군나르는 연무장에서만 마물과 결합했을 뿐 실제 전투에 써먹은 적은 없었다. 그런 군나르에게 지난 전투는 신선하게 다가왔다.

하라간이 머리를 긁적였다.

[송구합니다, 할아버님. 제가 괜히 키르샤의 본체를 세상에 드러내었나, 후회하는 중입니다. 혹시 다른 군주들이 민감하게 반응하지는 않았는지요?]

다른 군주들이라고 에둘러 말했지만, 사실 하라간이 염두에 둔 대상은 북부의 최강자 오드 아르네 솔샤르였다. 하라간은 이번 일로 인해 오드가 군나르에게 어떤 압박을 가하지 않을까 우려했다.

군나르가 고개를 갸웃거렸다.

[글쎄다? 딱히 반응이 없더구나. 거참 희한한 일이지? 나는 원래 네가 토브욘 왕국으로 쳐들어갈 당시에 오드 님으로부터 연락이 올 거라고 예상했었거든. 왜, 예전에도 그러지 않았더냐. 스벤센 왕국과 전쟁이 터질 뻔했을 때에도 오드 님의 중재로 전쟁이 중단되었지. 기억나느냐?]

[기억납니다.]

하라간이 고개를 주억거렸다.

[그래서 이번에도 오드 님이 중재에 나설 것이라 예상했거든. 그런데 희한하게도 아무런 반응이 없더구나.]

군나르는 이해할 수 없다는 투로 중얼거렸다.

하라간은 그 이유를 알 것 같았다.

'내가 필로프와 베니젤로스를 납치한 탓인가? 하긴, 아르네 왕국의 후계자인 필로프가 갑자기 사라졌으니 오드도 정신이 없을 거야. 오지랖 넓은 아르네 왕국이 침묵하는 것은 결국 그 때문이겠지.'

군나르가 다시 물었다.

[그래서, 키르샤를 또 빌려 갈 게냐?]

[할아버님, 이만 자제를 하는 것이 좋지 않겠습니까? 또 다시 세상에 키르샤를 선보인다면 그 여파가 클 것입니다.]

하라간이 정중하게 거부의 뜻을 보였다.

그런데 군나르의 반응이 의외였다.

[뭐 그리 눈치 볼 것 있겠느냐? 그냥 저질러 버려.]

[네에?]

군나르의 파격적인 말에 하라간이 눈을 동그랗게 떴다.

군나르가 웃었다.

[허허허, 네가 무얼 우려하는지 이 할아비도 아느니라.

하지만 그렇게 주저할 필요 없어. 할아비는 아르네 왕국에서 그 어떤 압력을 넣더라도 끄떡하지 않는다. 게다가 이번 사태는 쉬쉬해서 덮어질 일이 아니야. 결국엔 피돌 성에서 벌어졌던 일들이 입소문을 탈 거란 말이다. 당장 아군 병사들이 키르샤의 본체를 목격하지 않았더냐?]

[으음.]

하라간이 잠시 생각에 잠겼다.

곰곰이 따져 보니 군나르의 말이 옳았다. 탁소 키르샤의 존재가 드러나는 것은 결국 시간문제였다.

군나르가 하라간을 은근히 독려했다.

[이왕 이렇게 된 거, 이참에 네 포부를 한번 크게 펼쳐 보아라. 그리하여 이 북부 전체, 더 나아가 온 세상을 네 발밑에 무릎 꿇리어라. 장한 내 손자야.]

아무래도 군나르는 단단히 결심한 것 같았다.

[알겠습니다. 말씀하신 대로 할아버님의 탁소 키르샤를 몇 차례 더 빌려 가겠습니다.]

결국 하라간도 군나르의 뜻을 따르기로 마음먹었다.

[오냐, 오냐.]

군나르가 손으로 수염을 쓰다듬으며 고개를 끄덕였다.

Chapter 7

마신 VS 탁소 키르샤.

이 둘은 도저히 비교 대상이 아니었다. 마신의 발가락 끝 솜털에 돋아난 아주 미세한 촉수 수만 개 가운데 단 한 가닥만 움직여도 탁소 키르샤는 머리부터 꼬리까지 통째로 잡아먹힐 판이었다. 마신과 탁소 키르샤 사이 격차는 태양과 반딧불 사이의 격차 이상이었다.

그런데 인간 세상에 미치는 영향력은 탁소 키르샤가 더 컸다.

"내가 마신의 투명한 본체를 세상에 드러낸들 아무도 알아보지 못하겠지."

하라간이 나직하게 중얼거렸다.

심지어 하라간이 마신의 신체 일부를 인간 세상에 소환하여 북부 대륙 전체를 짓눌러 바다 밑으로 침몰시킨다고 해도, 사람들은 이게 대체 어디서 발생한 재앙인지 알지도 못하고 그저 대지진이 터져 세상이 멸망하는구나 생각할 것이다.

하지만 탁소 키르샤는 달랐다.

신체 길이가 200 미터나 되는 탁소 키르샤는 사람들 눈을 확 휘어잡는 마물이었다. 게다가 탁소 키르샤는 북부인들이 교리 시간을 통해 배운 신인의 풍모와 흡사했다.

"그러니까 군나르 왕국이나 토브욘 왕국의 병사들이 탁소 키르샤 앞에 무릎을 꿇고 눈물을 흘리면서 신인의 재림을 찬양하는 거겠지. 결국 내 본모습으로는 불가능한 일이 탁소 키르샤를 통해서는 가능하다는 것 아냐? 이거 참, 아이러니하네."

하라간이 고개를 절레절레 저었다.

쾅!

토브욘의 여덟 번째 적자 뢴로트가 주먹으로 탁자를 강하게 내리쳤다.

"벌써 중부 지역까지 돌파를 당했다고? 그러고도 너희가 북해의 전사들이냐? 이런 쪼다들."

북극곰의 털로 만든 새하얀 외투를 걸치고 길게 기른 머리카락을 황금 막대로 고정한 뢴로트가 부하들을 사납게 질책했다.

토브욘군의 지휘관들은 고개를 푹 숙이고 꿀 먹은 벙어리가 되었다.

"왜 다들 말이 없어? 입이 있으면 뭐라고 변명이라도 해봐. 엉?"

분이 풀리지 않은 뢴로트는 군 지휘관들의 멱살을 한 명한 명 붙잡으며 앞뒤로 흔들었다. 뢴로트는 토브욘의 아들들 가운데 가장 덩치가 크고 힘이 셌다. 그에게 멱살이 잡힌 노장들은 지푸라기로 만든 허수아비처럼 휘청거리며 고개를 더욱 깊숙이 숙였다.

"어휴, 이런 무능력한 빵벌레들."

뢴로트가 주먹으로 자신의 가슴을 쳤다. 그다음 탁자에 펼쳐 놓은 지도를 확 구겨서 집어 던졌다.

"이딴 지도 따위 필요 없다. 이미 아군의 사기가 땅에 떨어졌는데 무슨 전략이 필요하고 작전이 필요하겠나? 이럴 때 도움이 되는 것은 책략이 아니라 근성이다. 내 팔이 뜯겨 나가는 한이 있더라도 적의 머리통을 박살 내겠다는 악바리 근성! 적의 코를 물어뜯어 버리겠다는 근성! 크아악."

버럭버럭 악을 쓰던 뢴로트가 분을 이기지 못하고 지휘관 한 명의 머리를 붙잡아 코를 콱 깨물었다.

"악!"

나이가 60이 넘은 노장이 비명을 질렀다.

뢴로트는 피투성이가 된 늙은 지휘관을 확 밀치며 으르렁거렸다.

"나는 공성전을 하지 않겠다. 사막의 땅개들을 상대로 성에 숨어서 비겁하게 싸우는 일 따위는, 이 뢴뢰트의 성미에 맞지 않는다. 우린 평야에서 싸운다. 드넓은 평야에서 모든 병사들을 쫙 펼쳐 놓고 정면으로 한번 승부를 걸어서 군나르 놈들을 개박살 내 주자. 크아아아!"

뢴로트가 두 주먹을 높이 들고 포효했다. 피범벅인 된 그의 입에서 노지휘관의 잘린 코가 뚝 떨어졌다. 갑자기 봉변을 당한 지휘관은 두 손으로 코 부위를 감싸고 엎드려 꺽꺽 소리를 냈다. 뢴로트가 노지휘관의 등을 밟고 회의장 밖으로 나갔다.

[아이고!]

[괜찮으십니까?]

다른 지휘관들은 그제야 코가 뜯긴 동료를 챙겼다.

11월 10일 오전.

뢴로트는 토브욘 왕국 각지에서 징병한 90,000명의 대군을 이끌고 중부 평야에 진을 쳤다. 이 가운데 솔샤르는 무려 1,000명에 육박했다. 군대의 규모는 군나르군이 다소 우세하지만 솔샤르의 수는 토브욘 왕국이 더 많은 셈이었다.

토브욘 왕국의 준비는 거기서 끝나지 않았다. 토브욘의 수뇌부들은 이번 전투를 위해 타워의 마법사들을 대거 동원했다. 빛의 마법사라 칭송받는 현자 아호와 불의 마법사라 불리는 현자 사투가 제자들을 이끌고 직접 참전한 것.

두 현자의 참전 소식에 토브욘군의 사기는 하늘을 찌를 듯 올라갔다.

"사막의 땅개 녀석들, 이 추운 벌판에서 모조리 시체로 만들어 줄 테다."

선봉에 선 토브욘 솔샤르 한 명이 낮게 으르렁거렸다. 그는 오른손에 방패를 차고, 왼손으로 두툼한 가죽 줄을 움켜쥔 모양새였다. 가죽 줄의 끝에는 사나운 북극곰이 묶여 있었는데, 덩치에 비해 머리통이 작은 북극곰이 그르르릉 소리와 함께 날카로운 이빨을 드러내었다.

동료 솔샤르가 그 말을 받았다.

"암, 그렇고말고. 군나르 놈들이 운이 좋아 여기까지 왔다만, 결국 여기가 한계선이지. 사막의 땅개 놈들이 이곳을 돌파할 일은 절대 없어."

말을 받은 솔샤르도 동료와 마찬가지로 북극곰을 길들여 그 등에 올라탄 상태였다. 토브욘군의 선봉대는 모두 이런 자들 천지였다. 토브욘 왕국에선 이들 선봉대를 '야수군단' 이라 칭했다. 뢴로트는 야수군단을 전면에 세우고, 그 뒤를 솔샤르들로 채웠다. 양 날개엔 일반 병사들 위주로 배치했다. 모든 솔샤르들을 중앙에 집중 투입해 적의 정면을 박살 내고 단숨에 하라간을 붙잡겠다는 것이 바로 뢴로트의 전략이었다.

대신 뢴로트는 토브욘 진영의 오른쪽 날개에 빛의 마법사 아호를 두었다. 불의 마법사 사투에게는 왼쪽 날개를 맡겼다.

"아호와 사투 현자라면 적군 솔샤르들을 상대로 제법 버텨 줄 거야. 그사이 우리 북해의 전사들이 중앙을 돌파해서 적의 숨통을 물어뜯어야지."

뢴로트는 소복하게 깔린 눈을 한 움큼 손에 쥐었다. 힘줄이 두둑 돋은 그의 손아귀로부터 눈 녹은 물이 으깨진 과일의 과즙처럼 후두둑 떨어졌다.

Chapter 8

휘이이이잉—

북해에서 시작된 차가운 바람이 유령 소리와 함께 불어닥쳤다. 삭풍은 곧 사람들의 벽에 막혀 산산이 흩어졌다.

야트막한 능선을 따라 길게 늘어선 사람들의 정체는 다름 아닌 토브욘의 병사들이었다. 그들의 머리 위로 수천 개의 깃발이 힘차게 나부꼈다. 깃발 한복판에는 얼음과 빙하의 제왕 토브욘을 상징하는 그림이 수놓아졌다.

삭풍을 등진 토브욘 병사들의 수염과 눈썹엔 하얗게 서

리가 앉았다. 코에는 고드름이 열릴 것 같았다. 삭풍이 몰아치는 설원의 추위는 정말 지독했다. 하지만 살을 에는 강추위에도 불구하고 어깨를 웅크린 병사는 단 한 명도 없었다. 춥다고 불평하는 병사도 전무했다.

이것이 바로 북해 정병들의 기백이었다. 투구 그늘 속에서 북해 전사들의 눈빛이 섬뜩한 광채를 뿜어냈다.

크르르르.

토브욘군 진영 앞쪽에선 낮은 포효가 터졌다. 토브욘 선봉대가 데려온 북극곰들이 포효의 주인공들이었다. 눈처럼 새하얀 털을 자랑하는 북극곰들은 입가를 푸들푸들 떨며 미지의 적을 향한 증오를 드러내었다. 곰들의 입술이 벌렁거릴 때마다 허연 송곳니가 드러나 서슬 퍼런 살기를 발산했다.

하아아—

토브욘 병사들이 일제히 호흡을 맞춰 숨을 내뱉었다. 병사들의 입 주변에 뿌옇게 입김이 서렸다.

하아아아—

병사들이 다시 한 번 숨을 내쉬었다. 군진 내에 긴장이 고조되었다.

하아아아아—

병사들이 세 번째 숨을 내뱉었다. 그와 동시에 평원 저편에 군나르군이 모습을 드러냈다. 무려 100,000명에 달하는 대군의 등장이었다. 둥둥둥! 북을 두드리며 나타난 군나르군은 설원의 남쪽 수평선 전체를 가득 채웠다.

그에 대응이라도 하듯 토브욘군 진영에서 변화가 생겼다.

“비켜라.”

병사들 사이를 비집고 거대한 백곰 한 마리가 어슬렁어슬렁 걸어 나온 것이다. 어깨높이만 2 미터에 달하는 대형 북극곰은 설원 저편을 가득 채운 군나르군을 향해 조용히 이빨을 드러내었다.

“워워워. 조금만 기다려.”

북극곰의 등에 올라탄 뢴로트가 곰의 귓바퀴를 쓰다듬었다. 대형 북극곰이 푸르르 목을 털었다. 그사이 뢴로트는 이마에 손을 붙이고 적진을 살폈다. 군나르군 중앙에서 투레질을 하는 백마 한 마리가 뢴로트의 눈에 들어왔다.

“저 백마에 올라탄 노인이 군나르 왕국 북부 군단장 온바입니다.”

뒤에서 뢴로트의 부관이 속삭였다.

“그 정도는 나도 알아.”

뢴로트는 시큰둥하게 답했다. 흉터투성이인 저 거구의 노인은 뢴로트가 크리스털 영상에서 수도 없이 봐 왔던 얼굴이었다.

"온바 따위가 뭔 대수라고. 흥!"

뢴로트의 눈길이 온바를 지나 그 뒤를 더듬었다.

군나르군 진영 중심부에 우뚝 솟은 가장 큰 깃발과, 그 아래 화려하게 빛나는 황금 차광막이 뢴로트의 입맛을 다시게 만들었다.

"우리 예쁜이가 저기 있었군. 우후후후."

뢴로트가 황금 차광막을 향해 기분 나쁜 웃음을 흘렸다. 뢴로트는 하라간을 '예쁜이'라고 비꼬아 불렀다.

"흐흐흐."

"으흐흐흐."

뒤에 도열해 있던 야수군단 전사들이 뢴로트의 비웃음에 동참했다. 뢴로트는 거만하게 허리를 쭉 펴더니 지휘봉을 들어 황금 차광막을 가리켰다.

"전투가 시작되면 나는 곧장 중앙을 돌파하여 저 예쁜이에게 달려갈 것이다. 누가 내 뒤를 쫓아오겠는가?"

"제가 따라붙겠습니다."

"저도 뢴로트 님을 쫓겠습니다."

"저희 형제들에게도 기회를 주십시오."

야수군단의 솔샤르들이 앞다투어 지원했다. 다들 하라간을 붙잡아 큰 공을 세울 생각에 눈알이 벌게졌다.

뢴로트가 씨익 이빨을 드러냈다.

“좋아, 좋아. 그럼 우리 다 같이 저 예쁜이를 차지해 보자고. 우후후후.”

끈적거리는 뢴로트의 비웃음이 끝나기도 전, 멀쩡하던 하늘이 시커멓게 물들었다. 태양이 갑자기 사라지고 짙은 그늘이 뢴로트의 머리 위를 뒤덮었다.

“응?”

뢴로트가 찌푸린 표정으로 하늘을 올려다보았다.

야수군단의 솔샤르들이 덩달아 고개를 들었다.

처음에 그들의 눈에 들어온 것은 시커먼 장막이었다. 청명한 하늘을 가린 거대한 막. 태양과 구름을 가려 지상에 짙은 그늘을 만들어 낸 막.

그 막이 점점 더 크게 퍼지며 어둠의 영역을 넓혀갔다. 눈 깜짝할 사이에 설원 북쪽 능선 중심부가 그늘에 편입되었다.

“저, 저, 저!”

야수군단원 한 명이 눈가가 찢어져라 부릅떴다. 온 하늘을 뒤덮은 장막으로부터 기다란 목 같은 것이 꾸불텅 돋아나는 것을 목격했기 때문이었다. 그 목의 앞쪽이 150도 각도로 쩍 벌어졌다.

이윽고 어마어마한 굉음이 설원을 뒤흔들었다.

[꾸어어어어엉—]

90,000 토브욘군의 뇌에 직접 전달된 포효는 사람들의 뇌를 곤죽으로 만들어 버릴 것처럼 광대했다. 뒤이어 그늘이 확 커지면서 지상을 덮쳤다.

콰아앙!

순간적으로 북쪽 능선의 경계선이 네다섯 겹으로 겹쳐 보였다. 대지를 뒤흔드는 둔중한 진동 때문이었다. 그 진동의 여파로 토브욘군 90,000명 전원이 땅에서 10 센티미터 정도 부웅 떠올랐다가 다시 떨어졌다.

"크왁!"

창과 방패로 무장하고 전투 의지를 다지던 토브욘 정병들이 손으로 귀를 막으며 피를 토했다.

히이이이힝!

대지가 뒤흔들리면서 말이 넘어졌다.

크어! 쿠워어!

선두의 북극곰들이 겁에 질려 난동을 부렸다.

이 모두가 좌우로 길게 펼쳐진 토브욘군 진영 날개 부분과 선봉대 쪽에서 발생한 일들이었다. 토브욘군 진영 중심부에서는 이런 난리가 벌어지지 않았다. 중앙의 병사들은 고막을 막거나 피를 토하지도 않았다. 그럴 겨를도 없었다.

그냥 즉사!

하늘 저 꼭대기에서 어마어마한 속도로 낙하한 거대 마

물은 토브욘군 중심부를 그대로 짓뭉개 버리며 대지에 내리꽂혔다. 머리끝부터 꼬리까지 길이가 무려 200 미터나 되는 거대 마물이 전속력으로 몸을 내리꽂아 지상을 강타한 충격은 말로 형언할 수 없을 만큼 어마어마했다. 직격탄을 맞은 지역엔 지름 200 미터에 깊이 20 미터의 거대한 구멍이 팼다. 그 구멍을 중심으로 땅거죽 위에 방사형 균열이 쩌저적 발생했다.

적진을 온몸으로 들이받은 마물의 정체는 바로 탁소 키르샤였다.

군나르의 마물인 탁소 키르샤.

설원에 쌓인 눈이 충격의 여파로 뿌옇게 치솟았다. 그 눈보라를 뚫고 기둥처럼 굵은 목이 하늘 위로 쭈욱 용솟음쳤다. 8개의 굵직한 발로 대지를 꽉 움켜쥔 채 단숨에 지상 100 미터 높이까지 머리를 일으켜 세운 탁소 키르샤는 3개의 불덩이 같은 눈으로 지상을 짧게 노려보았다. 그다음 무시무시한 속도로 다시 머리를 내리꽂았다.

[꾸어어어엉!]

눈보라를 뚫고 단숨에 내리꽂힌 탁소 키르샤의 머리가 쩍 갈라지면서 시뻘건 입속을 드러냈다. 그 아가리로부터 녹색의 독액이 폭포수처럼 떨어졌다.

치이이익!

지독한 독액은 지상에 커다란 웅덩이를 만들었다. 그 웅덩이로부터 녹색의 독안개가 뭉게뭉게 피어올랐다.

푸스스스스—

눈 깜짝할 사이에 사방으로 퍼져 나간 독안개는 주변에 존재하는 모든 생명을 앗아 갔다. 토브욘 병사들의 피부가 부글부글 끓어올라 물집이 잡혔다. 그 물집이 팍팍 터지면서 다시 녹색의 독연기를 뿜었다. 독은 그렇게 2차, 3차로 재생되며 널리 퍼졌다.

"끄억!"

"꺽!"

"끄헙!"

불과 한 호흡 만에 병사 수천이 죽었다. 강추위를 뚫고 거침없이 달리는 북해의 튼튼한 말들이 네 발을 하늘로 들고 몸부림쳤다. 북해의 포식자 북극곰들이 날카로운 발톱으로 자신의 배를 긁으며 자살했다. 마물독의 피해는 말도 못 하게 컸다.

Chapter 9

탁소 키르샤가 목을 꿀렁 움직였다.

키르샤의 이마 양쪽에 돋아난 구불구불한 뿔 2개가 전기를 만들어 내었다. 20 미터 길이의 뿔이 푸르스름한 형광색으로 달아오른다 싶더니, 이윽고 그 뿔로부터 파지직! 파지직 전하가 날뛰었다.

우르릉, 우르릉.

탁소 키르샤가 2개의 뿔을 좌우로 흔들자 뿔 사이에 형성된 푸르스름한 전하의 다발이 사방으로 튀어나갔다.

그 여파가 곧 설원을 뒤덮었다.

빠직! 빠직 빠직! 빠카카카캉!

탁소 키르샤의 정면 500 미터 영역이 온통 푸른 전하에 휩싸여 새까맣게 타들어 갔다. 지독한 독기운을 동반한 전하는 토브욘 병사들의 살을 지지며 안으로 파고들어 내장 속에 녹색의 기포를 만들어 놓았다.

탁소 키르샤가 다시 상체를 세우며 날개를 활짝 펼쳤다.

폭 200 미터의 거대한 날개가 지상을 쓸었다.

꾸웩?

크허엉.

사나운 북극곰들이 기겁을 하며 도망쳤다. 그러다 뒤에서 덮친 키르샤의 날개에 휩쓸려 데굴데굴 굴렀다. 날개의 비늘이 북극곰의 온몸을 갈기갈기 찢었다.

탕!

지축이 다시 한 번 크게 울렸다. 그 소리와 함께 탁소 키르샤가 갑자기 사라졌다. 하늘에서 무서운 속도로 내리꽂혀 지상을 들이받고, 녹색의 독액을 내뿜고, 전하로 사람을 지져 버리고, 날개로 주변을 쭉 쓸어 낸 무서운 마물이 사람들의 눈에서 갑자기 없어진 것이다.

탁소 키르샤가 하늘 위에서 그 모습을 다시 드러내었다. 꼬리로 땅바닥을 강하게 내리치며 단숨에 2 킬로미터 상공으로 솟구친 탁소 키르샤는 허공에 딱 멈춰 서 불덩이 같은 3개의 눈으로 지상을 굽어보았다. 그러곤 날개를 접고 그대로 낙하했다.

조금 전 휩쓸어 버린 곳에서 1 킬로미터 떨어진 지점으로 콰아앙!

설원 북쪽의 능선이 또다시 네다섯 겹으로 겹쳐 보였다. 엄청난 충격에 대지가 몸살을 앓았다.

[꾸어어어엉!]

움푹 팬 구덩이에서 불쑥 솟구친 탁소 키르샤는 상체를 곤두세웠다가 다시 머리를 낮추며 녹색의 독액을 폭포수처럼 쏟았다.

화르르륵!

독액은 키르샤의 입에서 튀어나옴과 동시에 증발하기 시작했다. 녹색의 안개가 뭉클뭉클 뻗어 주변을 잠식했다. 일단 독안개가 퍼진 곳엔 그 어떤 생명체도 살아남지 못했다.

쿵! 쿵! 쿵! 쿵! 쿵! 쿵! 쿵! 쿵!

8개의 다리를 차례로 움직여 구덩이에서 걸어 나온 탁소 키르샤가 토브욘군을 쭉 훑어보았다.

지금까지 혼이 쏙 빠져서 휘둘리기만 하던 토브욘군이 비로소 상대를 제대로 보았다.

"으어?"

"키, 키, 키, 키르샤? 으아아아악! 키르샤다!"

토브욘 병사들의 눈앞에 우뚝 멈춰 선 마물은 분명 키르샤였다. 하늘 저 꼭대기에 닿을 것처럼 거대한 동체! 번쩍거리는 황갈색 비늘! 2개의 뿔 사이에서 일렁거리는 푸르른 전하의 구름! 지상까지 길게 늘어진 기다란 수염!

토브욘 병사들의 눈앞에 우뚝 서 있는 이 마물은 바로 신화 속에서 등장하는 키르샤가 분명했다.

[꾸우어어어엉!]

탁소 키르샤가 다시 한 번 뇌파를 터뜨렸다.

토브욘의 모든 솔샤르들의 몸이 굳었다. 모든 토브욘 병사들이 귀를 막고 엉덩방아를 찧었다. 다들 사지를 벌벌벌 떨었다.

사람만 기겁한 것이 아니었다. 토브욘 진영의 모든 말들이 엉덩이를 뒤로 빼고 그 자리에서 돌이 되었다. 북극곰들도 예외는 아니었다.

키르샤의 휘황찬란한 눈은 마력이 넘실거렸다. 일단 그 눈을 마주한 생명체는 모두 신경이 굳고 공포에 질려 손가락 하나 까딱하지 못했다.

탁소 키르샤가 쿠웅, 발을 내디뎠다.

꼼짝 못 하고 엉거주춤 서 있던 토브욘 병사 20명 남짓이 탁소 키르샤의 발에 밟혀 내장이 터져 죽었다.

탁소 키르샤가 휘릭, 꼬리를 휘둘렀다.

눈을 질끈 감은 북극곰 수십 마리가 거대한 기둥보다 더 큰 꼬리에 얻어맞아 허공 수십 미터 높이로 부웅 떠올랐다가 저 멀리 날아갔다. 허공에 떠오르기 전부터 북극곰들의 뼈는 잘게 으스러져 살을 찢고 튀어나왔다.

쿵! 쿵! 쿠웅!

그렇게 토브욘 병사들을 밟고 꼬리로 치우면서 걸음을 옮긴 탁소 키르샤가 누군가의 앞에서 딱 멈췄다.

키르샤라는 엄청난 존재를 홀로 맞닥뜨리게 된 대상은 바로 뢴로트였다.

"으어어어."

뢴로트는 엉거주춤하게 허리를 굽혔다. 평소 그가 자존심처럼 여기던 황금 막대기는 어디론가 사라지고 없었다. 산발이 된 머리카락이 뢴로트의 얼굴을 반쯤 가렸다. 뢴로트가 타고 있던 대형 북극곰은 조금 전 탁소 키르샤의 꼬리에 얻어맞아 수백 미터 저 멀리 날아갔다.

탁소 키르샤의 세 눈이 뢴로트를 굽어보았다.

뢴로트는 감히 고개를 들지도 못하고 입만 쩍 벌렸다.

"으어어."

뢴로트의 입술을 타고 침이 주륵 흘렀다. 충격으로 인해 멍하게 풀린 뢴로트의 동공은 지진이라도 만난 듯 좌우로 흔들렸다.

"으어어어어."

지금 뢴로트는 아무런 사고도 할 수 없었다. 머릿속이 강제로 하얗게 칠해진 것 같았다. 그 앞에 키르샤의 거대한 몸체가 도달했다.

"어어엉, 어어엉."

뢴로트의 입에서 의미 모를 신음이 계속 흘러나왔다. 뢴로트는 사시나무처럼 몸을 떨었다. 아무리 애를 써도 떨림이 멈추지 않았다. 뢴로트와 결합한 마물 왑타는 마정석 속에 꼭꼭 숨어 버린 지 오래였다.

'왑타? 왑타?'

뢴로트의 영혼이 애타게 왑타를 불렀다.

왑타는 반응하지 않았다.

Chapter 10

뢴로트의 머리 위로 그림자가 짙게 드리웠다. 탁소 키르샤가 8개의 발 가운데 하나를 들어 뢴로트의 머리 위로 옮겼다.

쿠웅!

찍!

왕궁을 떠받치는 돌기둥보다 훨씬 더 두꺼운 발이 허공에서 뚝 떨어져 지상을 내리찍었다. 그 밑에 깔린 뢴로트는 흔적도 남기지 못했다.

총사령관의 죽음에도 불구하고 토브욘군의 그 누구도 분노하지 않았다. 다들 홀린 듯이 탁소 키르샤만 올려다보았다.

탁소 키르샤는 상체를 쭉 세워 100 미터 상공에서 지상을 한 번 굽어본 다음, 폭 200 미터에 달하는 황갈색 날개를 활짝 폈다.

"아!"

토브욘 병사들이 입을 쩍 벌렸다.

기지개라도 켜듯 몸을 부풀린 탁소 키르샤는 한순간 팍! 사라졌다. 빛이 터지면서 탁소 키르샤가 우뚝 서 있던 공간에 나체의 사내가 나타났다.

하라간이었다.

온몸이 빛에 휩싸인 채 매끄러운 머리카락을 펄럭이며 하강하는 하라간의 모습은 신이 강림한 듯 아름다웠다.

어두웠던 하늘은 어느새 찬란하게 모습을 바꾸었다. 구름을 뚫고 일직선으로 쭉쭉 떨어진 햇살의 기둥이 하라간의 등 뒤에 후광처럼 내리꽂혔다.

"아아아!"

토브욘 병사들이 입을 벌리고 하라간의 하강을 바라보았다.

탁소 키르샤가 만들어 낸 구덩이 바로 앞에 내려선 하라간은 차가운 눈으로 주변을 둘러보았다.

토브욘 병사들이 바르르 몸을 떨었다. 다들 숨도 제대로 쉬지 못했다. 그 누구도 하라간에게서 눈을 떼지 못했다.

하라간이 성큼 걸어 토브욘 병사들에게 다가왔다.

선두의 병사들이 몸을 움찔거렸다. 하지만 그 누구도 뒷걸음질을 치거나 몸을 움직이지 못했다.

하라간이 좀 더 가까이 접근했다.

토브욘 병사들은 아무런 생각도 할 수 없었다.

그 적막을 깨고 하라간이 핑크빛 입술을 벌렸다.

"옷."

"아?"

하라간이 말을 걸자 토브욘 병사들이 얼음물을 뒤집어쓴 듯 몸서리를 쳤다.

하라간이 손을 내밀었다.

"옷."

"아, 네. 여기 있습니다."

야수군단의 단장이 자신의 털옷을 황급히 벗어 하라간에게 공손히 바쳤다. 흉포하기로 유명한 단장이었지만 하라간 앞에서는 순한 양이 되었다. 아니, 한 마리 벌레가 되었다.

하라간은 야수단장이 내민 옷을 손으로 받지 않았다. 그저 인간을 뛰어넘은 인외의 존재가 사물을 바라보는 듯한 무감각한 눈으로 상대를 바라볼 뿐이었다.

"죄, 죄송합니다."

야수단장이 말을 더듬었다. 단장은 하라간에게 내밀었던 옷을 좌우로 펼친 다음, 허리를 반쯤 접고 최대한 공손하게 다가가 하라간의 어깨에 털옷을 걸쳐 주었다.

하라간이 턱을 살짝 들고 능선 저편에 시선을 던졌다.

"헙!"

수 킬로미터 밖, 아호가 부르르 몸서리를 쳤다.

수많은 병력에 둘러싸인 아호는, 멀리 떨어진 하라간과

눈이 딱 마주쳤음을 본능적으로 느꼈다.

까딱까딱.

하라간이 아호를 향해 손가락을 까딱거렸다.

아호는 침을 꿀꺽 삼켰다. 그다음 고개를 살짝 숙여 제자들 뒤로 몸을 숨겼다.

그때였다.

퍼엉!

하라간의 등 뒤에서 공기가 폭발하면서 황갈색 날개 오른쪽이 돋아났다. 사람의 등에 거대한 날개 한쪽이 돋아나 펄럭이는 모습이 실로 신비로웠다.

하라간이 아호를 향해 입술을 씰룩거렸다. 하라간의 분노가 느껴졌다. 금방이라도 하라간이 다시 키르샤로 변신할 것 같았다.

"아아아!"

아호는 정신이 아득해졌다. 그녀는 황급히 제자들을 제치고 앞으로 나섰다.

하라간이 아호를 향해 손가락을 까딱거렸다.

"갑니다. 제가 가겠습니다."

아호는 플라이 마법으로 둥실 떠올라 하라간에게 다가갔다. 그제야 하라간은 거대한 날개를 거두고 표정을 풀었다.

이번엔 하라간이 고개를 반대쪽으로 돌렸다.

저 멀리 몸을 웅크리고 있던 사투가 부르르 진저리를 쳤다. 하라간이 그녀를 향해 까딱까딱 손짓을 했다.

사투는 벌벌 떨며 주변을 둘러보았다.

사투의 제자들이 스승의 시선을 회피했다.

'크윽! 이런 배은망덕한 것들.'

사투는 결국 도축장으로 끌려가는 송아지처럼 눈물을 글썽거리며 플라이 마법으로 몸을 띄울 수밖에 없었다.

빛의 마법사 아호와 불의 마법사 사투가 하라간 앞에 도착했다. 타워를 대표하는 두 현자는 하라간 앞에 무릎을 꿇지도 않고, 그렇다고 당당하게 어깨를 펴지도 못했다. 두 사람은 굉장히 어색하고 어정쩡한 자세로 하라간 앞에 내려서더니 슬금슬금 눈치를 보았다.

하라간이 두 현자에게 성큼 다가섰다.

펄럭이는 털옷 사이로 하라간의 알몸이 드러났다. 여성인 아호와 사투가 움찔 놀랐다가 다시 정신을 가다듬었다.

어느새 가까이 다가온 하라간이 사투를 머리부터 발끝까지 쭉 훑어보았다.

"너는 올가와와 유사한 기운을 풍기는군."

사투가 흠칫 놀랐다.

올가와는 오래전 토브욘 왕국이 군나르 왕국에 침투시킨 첩자였다. 불의 마녀라 일컬어지던 올가와는 폐사원 전투에서 포로로 잡혀 강제로 진화 실험을 당한 끝에 지금은 백치가 되었고, 하라간의 뜻에 따라 '그믐(End of the Month)'이라는 조직에 들어갔다.

사실 올가와와 사투는 같은 스승 밑에서 배운 동문이었다. 사투의 표정이 바뀐 것은 그런 이유 때문이었다.

하라간의 눈이 이번엔 아호를 훑고 지나갔다.

"으헙!"

아호가 바르르 전율했다.

하라간이 나른한 음성으로 물었다.

"어떻게 해 줄까?"

"네?"

아호가 반문했다.

하라간이 하얀 이를 드러내었다.

"뢴로트가 죽었으니 이제 너희가 토브욘군의 대표잖아. 내가 어떻게 해 줄까? 내 본체를 보고서도 무기를 버리지 않는 토브욘군을 말이야."

하라간의 목소리는 나른하다 못해 퇴폐적으로 들렸다. 100년도 넘게 살아온 아호가 그 목소리에 얼굴을 붉혔다.

"그건……."

아호는 선뜻 대답하지 못했다.

하라간이 입술을 달싹였다.

"역시, 신벌이 필요하군."

신벌이란, 신이 내리는 파멸의 벌을 의미한다. 그 섬뜩한 표현이 아호의 정신을 무너뜨렸다. 그보다 앞서, 주위에서 넋을 놓고 하라간을 바라보고 있던 토브욘 병사들의 멘탈이 붕괴했다.

'크헙, 신벌이라니?'

'그건 안 돼!'

마음이 다급해진 토브욘 병사 한 명이 창과 방패를 내팽개치고 그 자리에 무너지듯 엎어졌다.

"신인이시여, 제발 어리석은 저희들을 용서해 주소서."

한 명이 엎드리자 그 옆의 병사도 반사적으로 무릎을 꿇었다.

"신인이시여, 저희를 용서하소서."

"어리석게도 신인의 재림을 알아보지 못한 저희들을 굽어살피소서."

그렇게 도미노처럼 퍼져 나간 복종의 표시는 눈 깜짝할 사이에 토브욘군 전체에 전파되었다.

제2화

무너지는 타워

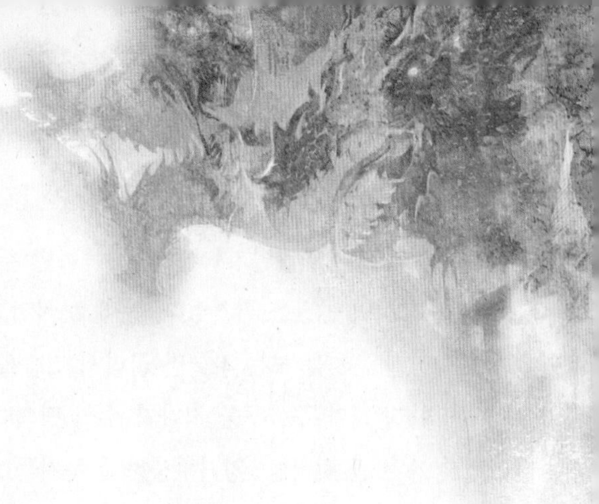

Chapter 1

90,000명의 토브욘 병력 가운데 조금 전 탁소 키르샤에게 압살당한 수는 10,000명 수준이었다. 그래도 아직 토브욘군은 80,000명 이상의 병력이 남아 있었다. 설원의 북쪽 능선을 가득 채운 팔만 대군이 우르르 엎드리는 모습은 실로 압권이었다. 아호와 사투는 머리끝이 쭈뼛 서는 전율을 느꼈다.

물론 토브욘군 가운데는 아직 마음을 정하지 못한 자들도 있었다. 그런 자들은 주변을 두리번거리며 어떻게 해야 하나 고민했다.

하라간은 용서가 없었다.

츄웃!

하라간의 엄지발가락 끝에서 돋아난 투명한 촉수가 S자를 그리며 공간을 휘저었다. 눈에 보이지 않는 촉수는 어정쩡하게 눈치를 보는 자들만 골라서 가슴을 뚫었다. 마치 투명한 번개가 꾸불꾸불 지나가 수십 명의 가슴을 동시에 꿰뚫어 버린 것처럼, 엉거주춤하게 눈치를 보던 자들의 마정석이 콰직! 부서졌다.

끼요오오옷!

키약!

쿠워어!

반강제로 결합이 해제되면서 마물들 수십 마리가 우르르 솟구쳤다.

하라간이 핑크빛 입술을 달싹였다.

"맛있는 마물을……."

그 즉시 수십 마리 마물들이 허공으로 쑥 딸려 올라갔다. 마치 투명한 무언가가 마물들의 머리통을 붙잡아 위로 쭉 잡아당긴 것처럼, 허공으로 딸려 간 마물들은 와득! 소리와 함께 온몸이 분쇄되어 미지의 존재에게 꿀꺽 삼켜졌다.

'뭐야?'

아호가 기겁했다.

'어헉! 지금 무슨 일이 일어난 게야?'

사투가 엉덩방아를 찧었다.

하라간이 혀로 입술을 싹 핥았다.

"잘 먹겠습니다."

그 조용한 독백이 아호와 사투의 뇌리에 화인(火印: 불로 찍은 도장)처럼 콱 박혔다. 더 이상 아호와 사투는 그 자리에 서 있을 수 없었다. 토브욘 왕국을 떠받치는 두 현자는 무너지듯 엎드려 코를 설원에 처박고 벌벌벌 떨었다.

"신인께서 이 땅에 재림하셨다!"

상상을 초월하는 충격이 세상을 뒤흔들었다. 뢴로트가 이끄는 북해의 정병 90,000명 가운데 9분의 1이 신인의 분노를 사 단숨에 녹아 버렸다. 그리고 나머지 9분의 8이 신인 앞에 엎드려 눈물로 속죄했다.

"신인은 공포의 모습으로 현신하여 녹색의 불과 청색의 벼락으로 엄벌을 내리셨고, 다시 광휘의 모습으로 탈바꿈하여 속죄하는 자들을 용서하셨으니, 모든 북부인들은 이 땅에 재림하신 신인께 나와 복종할지어다."

토브욘의 오른팔이라고 불리던 빛의 마법사 아호가 이렇게 주장했다.

또 다른 현자 사투는 한술 더 떴다.

"신인의 재림을 부정하는 자, 결코 이 땅에 살아남을 수 없다. 만약 그런 배교자가 있다면 신인께서 진노하시기 전에 이 불의 마법사 사투가 불벼락을 내릴 것이다."

그 여파는 채 닷새도 지나지 않아 북부 전체를 뒤흔들어 놓았다.

"뭐어? 신인의 재림? 크허, 웃기는군."

마왕 스벤센이 어둠 속에서 송곳니를 드러내고 크르렁 소리를 냈다. 스벤센이 몸을 움직일 때마다 시커먼 비늘이 철그럭철그럭 소리를 냈다. 그 비늘 아래 깔린 무수히 많은 시체 더미가 비늘에 찢겨 난도질당했다.

격한 반응을 보인 군주는 비단 스벤센만이 아니었다. 최근 부친을 죽이고 군주의 자리를 강탈한 아쿤도 두 눈에서 격렬한 불꽃을 피어 올렸다.

"흐으으, 감히 신인의 재림을 사칭하다니. 이거 재미있군. 군나르 왕국이 아주 재미있는 짓거리를 벌였어. 흐으으."

의자 손잡이를 움켜쥔 아쿤의 손등에 푸른 비늘이 후두둑 돋아났다.

파직! 파직!

아쿤의 손아귀에서 푸른 불똥이 작렬했다. 철로 만든 손잡이가 단숨에 녹아서 흐물흐물 뭉그러졌다. 아쿤이 검은 수염을 쓰다듬으며 자리에서 일어났다. 아쿤의 엉덩이에서 스르륵 돋아난 푸른 꼬리가 건물 벽을 부수며 파고들어 횡으로 쭉 이동했다.

후두둑!

건물이 수평으로 잘리며 붕괴했다. 무너지는 건물 잔해가 아쿤의 몸에 닿기도 전에 푸른 전하에 막혀 타 버렸다. 단숨에 건물 하나를 부숴 버린 아쿤이 먼 북서쪽 하늘을 노려보았다.

스벤센이나 아쿤의 노여움은 오드의 분노에 비하면 아무것도 아니었다.

"신인의 재림이라니? 신인의 재림이라니? 북부의 종주국인 우리 아르네 왕국도 가만히 있는데 감히 군나르 왕국 따위가 이딴 헛짓거리를 벌이다니!"

아홉 군주들 가운데 으뜸, 군주 중의 군주라 불리는 오드였다. 그가 발산하는 뇌파가 신전을 뒤흔들었다. 배흘림 양식으로 줄지어 서 있는 아름드리 석주들이 부르르 진동했다. 석주 위에 올라앉은 신전 지붕은 푸스스스 돌 부스러기를 쏟아 놓았다.

물론 그 부스러기들은 오드의 몸에 닿기도 전에 황금빛 막에 튕겨 나갔다.

오드는 곱슬곱슬한 금발 머리에 물결치는 듯한 금색 수

염을 발목까지 길게 기른 모습이었다. 오드의 몸에는 새하얀 토가(한 장의 천으로 몸을 감싼 아르네 왕국의 전통 복장)가 걸쳐져 있었다. 토가의 둘레에 수놓아진 금빛 테두리가 고급스러운 분위기를 돋워 주었다.

오드의 등 뒤에서 차분한 여성의 음성이 들렸다.

"화를 가라앉히시지요."

오드에게 감히 이런 직언을 올릴 수 있는 사람은 많지 않았다. 그에 앞서서, 오드가 머무는 이 신전에 자유롭게 드나들 수 있는 사람도 거의 없었다.

오드가 여인을 돌아보았다. 오드의 눈에서 뿜어지는 황금빛 안광이 여인의 눈을 뚫어버릴 듯이 직시했다.

여인이 고개를 살짝 숙여 오드에게 인사를 건넸다.

"페리쿨라."

위엄으로 가득 차 있던 오드의 얼굴이 온화하게 풀어졌다.

페리쿨라라고 불린 여인이 생긋 미소를 지으며 오드에게 다가왔다. 페리쿨라는 나이가 많이 들었지만 우아함이 쇠퇴하지 않는 신비로운 여신관이었다. 만약 오드가 150년만 젊었더라면, 혹은 150년 전에 오드가 키르샤에서 막키르샤로 진화하면서 성욕을 잃어버리지만 않았더라면, 페리쿨라는 오드의 여인이 되었을 것이다.

오드는 그만큼 페리쿨라를 총애했다.

오드가 아르네 왕궁 안에 새벽여신의 신전을 지어 페리쿨라에게 선물한 것만 보아도 그가 페리쿨라를 얼마나 아끼는지 증명이 되었다. 오드는 욘 아르네 솔샤르, 즉 신인의 직계 후손이었다. 당연히 오드는 신인 외에 그 어떤 신도 인정하지 않았다. 오드에게 신은 오직 하나, 바로 욘 아르네 솔샤르뿐이었다.

그렇게 신인을 열성으로 추종하는 오드가 새벽여신의 신전을 왕궁 안에 지었다? 이것 자체가 큰 파격이었다.

생츄어리의 법주들은 아르네 왕궁 안에 새벽여신의 신전이 있을 것이라고는 상상도 하지 못했다. 아르네 왕국의 대신들도 이 신전의 존재를 몰랐다. 아르네 왕국에서 이곳을 아는 사람은 정말 극소수였다.

Chapter 2

"잠시 걸을까?"

오드가 페리쿨라에게 곁을 내주었다.

"오드 님과 함께 걷는 것은 언제나 저의 기쁨이옵니다."

페리쿨라는 우아한 미소와 함께 오드의 팔짱을 끼었다.

그러곤 오드에게 몸을 살짝 기대며 산보하듯 신전 안을 걸었다.

그 행동이 마치 길이 잘 든 상냥한 고양이가 주인을 따르는 듯했다. 사실 북부의 고대어로 '페리쿨라'는 우아한 고양이를 의미했다.

"흐음."

페리쿨라의 몸에서 나는 신비로운 향기와 우아한 자태가 오드의 분노를 누그러뜨렸다. 오드가 페리쿨라에게 고개를 돌렸다.

마침 페리쿨라도 반짝이는 눈으로 오드를 바라보았다. 둘의 눈빛이 허공에서 교차했다.

"흐으음. 좋군."

새벽 별빛을 닮은 페리쿨라의 눈을 보자 오드의 분노가 조금 더 완화되었다. 오드는 한결 차분해진 마음으로 페리쿨라의 자문을 구했다.

"혹시 토브욘 왕국에서 벌어진 말도 안 되는 이야기를 들었나?"

"들었습니다."

페리쿨라가 오드와 발걸음을 맞추며 대답했다.

오드가 다시 물었다.

"그 일에 대해서 어떻게 생각하나? 감히 신인을 사칭한

발칙한 군나르 왕국에 대해서 내가 어떤 조치를 취하면 좋겠나?"

오드에 말투에서 진한 노여움이 느껴졌다.

페리쿨라는 잠시 대답을 망설였다. 만약 페리쿨라가 "당연히 군나르 왕국에 철퇴를 내리셔야지요."라고 조언한다면, 오드는 그 막강한 권력을 휘둘러 군나르 왕국과 전쟁을 벌일 것이다. 그럼 북부 전체가 전쟁의 소용돌이에 휘말리게 된다.

'벨커스의 추종자들은 분명 전쟁이 확대되기를 바라겠지?'

페리쿨라는 속으로 이렇게 중얼거렸다.

페리쿨라의 정체는 바로 데스 로즈(Death Rose: 죽음의 장미)였다. 벨커스의 추종자들을 대표하는 은둔 수호자 가운데 한 명이자 카일 드뷔시의 어머니가 바로 그녀의 숨겨진 신분인 것이다. 그러니까 카롤 왕국의 배덕녀 실비아는 페리쿨라의 친손녀이고, 루잉은 그녀의 손녀사위인 셈이었다.

오드가 페리쿨라의 답을 재촉했다.

"한번 말해 봐. 내가 저 발칙한 군나르에게 어떤 벌을 내리면 좋겠나?"

페리쿨라는 고개를 숙이고 잠시 고민했다.

그 모습이 어여뻐 보였는지 오드가 훈훈한 미소를 지었다.

"무엇이든 괜찮으니까 한번 말해 보라니까."

"지혜의 화신이신 오드 님 앞에서 감히 제 부족한 의견을 말씀드리는 것이 참으로 부끄럽사오나, 한번 용기를 내어서 제 의견을 올리겠습니다."

"그래, 그래."

"제 생각에 전쟁을 확대하는 것은 아닌 것 같습니다."

"확전은 아니다?"

오드가 다소 실망했다는 듯이 반문했다.

페리쿨라는 고양이처럼 잽싸게 오드의 표정을 살피고는 말을 이었다.

"군나르 왕국과 토브욘 왕국 사이의 전쟁은 어차피 벌어진 일이옵니다. 여기에 아르네 왕국마저 끼어들면 북부 전체가 전쟁의 소용돌이에 휩싸이게 되지요. 물론 군나르 왕국이 감히 신인을 사칭하는 큰 죄를 범하기는 했사오나, 지금 생츄어리의 법주들이 예언을 내린 상태가 아니옵니까? 북부의 맹주인 우리 아르네 왕국은 미지의 적을 대비하여 힘을 아껴야 할 것 같사옵니다."

"흐음. 그렇다고 저 오만방자한 군나르를 그냥 내버려 둘 수도 없지 않나? 군나르, 그 녀석은 결코 해서는 안 될 대죄를 범했어."

오드가 물결처럼 퍼진 수염을 손으로 쓸었다.

페리쿨라가 냉큼 오드의 비위를 맞춰 주었다.

"물론 군나르의 죄를 용서해서는 안 됩니다. 감히 신인을 사칭하다니요? 제가 섬기는 새벽여신께서도 하늘의 중심은 신인께 있음을 인정하고 새벽을 여는 먼 동쪽으로 물러나셨거늘, 한낱 인간인 군나르가 신인의 기휘를 범한 일을 용서할 순 없사옵니다."

그 말이 오드의 마음에 쏙 들었다.

"허허, 역시 그렇지? 군나르를 용서할 수는 없겠지?"

"마땅히 군나르를 징계하셔야 할 것이옵니다. 다만 저는 오드 님께서 병력을 군나르 왕국으로 파견하여 북부를 전쟁으로 몰아넣어서는 안 된다고 말씀드린 것뿐이옵니다. 소수만 움직이소서. 그 소수로 군나르, 딱 한 명만을 징벌하소서. 군나르는 이미 군주의 자격을 잃지 않았사옵니까? 오드 님께서 사막 왕국의 군주를 바꿔 버리시면 온 세상이 오드 님의 무서움을 깨닫게 될 것이옵니다. 또한 다시는 이 세상에 신인을 사칭하는 배교자가 나오지 않을 것이옵니다."

"호오? 전쟁은 피하자? 대신 군나르, 그 배교자만 딱 집어서 벌을 주자?"

정교하게 외과 수술을 하듯이, 썩은 부위만 싹 도려내자는 것이 페리쿨라의 의견이었다.

"그렇사옵니다."

페리쿨라가 공손히 대답했다.

오드는 머리를 조금 숙이고 잠시 침묵했다.

이윽고 오드가 고개를 들었다. 그의 눈에서 황금빛이 찬란하게 터져 올랐다.

"오냐. 내 뜻도 네 말과 같으니라. 내 전쟁을 확대하지는 않을 것이다. 그냥 배교자만 꼭 집어서 징벌해야겠어. 허허허."

오드가 페리쿨라의 등을 툭툭 두드렸다.

페리쿨라는 무릎을 살짝 굽혀 인사했다.

Chapter 3

그 날 아르네 왕국의 신전으로부터 새하얀 광채가 솟구쳤다. 먹장구름을 뚫고 치솟은 광채는 두 갈래로 나뉘어 북부의 두 곳을 방문했다.

북부의 두 거물들이 오드의 뜻에 동참했다.

오드는 아르네 왕국 내부에도 자신의 뜻을 알렸다.

누구의 명령이라고 거절할 것인가? 오드가 머무는 방향을 향해 무릎을 꿇은 아르네 왕국의 대신들이 한목소리로 외쳤다.

"위대하시고 또 위대하신 분이시여, 뜻대로 하소서."

"신인의 모든 과업을 이어받으실 분, 저희가 그 뜻을 높이 받들겠나이다."

대신들의 우렁찬 외침이 새벽여신의 신전까지 쩌렁쩌렁 울렸다. 오드의 등 뒤에서 페리쿨라가 눈을 반짝 빛냈다.

지도를 살펴보면 토브욘 왕국은 동서 방향으로 길게 누운 형태였다. 길쭉한 동서에 비해 상대적으로 남북의 길이는 짧았다.

욘타나 성과 피돌 성을 차례로 관통하여 토브욘 중부 지방까지 치고 올라온 군나르군은 11월 19일에 토브욘 왕국 북부에 발을 디뎠다.

이 전쟁을 시작할 때 군나르군의 목표는 두 가지였다.

토브욘의 수도 점령.

토브욘의 타워 박살.

이 두 가지 가운데 하라간은 타워를 먼저 선택했다. 토브욘 왕국에 뛰어난 마법사들을 공급해 주는 타워야말로 토브욘 왕국의 상징이자 자랑거리이기 때문이다. 토브욘 왕국의 모든 것은 타워를 통해 시작되고 다시 타워를 통해 수렴되었다. 하라간은 이 정신적인 지주를 먼저 무너뜨려야 한다고 판단했다.

토브욘 왕국 수도로부터 동쪽으로 100 킬로미터 떨어진 해안가 절벽 위.

북해의 찬바람에 정면으로 맞서는 거대한 77층의 마천루가 구름을 뚫고 솟아 있었다. 마천루의 중앙에는 타워의 상징 [ᐱ] 마크가 아로새겨진 모습이었다.

타워에 도착할 즈음 하라간의 군대는 무려 130,000명으로 불어났다. 군나르 왕국 중앙군이 보급품과 함께 합류한 덕분이었다.

이번 전쟁에 투입된 북부군과 중앙군은 총 140,000명.

지금 타워 앞에 도착한 병력이 130,000명 남짓.

그러니까 군나르군은 이곳 북해의 심장부에 도달할 때까지 고작 10,000명의 부상자만 발생한 셈이었다.

반면 토브욘군의 피해는 말도 못 하게 컸다. 전쟁에서 패해서 죽은 병사의 수는 생각보다 많지 않았으나, 무기를 버리고 해산한 병사들이 의외로 많았다. 그 때문에 토브욘군의 사기는 말도 못 하게 저하되었다.

용맹하기 이를 데 없는 토브욘 왕국이 이곳 타워까지 단숨에 밀린 이유가 바로 이 사기 저하 때문이었다.

130,000 대군이 밀려들자 타워 남쪽 전체가 군나르군으로 새까맣게 뒤덮였다.

그에 비해서 타워 앞을 지키는 토브욘군은 초라했다.

로브에 [∧] 마크를 새긴 마법사 3,000여 명.

북극곰에 올라탄 솔샤르 200여 명.

타워 직속 병사 7,000명.

이들이 복잡한 눈빛으로 군나르군을 노려보았다.

타워 69층의 위치룸은 텅 비었다. 군주를 대신하여 토브욘 왕국을 다스리는 베르는 집정관 악셀리와 함께 수도를 지키는 중이었다. 토브욘의 두 번째 왕비 카스트렌도 베르를 도와 수도에 방어진을 구축하느라 정신없었다.

덕분에 지금 타워의 마법사들을 지휘할 사람이 없었다. 타워의 네 현자 가운데 빛의 마법사 아호와 불의 마법사 사투는 하라간에게 항복했다. 대지의 마법사 카티는 제자 실보플레와 함께 군나르 왕국에 포로로 붙잡혔다. 유일하게 남은 얼음 마법사 카스트렌은 수도를 지키느라 타워를 비웠다.

그 빈틈을 노려 군나르 왕국의 대군이 쓰나미처럼 밀려들었다. 수평선을 꽉 채운 어마어마한 병력의 접근에 마법사들이 동요했다.

"으으윽."

"헉! 저렇게 많다니."

3,000여 명의 마법사들은 불안한 눈빛으로 주먹을 꼭 쥐었다. 마법사들을 지키기 위해 배치된 솔샤르와 병사들은 오히려 마법사들보다 더 겁에 질렸다.

"아호 님과 사투 님이 적에게 항복하셨다는 소문이 사실일까?"

"신인의 재림이라니, 그럼 우린 어떻게 해야 해?"

"감히 신인과 맞서 싸울 수는 없지. 만약 신인의 재림이 확실하다면 무릎을 꿇고 용서를 빌어야지."

솔샤르들 사이에서 이런 웅성거림이 나왔다. 싸워 보기도 전에 무릎을 꿇을 생각부터 하니 전의가 다져질 리 없었다.

그 분위기가 병사들에게까지 전파되었다. 병사들도 목숨을 던져 타워를 지킬 생각보다는 항복할 타이밍을 재느라 머리가 복잡했다.

그나마 얼음 계열의 마법사들이 독기를 품었다.

"다들 정신 차렷!"

"저들은 적이다. 사막의 땅개들에게 싸워 보지도 않고 항복할 셈이냐? 그러고도 너희가 북해의 전사들이라고 주장할 수 있어? 엉?"

"우리의 뒤에는 카스트렌 왕비님이 계시다. 그리고 그

위엔 위대하시고 또 위대하신 분이 존재하신다. 우리는 그 분만 믿고 목숨을 다해 싸우면 돼."

얼음 계열의 마법사들이 바락바락 악을 썼다.

상대적으로 나머지 세 계열의 마법사들은 조용했다.

"야! 너희들 뭐야? 아호 현자님과 사투 현자님이 적에게 항복하셨으니 너희도 항복할 속셈이냐?"

평소 카스트렌의 총애를 받던 여자 마법사가 빛 계열과 화염 계열 마법사들을 향해 소리를 질렀다.

동료 마법사가 코웃음을 쳤다.

"현자는 무슨. 적에게 항복했으면서 무슨 현자야. 그냥 아호, 사투, 이렇게 이름을 불러야지."

이게 도화선이 되었다.

"뭐?"

"너 지금 뭐라고 했어? 지금 감히 우리 현자님께 뭐? 이름을 부르자고?"

사투의 제자들이 발끈했다. 원래 화염 계열의 마법사들은 성격이 지랄 맞았다. 스승이 모욕을 당하는데 그냥 참고 있을 성격들이 아니었다.

"너, 빨리 사과해. 빨리 사과하지 않으면 확 불을 질러 버릴 테다."

화염 계열 마법사들이 팔뚝을 걷고 따졌다.

얼음 계열 마법사들도 물러서지 않았다.

"질러 봐, 이 쪼다들아. 그리고 사투가 배신자 맞지, 그럼 아니냐?"

"뭐어? 이것들이 진짜!"

마법사들 사이에 험악한 분위기가 조성되었다.

이 내분을 종료시킨 것은 아이러니하게도 군나르군이었다. 저 멀리 수평선을 채웠던 군나르군이 어느새 타워 전방 몇 백 미터 지점까지 접근했다. 척! 척! 척! 소리를 내며 해일처럼 밀려든 군나르군은 타워의 마법사들에게 공포를 안겨 주기에 충분했다.

"끄읍."

겁에 질린 마법사들이 손으로 입을 막았다.

"으으읏!"

얼음 계열의 마법사들은 적개심에 불타올라 두 주먹을 꼭 움켜쥐었다.

"위대하시고 또 위대하신 분이시여, 제발 저희를 지켜 주소서."

일부 마법사들은 타워 꼭대기를 올려다보며 토브욘을 찾았다. 시커먼 먹장구름에 잠긴 타워 꼭대기에선 아무런 반응도 없었다. 마법사들의 눈이 절망으로 물들었다.

척척척, 군대를 몰아 접근한 온바가 주먹을 번쩍 들었다.

"스톱."

군나르 병사들이 그 자리에서 걸음을 멈췄다.

대군에 둘러싸인 토브욘의 마법사들이 침을 꿀꺽 삼켰다. 그때 온바가 고개를 하늘로 젖히고 크게 외쳤다.

"저희 앞에 현신하소서!"

"저희 앞에 그 위대한 모습을 드러내 주소서!"

군나르 병사들이 일제히 하늘을 올려다보며 복창했다. 130,000 대군이 한목소리로 외치자 북해의 파도마저 놀라 잠잠히 가라앉았다.

타워의 마법사들은 '현신이라니, 이게 무슨 소리인가?'라는 생각에 두 눈을 끔뻑거렸다. 곧이어 그들의 동공이 찢어질 듯 팽창했다.

"어억!"

"저, 저, 저건!"

몇몇 마법사들이 까마득한 상공을 손가락으로 가리켰다. 동료 마법사들이 그 손가락을 좇아 시선을 위로 들었다.

이윽고 시커먼 그림자가 지상을 뒤덮었다.

"으어어, 어떻게 이런 일이!"

토브욘의 마법사들 상당수가 그 자리에 무너지듯 주저앉았다. 일부는 입을 쩍 벌리고 얼음이 되었다. 반응은 서로 달랐지만, 토브욘 왕국 마법사들의 행동엔 공통점이 존재했다. 다들 하늘 한곳에 시선을 고정한 채 눈을 떼지 못했다.

마법사들의 동공을 꽉 붙든 존재는 바로 키르샤였다. 황갈색 날개를 활짝 펴고 아가리를 150도 각도로 쩍 벌린 심해저 레벨의 마물, 탁소 키르샤.

Chapter 4

무려 800년 만에 세상 사람들 눈에 나타난 거대 마물은 날갯짓 몇 번에 수 킬로미터를 날아와 구름 위 타워 상층부를 그대로 들이받았다.

쿠와아아앙!

타워에 설치된 온갖 방어 마법진들이 한꺼번에 동작했다. 중력을 뒤틀고, 거센 바람을 일으키고, 고압 전기도 마구 내뿜었다.

하지만 이런 저항들은 탁소 키르샤에겐 통하지 않았다. 탁소 키르샤의 황갈색 비늘은 토브욘의 마법사들이 개발해낸 강력한 마법들을 99 퍼센트 이상 무력화시켰다. 허무하게 튕겨 나간 마법의 잔재들이 구름 아래 지상으로 우수수 떨어졌다. 이어서 타워 상층부로부터 떨어져 나간 건물 파편들이 우박처럼 낙하했다.

충돌의 반작용으로 20 미터쯤 뒤로 튕겨 난 탁소 키르샤는 허공에서 날개를 활짝 펴고 몇 번 날갯짓을 하더니 굵은 꼬리를 수평으로 휘둘렀다.

콰앙!

타워가 또다시 강한 타격을 받았다. 타워 상층부에서 떨어지는 건물 잔해들이 지상으로 무섭게 낙하했다. 멍하게 하늘만 올려다보던 토브욘의 마법사들이 건물 파편에 머리통을 얻어맞아 그 자리에서 즉사했다.

"피햇!"

"타워가 무너진다."

정신이 번쩍 든 마법사들이 손으로 머리를 가리고 허둥거렸다. 일부 침착한 마법사들은 머리 위에 쉴드를 쳐서 신체를 보호했다.

꼬리로 타워의 상층부를 강타한 탁소 키르샤는 거대한 날개를 펄럭이며 한 바퀴를 크게 선회했다. 그러곤 범선의 닻처럼 생긴 발톱으로 타워를 꽉 움켜잡았다. 8개의 발에 돋아난 40개의 날카로운 발톱이 건물 벽을 부수며 내부로 파고들었다. 타워를 상징하는 [Λ] 문양이 칼날을 만난 치즈처럼 무르게 뭉그러졌다.

타워를 꽉 움켜쥔 탁소 키르샤가 날개를 세차게 휘저어

하늘로 날아올랐다.

꾸득, 꾸득, 뿌드드드득!

타워 전체가 하늘로 뽑혀 올라갈 듯 들썩였다. 타워에서 쏟아지는 건물 잔해는 이제 우박이 아니라 폭우처럼 쏟아지기 시작했다.

"으어!"

"말도 안 돼!"

이 어마어마한 건축물을 그대로 뽑아 버릴 것 같은 키르샤의 말도 안 되는 괴력에 토브욘의 마법사들이 입을 쩍 벌렸다.

그렇게 타워 전체를 쥐고 흔들던 탁소 키르샤가 어느 순간 방향을 바꿨다. 건물에 거꾸로 달라붙어 머리를 아래로 낮추고 꼬리를 하늘로 향한 채 온몸으로 타워를 칭칭 휘감은 탁소 키르샤는 그대로 힘을 주어 타워를 꽉 조였다.

콰득, 콰드드득!

탁소 키르샤의 동체가 타워 안쪽으로 파고들자 건물 전체가 꽈배기처럼 뒤틀렸다. 심지어 타워는 탁소 키르샤의 무게를 견디지 못하고 비스듬하게 기울기 시작했다.

"우와, 타워가 무너진다."

"모두 대피해!"

사람들이 황급히 몸을 피했다. 토브욘의 마법사들뿐 아

니라 군나르 왕국의 병사들도 당황하여 멀찍이 물러났다.

힘을 꽉 쥐서 타워의 뼈대를 뒤틀어 버린 탁소 키르샤는 다시금 거대한 날개를 활짝 펴고 하늘로 날아올랐다.

타워의 들썩거림이 한층 더 심해졌다. 타워 하층부로부터 엄청난 흙먼지가 피어올랐다. 건물 전체가 몇 차례 들썩이다가 하늘로 뽑혀 나오기 시작했다.

타워는 구름보다 더 높이 솟은 초대형 건축물이었다. 타워는 토브욘 모든 마법사들의 긍지이자 자존심의 상징이었다.

그 상징적인 건물이 탁소 키르샤에 의해 통째로 뽑혀 나가는 장면은 너무나 비현실적이었다. 하늘이 통째로 무너진 듯한 충격에 토브욘의 마법사들은 패닉 상태가 되었다.

쿠르르르르르—

마침내 타워가 통째로 뽑혀 나왔다. 무지막지하게 깊은 곳까지 박혀 있던 건물 지하층이 연달아 지상으로 끌려 올라왔다. 이어서 가장 아래 지반마저 뽑혀서 허공에 둥실 떠올랐다. 8개의 거대한 발로 타워를 꽉 움켜쥔 탁소 키르샤는 허공에서 커다란 동체를 빙글빙글 돌렸다. 그 발톱에 붙잡힌 초고층 건축물이 한 바퀴, 두 바퀴, 세 바퀴 회전했다.

처음엔 타워의 무게 때문에 천천히 돌던 탁소 키르샤였지만, 바퀴가 더해질수록 회전에 가속도가 붙었다. 타워도

점점 더 커다란 원을 그렸다.

후웅—

"헉!"

토브욘의 마법사들은 숨이 턱 막혔다.

군나르 왕국 병사들도 멍한 눈으로 이 비현실적인 장면을 지켜보았다.

충분히 원심력을 모았다 싶자 탁소 키르샤가 건물을 탁 놓아 버렸다. 토브욘 왕국이 자랑하는 초고층 건축물은 원심력에 의해 무려 수백 미터를 날아가 북해 바다에 내동댕이쳐졌다.

첨벙!

바닷물이 수십 미터 높이로 튀어서 해안을 강타했다. 쓰나미처럼 몰려온 바닷물은 멍하게 서 있던 사람들을 휩쓸고 다시 바다로 쏴악 빠져나갔다.

"으왁!"

"어푸푸, 어푸푸푸."

기겁을 한 사람들이 어떻게든 헤엄쳐서 다시 육지로 거슬러 올라왔다. 그 와중에 일부는 돌아오지 못하고 먼바다로 휩쓸려 나갔다.

초고층 건축물이 바다에 처박힌 충격이 어찌나 컸던지 하늘에선 소나기가 쏟아지는 것처럼 바닷물이 낙하했다.

그것보다 더 충격적인 것은, 허리가 절반으로 꺾인 채 바다 저 멀리 날아가 처박힌 타워의 몰골이었다.

"으어어. 우흐흐흐흑."

얼음 계열의 마법사 한 명이 양손으로 머리를 움켜쥐고 주저앉아서 울음을 터뜨렸다. 다들 다리가 후들거려 제대로 서 있지 못했다. 패닉에 빠진 토브욘 마법사들의 눈앞에 거대 마물이 천천히 내려앉았다. 온몸이 황갈색 비늘로 뒤덮인 탁소 키르샤는 세차게 출렁거리는 해안가에 착지한 다음 3개의 불덩이 같은 눈으로 지상을 굽어보았다.

"보아라! 신인께서 이 땅에 재림하셨다."

온바가 목이 터져라 외쳤다.

"오오오— 신인이시여!"

십만이 넘는 군나르 병사들이 한목소리로 신인을 숭배했다. 그 쩌렁쩌렁한 외침에 토브욘의 마법사들은 정신이 번쩍 들었다.

'신인?'

토브욘의 마법사들에게 군나르군은 분명 적이었다. 하지만 저 키르샤가 만약 신인의 재림이라면? 그렇다면 적대감을 버리고 즉시 무릎을 꿇고 경배해야 마땅했다. 북부인들에게 가장 중요한 덕목은 군주에 대한 충성심이지만, 그보다 더 상위에 있는 것이 바로 신앙심이었다.

"신인이시여, 진정 당신께서 이 땅에 다시 오셨나이까?"

신심이 투철한 노마법사 한 명이 탁소 키르샤를 향해 이렇게 물었다.

탁소 키르샤는 말없이 지상을 굽어보았다.

굳이 말이 필요 없었다. 철갑처럼 온몸을 두른 비늘, 쫙 펼쳐진 날개, 굵은 발톱, 압도적인 위압감, 모든 솔샤르들이 키르샤가 뿜어내는 상위 포식자의 기세를 느꼈다.

"으흐흐흑."

늙은 마법사가 소매로 눈물을 훔쳤다.

"신인이시여."

다른 마법사들도 하나둘 탁소 키르샤를 향해 무릎을 꿇기 시작했다.

"아아, 신인이시여."

마법사가 무너지자 그다음은 일반 병사들의 차례였다. 토브욘의 병사들은 도미노처럼 무릎을 꿇고 머리를 조아렸다.

까마득한 상공에 위치한 키르샤의 세 눈이 횃불처럼 일렁거렸다.

솔샤르들 가운데 감히 그 눈을 직접 올려다볼 강심장은 없었다. 솔샤르가 아닌 일반 병사들도 키르샤의 압도적인 존재감을 거부하지 못했다. 절대자의 강림 앞에 아군과 적군이 따로 있을 수 없었다.

Chapter 5

전투는 그렇게 싱겁게 종료되는 것 같았다.

하지만 아직은 끝이 아니었다.

촤아아아—

북해의 거친 파도 위를 스치듯 지나며 거대한 마물이 무서운 속도로 날아왔다.

[꾸어어어어어엉!]

대지를 뒤흔드는 포효가 그 뒤를 따랐다.

사람들이 깜짝 놀라는 가운데, 눈처럼 하얀 키르샤가 달려들어 탁소 키르샤를 덮쳤다. 새로 등장한 백색의 키르샤는 군나르의 탁소 키르샤와는 생김새가 사뭇 달랐다. 탁소 키르샤의 뿔이 구불구불하게 뻗은 반면, 백색 키르샤의 뿔은 숫양의 그것처럼 둥글게 휘어진 형태였다. 탁소 키르샤가 어깨가 떡 벌어진 육중한 몸체를 지녔다면, 백색의 키르샤는 뱀처럼 동체가 길고 갸름했다. 탁소 키르샤의 비늘은 황갈색이었다. 반면 백색 키르샤의 비늘은 눈과 얼음을 반씩 섞어 놓은 듯 우윳빛을 띠었다. 또한 탁소 키르샤의 눈이 3개인 것과 달리 백색 키르샤의 눈은 2개뿐이었다. 그 2개의 눈에서 시퍼렇게 뇌전이 튀었다.

[꾸어어엉!]

거센 포효와 함께 들이닥친 백색의 키르샤는 단숨에 탁소 키르샤의 목덜미를 물어뜯으며 칭칭 몸을 휘감았다.

탁소 키르샤가 날개를 활짝 펼쳤다. 그다음 기다란 목을 쭈욱 펼쳐 백색의 키르샤를 거꾸로 위에서 짓눌렀다.

팅팅팅팅팅!

백색 키르샤의 날카로운 이빨들이 탁소 키르샤의 비늘에 튕겨 흠집조차 내지 못했다. 오히려 황갈색 비늘 위로 서리가 한 겹 입혀진 듯하더니 백색 키르샤의 아가리를 꽝꽝 얼려 버렸다. 그렇게 목을 빼낸 탁소 키르샤는 백색 키르샤의 목덜미를 덥석 물었다.

백색 키르샤가 재빨리 발톱을 휘둘렀다. 무려 20 미터나 되는 날카로운 발톱들이 탁소 키르샤의 몸을 찢을 것처럼 파고들었다.

이번에도 탁소 키르샤의 비늘 위로 서리가 한 겹 싸아악 내려앉았다. 백색 키르샤의 발톱은 그 서리를 뚫지 못하고 허무하게 튕겨 났다.

대신 탁소 키르샤의 발톱이 백색 키르샤의 몸뚱어리를 꽉 붙잡았다. 탁소 키르샤의 황갈색 발톱이 파고들자 백색 키르샤의 새하얀 비늘이 갈고리에 찍힌 조개껍질처럼 파사삭 부서졌다.

[꾸억?]

백색 키르샤가 당황하여 몸을 뒤틀었다.

하지만 이미 그의 몸뚱어리는 탁소 키르샤에게 꽉 붙잡힌 상태였다. 한입 크게 베어 물린 목에선 피가 철철 흘렀다.

완력뿐 아니라 체격 차이도 컸다.

백색 키르샤는 머리부터 꼬리까지 길이가 120 미터 남짓.

그에 비해 탁소 키르샤는 길이만 200 미터에 달했고, 체중은 무려 다섯 배나 더 나갔다. 탁소 키르샤는 적의 목을 물어 질질 끌고 가더니, 북해 바다로 첨벙 뛰어들었다.

물보라가 사방으로 튀었다.

[꾸엉, 꾸엉, 꾸어엉!]

하얀 포말 속에서 백색의 키르샤가 살기 위해 발버둥 쳤다.

소용없었다. 탁소 키르샤는 꽉 문 목덜미를 놓아주지 않았다. 어마어마한 턱 힘으로 상대를 제압한 다음, 바다 밑바닥에 꽉 짓눌러 좌우로 주둥아리를 흔들었다. 백색 키르샤의 머리가 그 무지막지한 괴력에 이끌려 좌우로 힘없이 끌려다녔다.

당황한 백색 키르샤가 발톱으로 허공에 둥그런 원을 그렸다. 푸른 색깔의 고대 문자가 원 주변에 돋아나 뱅글뱅글 회전하며 마법을 완성했다. 허공에 돋아난 10 미터 크기의 테두리 안에서 얼음 화살이 비 오듯이 쏟아졌다.

퓨퓨퓨퓻!

탁소 키르샤는 그 공격을 맨몸으로 맞았다.

사실 이런 공격은 가소로웠다. 백색 키르샤의 날카로운 발톱도 탁소 키르샤의 황갈색 비늘을 뚫지 못했는데, 이따위 얼음 화살이 영향을 줄 리 없었다.

백색 키르샤가 마법으로 얼음 화살을 날리는 동안 탁소 키르샤는 적의 몸을 뒤집어 6개의 발로 배와 가슴을 꽉 붙잡은 다음, 나머지 2개의 발에 돋아난 발톱을 곤두세웠다.

푸욱—

2개의 발에 돋아난 10개의 발톱이 백색 키르샤의 복부를 찢고 살 속으로 파고들었다.

[꾸웨에에엑!]

백색 키르샤가 발악을 했다.

하지만 아무리 머리를 휘저어도 탁소 키르샤의 입에서 벗어날 수가 없었다. 목을 꽉 문 탁소 키르샤의 턱은 풀릴 줄을 몰랐다.

부와아아악—

북해의 차가운 바닷속에서 백색 키르샤의 배가 쩍 갈라졌다. 핏물이 분수처럼 샘솟아 하얀 포말을 붉게 물들였다. 그 핏물 사이로 백색 키르샤의 내장이 드러났다.

쿠릉!

탁소 키르샤가 콧김을 거세게 내뿜었다.

지금까지는 턱 힘으로만 목을 물고 있었다면, 이번 콧김과 함께 녹색의 독액이 흘러나와 백색 키르샤의 목덜미 속으로 흘러들어 갔다.

백색 키르샤의 몸이 갑자기 뻣뻣하게 마비되었다. 신경이 죽고 살 속에 부글부글 기포가 생겼다. 그 와중에 배는 완전히 열려 이제 내장이 온통 드러났다.

백색 키르샤는 몸도 제대로 움직일 수 없었다. 마비가 아직 완전히 되지 않아 꼬리는 첨벙첨벙 물을 튕겼다. 대신 마비가 진행된 나머지 신체 부위는 꼼짝도 안 했다.

[사, 살려…….]

백색 키르샤가 탁소 키르샤에게 황급히 뇌파를 보냈다.

그 전에 탁소 키르샤가 말허리를 끊었다.

[너, 토브욘이지?]

[뭣?]

백색 키르샤, 즉 토브욘이 화들짝 놀랐다.

탁소 키르샤와 결합한 하라간이 히죽 웃었다.

[토브욘 맞네. 얼음과 빙하의 제왕 토브욘. 우흐흐.]

[넌 누구냣?]

토브욘이 악을 썼다.

하라간은 대답하지 않았다. 대신 상대의 내장 속으로 두 발을 집어넣어 강하게 쥐어뜯었다.

[꾸어어어어억!]

토브욘이 괴성을 질렀다.

하라간이 뇌파로 으르렁거렸다.

[시건방진 피라미 녀석. 감히 얼음의 제왕이라고? 너 따위가 감히?]

분노한 하라간이 토브욘의 목덜미를 놓아준 다음 하늘 높이 고개를 들었다. 그다음 벼락처럼 머리를 하강하며 아가리를 쩍 벌렸다.

[보아라, 이것이 바로 진정한 얼음의 권능이다.]

하라간이 결합한 마신은 얼음과 균이 주요 권능이었다. 그 권능이 탁소 키르샤의 몸을 빌려 이 세상에서 구현되었다. 쩍 벌어진 아가리에서 뿜어진 냉기가 광활한 북해로 쩌저적 뻗어 나갔다.

쩌정!

파도가 치던 바다가 갑자기 시간이 정지한 듯 얼어붙었

다. 수평선 동쪽 끝에서 서쪽 끝까지, 눈에 보이는 모든 바닷물들이 그대로 다 얼었다.

그것도 표면만 살짝 언 것이 아니었다. 바닷속 가장 깊은 밑바닥까지 그대로 동결되었다. 북해에서 헤엄치던 모든 물고기들이 얼음에 갇혀 즉사했다. 북극곰이, 물개가, 바다에 잠시 내려앉았던 새들이 물과 함께 얼었다.

Chapter 6

눈짓 한 번에 광활한 북해를 통째로 얼려 버리는 것은 상상도 할 수 없는 이적이었다.

[헉!]

토브욘이 헛바람을 집어삼켰다.

하라간이 그런 토브욘을 오만하게 굽어보았다.

[이제 깨달았느냐? 감히 얼음의 제왕을 자처한 너의 교만함이 네 수명을 단축시킨 것이다. 알고나 죽어라.]

천둥과 같은 호통과 함께 탁소 키르샤의 등에서 투명한 마수가 스릉 일어섰다. 투명 마수의 발가락 끝에 돋아난 솜털 같은 미세한 촉수 하나는 얼어붙은 바다 위 모든 공간을 꽉 채울 정도로 거대했다. 그 촉수 끝에서 눈에 보이지 않는 아가리가 쩍 벌어지며 토브욘의 몸뚱어리를 머리끝부터 꼬리까지 단숨에 삼켰다.

콰득!

잘게 부서진 얼음 파편이 사방으로 튀었다. 그 얼음 속에서 백색 키르샤의 거대한 몸뚱어리가 허공으로 들썩 들려 올라갔다가 그대로 자취를 감추었다. 이어서 텅 빈 허공에서 우둑, 우둑 무언가 씹는 소리가 들렸다. 빈 허공에서 핏물이 탁 터졌다.

북해의 군주 토브욘을 한입에 삼킨 하라간이 발톱을 탁 튕겼다.

마법은 아니지만, 마법보다 더 마법 같은 얼음의 권능이 구현되었다. 꽝꽝 얼어붙었던 북해가 눈 깜짝할 사이에 다시 녹았다. 수 미터 높이로 솟구쳐서 얼음조각처럼 고정되었던 파도가 다시 물로 변해 수면을 때렸다. 철썩, 물보라가 크게 일어났다. 얼었다가 몸이 풀린 물고기들은 시체가 되어 둥실 떠올랐다. 그나마 북극곰과 물개들은 죽지 않고 되살아났다. 화들짝 놀란 북해의 동물들이 바다를 피해 빙하 위로 후다닥 도망쳤다. 동물들의 몸에서 피가 철철 흘렀다.

첨벙, 첨벙, 첨벙.

탁소 키르샤가 육지로 다시 걸어 올라왔다.

사람들은 다들 멍한 상태였다.

'뭐지?'

'내가 조금 전에 뭘 본 거지?'

'내가 잠시 돌았었나? 환각을 본 게야?'

'아니겠지. 에이, 아니겠지. 신인이 2명이시라니, 그럴 리 없어. 그 하얀 마물은 분명 신인이 아니야. 절대 그럴 리 없어.'

토브욘의 마법사들이 머리를 좌우로 흔들었다.

군나르군 병사들도 두 눈만 껌뻑거렸다.

그사이 육지로 올라온 탁소 키르샤가 머리를 하늘로 들고 포효를 터뜨렸다.

[꾸어어어엉—]

영혼을 뒤흔드는 쩌렁쩌렁한 울음에 사람들은 얼이 빠졌다. 그 가운데 감히 하라간을 적대시하는 어리석은 자는 아무도 없었다. 다들 탁소 키르샤의 발밑에 납죽 엎드렸다.

11월 22일 아침.

하라간은 130,000명이 넘는 대군을 이끌고 토브욘 수도에 도착했다.

북해에서 불어오는 혹한의 북풍이 군나르 병사들의 코에 고드름을 만들어 놓았다. 병사들은 털옷을 손으로 꽉 잡고

삭풍을 피했다. 영하 50도를 넘나드는 이런 날씨에서는 손이 덜덜 떨려 무기를 제대로 잡을 수도 없었다.

사람이 이럴진대 동물이 멀쩡할 리 없었다. 온바를 비롯한 지휘관들은 군마를 남쪽으로 돌려보내고 대신 순록으로 갈아탔다.

이런 악조건에도 불구하고 군나르군의 사기는 하늘을 찌를 듯했다.

"신인께서 우리와 함께하신다."

"신인께서 보우하시는 한 우리는 무적이다."

신인에 대한 절대적인 믿음이 병사들의 마음속에 뜨거운 횃불을 지펴 놓았다. 그 마음의 횃불이 혹한의 자연환경을 이겨 내는 원동력이 되었다. 군나르군은 한 치의 흐트러짐도 없이 진격하여 토브욘 왕국의 수도를 압박했다.

하라간이 이끄는 군대가 토브욘 왕국 수도 서문을 두드릴 즈음, 군나르 왕국의 서부 군단장 모올은 팔만 대군을 이끌고 수도 동문에 도착했다.

꽝꽝꽝꽝꽝!

모올은 부하들을 시켜 시끄럽게 징을 두드리고 폭죽을 터뜨리도록 했다. 적 수비병들을 자극하기 위한 조치였다.

대신 성벽을 직접 공격하지는 않았다. 모올은 현명한 장수였다. 그는 광활한 침엽수림을 횡단하느라 지친 부하들에게 일단 휴식을 주었다. 서부군 병사들은 적의 수도 서문 앞에 천막을 치고 공성 준비에 돌입했다.

그사이 온바도 동문 앞 2 킬로미터 지점에 130,000 대군이 머물 수 있는 군진을 설치했다.

사실 하라간이 나서 준다면 이렇게 군진을 칠 필요도 없었다. 탁소 키르샤가 적의 성문을 박살 내고 길을 열면 130,000 대군이 물밀 듯이 들이닥치면 끝. 그 이상의 작전도 없었다.

한데 하라간이 변덕을 부렸다.

"그럴 거면 그냥 나 혼자 토브욘 왕국을 휘저어 버리지 뭐하러 군대를 동원했겠어? 이제부터는 네가 처리해."

모닥불이 타닥타닥 피어오르는 화려한 막사 안에서 하라간은 이렇게 요구했다. 그다음 북극곰 가죽으로 장식된 침대에 벌렁 드러누워 뒹굴뒹굴 게으름을 피웠다.

솔직히 하라간은 귀찮았다.

'적 군주를 없애 주고 타워까지 잡아 뽑아서 바다에 처박아 주었으면 되었지, 더 이상 뭘 더 해 줘? 자꾸 내가 나서면 애들 버릇만 나빠져.'

아닌 말로, 하라간이 이 먼 북해까지 쳐들어온 진짜 목적은 바로 토브욘이었다. 하라간은 '토브욘이 혹시 키르샤로 진화했을지도 몰라. 이거 입에 군침이 도는걸?' 이라는 생각으로 이 먼 북부에 올라왔다. 마음 한편으로는 감히 얼음의 제왕 운운하는 시건방진 토브욘을 한번 혼내 주고 싶은 마음도 있었다.

한데 사흘 전인 11월 19일, 하라간은 그 목적을 달성했다. 북해의 군주 토브욘을 한입에 삼켜 버린 것이다.

그렇게 목적을 이루고 나니 하라간은 만사가 시큰둥했다.

"뒷일은 이제 직접 처리해 봐. 여차하면 내가 나서줄 테니까 너무 걱정 말고."

상의를 반쯤 풀어헤친 하라간이 침대에 누워 손을 휘휘 내저었다.

뉘 말이라고 거역할 것인가. 온바는 그 즉시 이마를 바닥에 처박았다.

"알겠사옵니다. 신 온바, 충심을 다해 명을 받들겠나이다."

뒷걸음질로 하라간의 막사에서 물러 나온 온바는 옆구리에 끼고 있던 투구를 머리에 꾹 눌러썼다. 막사 밖에서 대기 중이던 지휘관들이 온바 주변에 우르르 몰렸다.

"군단장님, 어찌 되었습니까?"

"신인께서 저 교만한 북해 놈들에게 신벌을 내려 주십니까?"

지휘관들은 하라간이 키르샤로 현신하여 한바탕 난동을 부리는 것을 '신벌' 이라고 높여서 표현했다.

온바가 짧게 고개를 가로저었다.

"아니."

"아니라고요?"

"그래. 이번 공성전은 우리가 직접 치른다."

온바의 말에 지휘관들의 눈이 휘둥그레졌다.

Chapter 7

"네에?"

"우리가 직접 싸웁니까? 하오면 신인께서는……?"

지휘관들이 엉덩이를 뒤로 빼는 듯한 태도를 보였다.

온바가 버럭 역정을 내었다.

"이놈들!"

천둥 같은 온바의 호통에 지휘관들이 화들짝 놀랐다.

온바의 호통이 이어졌다.

"언제까지 신인께 의지할 것이냐? 신인께 우리의 충성심과 무력을 보여드릴 생각은 하지 않고, 이런 나약한 것들을 보았나. 쯧쯧쯧."

지휘관들이 손사래를 쳤다.

“아이고, 그게 무슨 말씀이십니까? 저희가 언제 신인께 의지만 하겠다고 했습니까?”

“절대 아닙니다. 저희는 신인께서 보시기에 흡족하시도록 죽을힘을 다해 적들을 섬멸할 것입니다.”

온바가 그제야 노여움을 풀었다.

“좋아. 너희들을 한번 믿어 보마.”

“물론입니다.”

“저희를 믿어 주십시오.”

지휘관들이 후다닥 온바 앞을 떠나 각자의 부대를 챙겼다. 뚝딱뚝딱 막사를 설치하던 군나르군에 곧 비상 명령이 떨어졌다. 병사들은 서둘러 진영을 정비하고 전투태세를 갖췄다.

직속 부관이 다가와 온바에게 물었다.

“군단장님, 서부군에 연락책을 보낼까요? 아무래도 동쪽과 서쪽에서 동시에 합공하는 것이 좋지 않겠습니까?”

“아니.”

온바는 고개를 가로저었다.

“그럴 필요 없다. 서부 군단장 모올은 눈치가 빠른 너구리야. 우리가 공성을 시작하면 곧바로 낌새를 알아채고 합공에 나설 게다.”

"알겠습니다. 그럼 노덴스부터 준비시키겠습니다."

벌리스터형 마물 노덴스는 공성전의 핵심 병기였다.

온바가 한마디를 덧붙였다.

"마물 화살로 적 성벽을 부순 뒤 곧바로 휘몰아쳐 들어갈 것이다. 병사들에게 똑똑히 전해라. 신인께서 오늘 우리의 전투를 지켜보고 계시느니라. 그분께서 보시기에 부족함이 있어서는 절대 아니 될 것이야."

"물론입니다. 목숨을 바칠 각오로 전투에 임하겠습니다."

부관이 왼쪽 가슴에 주먹을 붙이고 절도 있게 대답했다.

전투는 생각보다 빨리 시작되었다.

휘류류— 휘류류— 휘류류류—

건물 기둥만큼 굵은 마물 화살 30발이 동시에 허공으로 발사되었다. 온바는 벌리스터형 마물 노덴스를 무려 30기나 동원해서 토브욘 왕국 수도 성벽을 두드렸다.

거대한 마물 화살들이 2 킬로미터가 넘는 거리를 비행해 성벽에 내리꽂히는 장면은 그야말로 장관이었다.

콰앙, 쾅! 쾅! 쾅!

엄청난 폭음과 함께 벽돌이 허물어지고 돌가루가 피어올랐다. 성벽에 박힌 마물 화살들은 아가리를 쩍 벌리고 벽돌들을 갉아먹기 시작했다.

토브욘 왕국도 그냥 당하지만은 않았다. 그들은 어떻게든 자신들의 수도를 지키기 위해 애를 썼다.

"마주 쏴라!"

"대응 발사로 적들을 섬멸하라."

구구구궁!

높은 성벽 위에 다섯 기의 노덴스가 모습을 드러내었다. 성벽 아래서 도르래를 돌려 올라온 노덴스는 활시위를 크게 당긴 다음 군나르 진영을 향해 마물 화살을 날렸다.

온바가 고함을 질렀다.

"1조와 2조는 방어망을 형성하라. 3조는 적 노덴스를 우선 공격한다."

명이 떨어지기 무섭게 군나르군의 노덴스들이 방향을 틀었다. 1조와 2조에 속한 20기의 노덴스가 성벽 위에서 날아오는 마물 화살을 향해 일제히 불을 뿜었다. 20개나 되는 마물 화살이 조밀하게 응집하여 허공으로 날아오르자, 토브욘 왕국이 쏜 마물 화살들은 그 위에 부딪힐 수밖에 없었다. 건물 기둥 굵기의 마물 화살들이 아가리를 쩍 벌리고 허공에서 서로를 물어뜯는 모습은, 마치 좁은 어망에 갇힌 뱀장어들이 치열하게 혈투를 벌이는 장면을 연상시켰다.

그렇게 중간에서 적 공격을 차단한 덕분에 군나르군은

거의 피해를 보지 않았다.

대신 토브욘 왕국의 성벽 위는 아수라장으로 변했다. 3조에서 날린 마물 화살 열 발이 토브욘의 노덴스를 집중 포격한 탓이었다.

"안 돼! 노덴스를 잃으면 대응 방법이 없어진다."

"막앗! 어떻게든 군나르군의 노덴스 공격을 막으라고."

수비병들이 악을 썼다.

2 킬로미터 밖에서 곡선을 그리며 날아오는 마물 화살은 토브욘의 수비병들에게는 그야말로 악몽이었다. 저 압도적인 공성 무기를 박살 낼 방법은 딱 세 가지뿐. 첫째, 더 많은 숫자의 노덴스를 투입해서 화력 싸움을 벌이든가. 둘째, 성문을 열고 우르르 뛰쳐나가 적들과 백병전에 돌입하든가. 셋째, 노덴스를 대체할 원거리 공격을 퍼붓든가.

원래 토브욘은 다수의 노덴스를 보유한 왕국은 아니었다. 특이하게도 토브욘의 솔샤르들은 노덴스와 결합할 확률이 타 왕국에 비해 떨어졌다.

대신 토브욘 왕국은 마법 강국이었다. 그들은 마력함을 동원해서 얼마든지 적의 노덴스 부대를 무력화시킬 수 있었다. 혹은 뛰어난 마법사들을 동원하여 원거리 공격을 퍼붓는 것도 가능했다.

그런데 지금은 마땅히 손을 쓸 방법이 보이지 않았다. 토브욘 왕국의 마법사들은 대부분 사흘 전 타워 전투에서 하라간에게 백기를 들고 항복했다. 타워의 4대 현자 가운데 2명인 아호와 사투는 이미 그 전 전투에서 하라간에게 무릎을 꿇었다.

마법사들이 빠지자 토브욘 왕국은 군나르군의 원거리 공격에 제대로 대응하기 어려웠다.

물론 마력함도 출전하지 못했다. 만약 마력함이 고공비행하여 군나르군의 머리 위에서 공격을 퍼부어 준다면 토브욘 왕국이 이토록 속수무책으로 밀릴 리 없었다.

하지만 지금 토브욘 왕국은 마력함을 날리기 불가능한 상황이었다. 마력함을 운용할 마법사들이 부족하기 때문이다.

수도에 남은 마법사들을 총동원해도 겨우 마력함 다섯 기를 간신히 발진시킬 정도.

2왕비 카스트렌은 그 다섯 기의 마력함을 왕궁 수비를 위해 빼놓았다.

"어차피 수도의 방벽이 무너지는 것은 막을 수 없다. 사막의 땅개 놈들이 도시 내부로 들어와 왕궁을 공격할 때, 마력함은 그때 왕궁을 지키기 위한 용도로 사용해야 해."

카스트렌은 이렇게 판단했다.

토브욘의 적자 베르도 카스트렌의 의견에 동의했다. 그

들은 수도의 수백만 백성들보다 왕족과 귀족들의 생명이 더 중요하다고 여겼다. 그래서 수도 외곽 성벽엔 소수의 노덴스와 병사들만 남겨 놓고 주력 부대는 모두 왕궁 안에 집결시켰다.

콰앙! 콰앙! 콰아앙!

마물 화살이 연신 성벽을 들이받았다. 빠른 속도로 벽돌을 갉아먹는 마물 화살의 공격에 성벽 곳곳이 허물어지기 시작했다.

"으어어, 안 돼."

토브욘의 수비병들이 두 손으로 머리카락을 쥐어뜯으며 절규했다.

그나마 정신을 차린 수비병들이 후퇴를 외쳤다.

"모두 후퇴하라. 왕궁 근처에 집결하여 방어진을 다시 형성해야 한다."

"후퇴! 후퇴! 여기선 도저히 적들을 막을 수 없어."

성벽 위의 수비병들이 앞다투어 후퇴했다.

온바의 우렁찬 음성이 그 뒤를 좇았다.

"진격하라."

부관이 곧바로 그 명령을 복창했다.

"성이 허물어졌다. 신인의 가호를 받는 군나르군이여, 모두 진격하라."

"우와아아아아아—"

어마어마한 함성이 그 뒤를 따랐다. 사기가 하늘을 찌르는 군나르군은 무너진 성벽을 향해 해일처럼 밀려들었다.

Chapter 8

와장창!

수도 외곽을 비춰 주던 대형 크리스털 화면이 박살 났다.

"후욱, 후욱, 후욱."

베르는 기괴하게 일그러진 얼굴로 부서진 크리스털 파편들 앞에서 숨을 가다듬었다. 둘째 형 요나스를 밀어내고 토브욘 왕국의 실권을 잡을 때도 감정의 기복을 겉으로 드러내지 않던 베르였다. 신하들은 베르가 이토록 동요하는 모습을 처음 보았다.

카스트렌이 화려한 수정 의자로부터 몸을 일으켰다. 그녀가 입은 물빛 드레스가 대전 바닥에 깔려 치렁하게 늘어졌다.

"카스트렌 님."

베르가 카스트렌을 돌아보았다.

카스트렌은 꾹 다문 입술을 열었다.

"그렇게 동요할 필요 없다. 수도 방어막이 뚫릴 것은 이미 예상했던 일이야."

말은 담담하게 했지만, 사실 카스트렌의 눈동자도 희미하게 흔들리는 중이었다. 베르가 대책을 물었다.

"혜안을 빌려 주십시오. 이제 어떻게 하는 것이 좋겠습니까?"

사흘 전, 토브욘 왕국이 자랑하는 타워가 무너졌다. 거대한 키르샤가 날개를 쫙 펴고 날아와 북해의 마천루를 들이받는 장면은 정말 기가 막혔다. 토브욘의 왕족들은 크리스털 화면을 통해 그 장면을 목격하고는 다들 까무러치는 줄 알았다. 키르샤에 의해 타워가 들썩들썩하며 뽑혀 나가는 영상을 볼 때는 더 이상 아무런 말도 하지 못했다.

그것으로 끝.

어느 순간 영상 전송이 중단되면서 모든 정보가 차단되었다. 왕궁에 모인 토브욘의 왕족과 고위 귀족들은 타워가 완전히 뽑혀서 먼바다로 내동댕이쳐지는 장면을 목격하지 못했다. 새하얀 키르샤가 날아와 탁소 키르샤와 싸우는 장면도 볼 수 없었다. 아군 마법사들이 탁소 키르샤 앞에 무릎을 꿇고 항복하는 장면도 물론 수도에 전송되지 않았다.

어쨌거나 두 가지는 확실했다.

첫째, 토브욘 왕국이 자랑하는 타워는 더 이상 없다.

둘째, 군나르 왕국에 키르샤가 강림했다.

두 가지 모두 쇼크였다.

"왜 하필 군나르 왕국에……."

토브욘 왕국의 집정관 악셀리가 침통하게 말꼬리를 흐렸다.

왕족이나 귀족들 가운데 입을 여는 사람이 아무도 없었다. 다들 고개를 숙이고 입꼬리를 아래로 내렸다.

카스트렌이 그 맥 빠진 모습들을 쭉 훑어보았다. 솔직히 카스트렌도 이대로 주저앉고 싶었다. 하지만 그녀는 그럴 수가 없었다.

'아직 포기할 때가 아니야. 위대하시고 또 위대하신 분께서 아직 건재하셔. 그분께서 분명 무슨 수를 내실 게야.'

카스트렌은 토브욘이 하라간에게 잡아먹혔다는 사실을 알지 못했다. 억지로 마음을 다잡은 카스트렌이 마침내 결단을 내렸다.

"왕궁을 버리죠."

"네에?"

베르가 깜짝 놀라 카스트렌을 바라보았다.

"왕비마마, 왕궁을 포기하다니요?"

악셀리도 눈을 동그랗게 떴다.

카스트렌이 베르의 의사를 물었다.

"베르, 우리 좀 더 솔직해지자. 조금 전 영상에서 보았듯이 이미 수도 동쪽 방벽이 뚫렸어. 서쪽 방벽도 곧 붕괴위기고. 크리스털 화면에 집계된 적의 규모는 총 200,000명 이상! 마법사가 없는 상태에서 저들을 막을 방도가 없잖아?"

카스트렌의 말이 옳았다.

"끄응. 그건 그렇지요."

사실 베르도 카스트렌과 생각이 같았다. 그러나 베르는 머리로는 패배를 받아들여도 가슴으로는 사막의 땅개들에게 패했다는 사실이 용납되지 않았다.

악셀리가 항변했다.

"왕비마마, 그렇게 쉽게 포기하시기엔 아직 이릅니다. 왕궁에 집결한 마력함이 무려 수십 척입니다. 차라리 제가 솔샤르들을 이끌고 마력함을 일제히 발진시켜 적들과 자폭하겠습니다."

적의 머리 위에서 마력함을 자유 낙하시켜 자폭하게 되면 그 폭발의 여파가 어마어마했다. 최후 최악의 상황에서 악셀리는 적과 함께 자폭하는 길을 택하자고 주장했다.

카스트렌이 고개를 가로저었다.

"마법사들이 부족해요. 지금 발진시킬 수 있는 마력함은 고작 다섯 기 정도라고요."

"다섯 기만으로도 충분합니다. 소신이 그 다섯 기를 이끌고 전장에 나가 적들과 함께 죽겠습니다."

"이곳 수도에서요? 수백만 백성들과 함께 자폭하겠다고요?"

악셀리가 표독한 표정을 지었다.

"백성들도 차라리 죽기를 원할 겝니다. 저 무식한 사막 땅개 놈들의 노예가 되어 비굴하게 사느니, 차라리 자폭하여 신인의 곁에 올라가기를 원할 겝니다."

"흥! 그건 적진에 키르샤가 없을 때 이야기지요."

카스트렌이 코웃음을 쳤다.

마력함을 강제 추락시켜 적과 함께 자폭하는 것은 정말 효과가 큰 전략이었다. 하늘에서 추락하는 마력함을 막을 방도가 군나르군에는 없었다. 군나르군이 노덴스를 총동원하여 마물 화살을 아무리 날려도 마력함의 추락을 가속시킬 뿐, 해결되는 것은 전무했다.

하지만 적진에 키르샤가 있다면 이야기가 달랐다.

"집정관도 영상을 보았죠? 키르샤가 타워를 붙잡고 들썩거리며 잡아 뽑는 장면을 말이에요."

"아!"

"하늘에서 추락하는 마력함을 키르샤가 발톱으로 붙잡아 멀리 던져 버리면 어쩔 건데요? 그다음 그 키르샤가 왕궁을 부수고 난입하면 그다음 대책은 뭔데요?"

"아아아!"

악셀리는 대답을 하지 못했다.

"키르샤는 땅에서도 막강하지만 하늘에서는 더더욱 강해요. 그 어떤 솔샤르도, 그 어떤 마법 비행체도 키르샤에게는 통하지 않는다고요."

말을 하는 동안 카스트렌의 얼굴에도 불안감이 잔뜩 드리웠다.

토브욘의 왕족들도, 귀족들도 모두 얼굴이 하얗게 질렸다.

사실 이 자리에 있는 모든 사람들이 속으로 절규하는 말이 있었다.

'그렇게 강한 키르샤, 대적 불가능한 그 키르샤가 혹시 신인의 재림 아닙니까?'

'만약 신인의 재림이 맞는다면, 불경하게 이렇게 맞서 싸울 것이 아니라 우리도 성문을 열고 밖에 나가 키르샤 앞에 무릎을 꿇어야 하는 것 아닙니까?'

다들 속으로는 이런 생각을 했다. 단지 입 밖으로 내지 못할 뿐이었다.

사실 카스트렌과 베르가 가장 걱정하는 것도 바로 이 부분이었다.

'왕궁에서 공성전을 하면 안 돼. 만약 공성전이 길게 이어지다가 영상 속의 그 키르샤가 다시 등장한다면? 그 키르샤를 보고 수도의 백성들과 아군 병사들이 무기를 버리고 무릎을 꿇는다면?'

그럼 토브욘 왕실은 회복 불능이었다. 카스트렌이 적과 싸워 보지도 않고 퇴각을 입에 담은 것은 바로 이런 이유 때문이었다.

Chapter 9

베르의 생각도 카스트렌과 같았다.

'키르샤가 모습을 드러낼 기회를 주면 안 돼. 그럼 신앙심이 투철한 자들이 먼저 무너진다.'

이건 베르가 가장 두려워하는 상황이었다.

악셀리가 카스트렌에게 물었다.

"왕비마마, 왕궁을 버리고 어디로 가실 생각이십니까? 마력함을 타고 탈출해야 합니까?"

"집정관, 그렇게 머리가 안 돌아가요? 적진에 키르샤가 있다고 몇 차례나 말했잖아요. 마력함을 띄웠다가 키르샤가 쫓아오기라도 하는 날에는 우리는 그냥 하늘에서 분쇄

되는 거예요."

카스트렌이 대놓고 짜증을 내었다.

악셀리의 얼굴이 벌겋게 달아올랐다.

"송구합니다. 하면 어떻게 하면 좋을까요?"

"우리에겐 공간 이동 포탈이 있잖아요."

"아! 그렇지요. 공간 이동 포탈로 몸을 피신하는 것이 좋겠습니다."

악셀리가 손뼉을 쳤다.

왕족들과 귀족들 모두 패닉 상태라 공간 이동 포탈을 떠올리지 못했는데, 카스트렌의 말에 다들 얼굴이 밝아졌다.

카스트렌이 퇴각을 서둘렀다.

"단, 우리의 탈출이 적들에게 알려지면 곤란해요. 지금 시간도 촉박하잖아요? 그러니 수하들이나 가족들에게 알리지 말고 바로 왕궁을 빠져나가죠."

"가족들도 버린단 말씀이십니까?"

악셀리는 당황하여 이렇게 반문했다가, 카스트렌의 표독한 눈빛을 받고는 냉큼 고개를 끄덕였다.

"소신이 잠시 어리석은 질문을 했습니다. 이 급박한 와중에 가족을 챙길 수는 없지요. 왕비마마와 우리가 살아야 토브욘 왕국의 미래가 있는 것 아니겠습니까? 왕국의 미래를 위해 가족들은 희생시킬 수밖에요."

마침 악셀리의 맏아들과 둘째 아들은 이 자리에 함께 있었다.

'두 아들이라도 살려서 다행이구나. 빌어먹을.'

악셀리는 속으로 욕을 뱉었다.

그제야 카스트렌의 표정이 풀렸다.

"집정관의 말이 옳아요. 여기 계신 분들이야말로 우리 토브욘 왕국의 미래잖아요. 일단 우리가 살아남는 것이 중요해요. 그러면 뒷일은 위대하시고 또 위대하신 분께서 돌봐 주실 것이에요."

이렇게 좌중을 선동한 뒤, 카스트렌은 베르를 돌아보았다.

"베르."

"말씀하십시오."

"베르는 위대하시고 또 위대하신 분을 대신하여 우리 토브욘 왕국을 다스리는 무거운 짐을 짊어졌어. 나는 비록 베르의 친어머니는 아니지만, 베르를 아들처럼 아껴 왔지."

"감사합니다."

베르가 카스트렌에게 정중히 고개를 숙였다. 하지만 속마음은 그리 고분고분하지 않았다.

'이 늙은 여우가 또 무슨 말을 하려고 이렇게 사근사근하게 굴지?'

아니나 다를까, 카스트렌의 입에서 살벌한 이야기가 뒤따랐다.

"그러니 베르는 왕궁에 남아야 하지 않겠어? 비록 마력함을 동원하여 끝까지 항전하지는 않더라도 이곳에 남아서 백성들을 지키고 당당하게 적을 맞아야지. 위대하시고 또 위대하신 분도 베르의 이런 당당한 모습에 감탄하실 거야."

카스트렌의 말뜻은 결국 "우리는 안전한 곳으로 탈출할 테니 너는 여기 남아서 저 무시무시한 키르샤를 상대해라."였다.

베르의 눈썹이 파르르 떨렸다.

'이런 쌍년!'

베르의 마음속에서 열불이 솟구쳤다.

카스트렌이 베르의 손을 따듯하게 붙잡았다.

"우리가 전부 사라져 봐라. 백성들이 우리 왕족들을 어떻게 생각하겠어? 뒤에서 손가락질할 것이 뻔하잖아? 그럼 앞으로 왕족의 권위는 땅에 떨어질 게다. 하지만 위대하시고 또 위대하신 분으로부터 권력을 위임받은 베르가 이곳 대전을 굳건하게 지키고 있다면 이야기가 다르지. 백성들은 왕족들이 비겁하게 도주했다고 여기지는 않을 게야. 왜냐하면 우리 토브욘 왕국의 권력 서열 2위인 베르가 끝까지 남아 있으니까."

'빌어먹을 년. 이럴 때만 권력 서열 2위라고 치켜세우지, 사실은 네가 다 해 먹고 있잖아.'

베르는 속으로 이렇게 욕을 퍼부었다. 그 불편한 마음이 살짝 겉으로 드러났다.

카스트렌도 베르의 속내를 짐작했다.

'베르, 어쩔 수 없구나. 요나스에 이어서 이제는 네가 희생양이 될 차례야.'

카스트렌과 베르의 눈빛이 허공에서 격렬하게 충돌했다.

악셀리를 비롯한 고위 귀족들, 왕족들은 둘의 기싸움을 빤히 쳐다보았다.

결과는 카스트렌의 승리.

그녀의 말마따나 베르는 토브욘으로부터 권력을 위임받은 후계자였다. 그 후계자가 적을 피해 왕궁을 버리고 도망쳤다가는 백성들의 비난과 토브욘의 분노에 직면하게 될 것이 뻔했다. 베르에게는 왕궁을 탈출할 명분이 없었다.

"끄응! 알겠습니다. 제가 남아서 왕궁을 끝까지 지키겠습니다."

마침내 베르가 굴복했다.

카스트렌은 승리자가 된 듯 묘한 미소를 지었다.

짝짝짝짝!

"베르 님 만세!"

"역시 베르 님이십니다."

왕족들과 귀족들이 죽음을 자처한 베르를 향해 박수를 쳐 주었다.

'크윽.'

베르는 똥 씹은 표정으로 그 환대를 받았다.

지이잉!

허공에 타원형 테두리가 돋아났다. 그 테두리를 따라 고대의 문자가 형성되어 빙글빙글 회전했다. 테두리 안쪽에선 호수 표면처럼 푸른빛이 터져 나왔다. 얼음 마법사, 혹은 얼음의 현자라 불리는 카스트렌은 간단한 시동어만으로 공간 이동 포탈을 열었다.

악셀리가 조심스레 물었다.

"왕비마마, 어디로 통하는 포탈인지요?"

"일단 동쪽 국경 지대로 갑시다. 여차하면 헤닝 왕국으로 넘어가 망명할 수밖에요. 설마 군나르 놈들이 그곳까지 쫓아오진 않겠죠."

카스트렌이 턱으로 동쪽 방향을 가리켰다.

악셀리가 고개를 주억거렸다.

"현명하신 판단이십니다."

카스트렌이 왕족들을 재촉했다.

"자, 시간이 없어요. 나와 왕족들이 먼저 이동을 할 테니까, 그다음에 대신들이 차례로 포탈로 들어오세요."

그 말이 끝나기 무섭게 카스트렌이 먼저 포탈로 들어갔다.

한 손에 왕국의 권력을 쥐고 흔들던 왕비가 앞장서서 도망치는 모습이 그리 보기 좋지는 않았다. 다들 마음이 무거웠다.

그렇다고 백성들과 함께 죽기를 각오하는 사람도 없었다. 토브욘의 왕족들은 서둘러 공간 이동 포탈에 뛰어들었다. 그 뒤를 이어서 집정관 악셀리를 비롯한 대신들이 먼 동쪽 국경 지대로 넘어갔다. 이동할 사람들의 수가 많아 시간이 제법 걸렸다.

잠시 후 공간 이동이 모두 끝났다. 왕궁 지하 밀실에 형성되었던 포탈 마법진이 펑! 하고 사라졌다. 밀실 밖을 지키는 경비병들은 그 사실도 모르고 삼엄한 눈빛으로 주변을 경계했다.

이때가 11월 22일 정오 무렵이었다.

토브욘 왕국 상공에선 희끗희끗 눈발이 흩날리기 시작했다.

제3화

아홉 군주 체제의 붕괴

Chapter 1

"우흐흐흐흐."

홀로 대전에 남은 베르는 화려한 수정 의자에 앉아 키득키득 웃었다.

토브욘의 열세 번째 적자.

몸을 웅크리고, 늘 겸손한 척하고, 결코 두드러지지 않으며, 남몰래 힘을 키워 마침내 둘째 형 요나스를 제치고 권력 서열 2위에 오른 베르는 허탈한 눈으로 텅 빈 대전을 둘러보았다.

한때는 이 자리에 앉는 것이 베르의 지상 목표였다. 여기 앉아서 수백 명의 대신들을 호령하고 그들의 충성을 받는

것이 베르의 꿈이었다.

이제 그 꿈을 이루었건만 베르는 모든 것이 다 짜증 났다.

“킄킄킄, 크킄, 크크킄.”

베르는 수정 의자에 앉아 뼈가 없는 낙지처럼 몸을 축 늘어뜨렸다. 적막한 대전 안에서 그의 웃음소리가 허무하게 메아리쳤다.

“와아아아아—”

“북해 놈들이 힘이 빠졌다. 모두 진격하라.”

왕궁 밖에서는 희미하게 함성 소리가 들렸다.

베르의 귀에는 그 소리가 망령의 울음처럼, 혹은 늪 아래서 발목을 잡아끄는 악귀의 소리처럼 느껴졌다.

“크크크크킄.”

베르가 흐느적흐느적 몸을 뒤틀었다.

토브욘의 백성들은 문을 꽁꽁 걸어 잠그고 집 안에 숨었다.

중무장한 군나르군이 해일처럼 거리를 휩쓸고 지나가 왕궁으로 치달렸다. 군나르군의 지휘관들은 순록을 타고 선두에서 달렸다.

“신인께서 지켜보고 계신다.”

"모두 전력을 다해 적을 섬멸하라."

지휘관들의 우렁찬 목소리가 군나르 병사들의 발걸음을 독려했다. 집 안에 숨어 있던 토브욘 왕국 백성들이 그 말을 들었다.

"역시!"

"그 소문이 사실이었구나."

"으어어."

토브욘 왕국 남자들이 집 안 벽에 등을 기대고 주르륵 미끄러져 내렸다. 다리에 힘이 풀려 서 있기 힘든 탓이었다.

원래 북해 사람들은 전투적이었다. 전쟁에서 패해서 죽을지언정 이렇게 집 안에 숨어서 비굴하게 목숨을 도모하는 사람은 드물었다. 상대가 라이벌인 군나르 왕국이라면 더더욱 눈에 불을 켜고 앞장서서 싸우는 것이 토브욘인들의 전통이었다.

토브욘의 왕족이나 귀족들도 백성들과 별반 다르지 않았다.

그런데 이번 전쟁은 평소와는 달랐다. 왕족들과 귀족들은 왕궁을 버리고 도망쳤다. 용맹하던 백성들도 집 안에 몸을 숨기고 전쟁에 끼어들지 않았다.

괴소문 때문이었다.

"신인께서 재림하셨다."

"이번 전쟁은 감히 신인의 위엄을 침범한 베르의 탓이다. 그자 때문에 우리 토브욘 왕국에 신벌이 내리는 것이다."

소문은 들불처럼 퍼져서 어느새 토브욘 왕국 수도 내부까지 스며들었다. 수도의 백성들은 처음에 이 소문을 믿지 않았다.

하지만 마법사의 입을 통해서, 관리들의 표정을 통해서, 전투에서 패해서 도망쳐 온 병사들의 증언을 통해서 소문이 점점 확대되었다.

소문 속의 키르샤는 교리 시간에 배우던 신인의 모습 그대로였다. 날개를 활짝 펴면 온 하늘을 덮을 듯하다고 했다. 부리부리한 눈은 용암을 연상시킨다고 전해졌다. 키르샤의 우렁찬 포효 한 방에 온 세상이 뒤흔들린다고도 했다.

창문 밖에서 우두두두 달려가는 군나르 병사들을 내려다보면서, 토브욘의 노인 한 명이 중얼거렸다.

"허어어, 망해도 싸지. 소문대로 우리 왕자님이 감히 신인의 기휘를 범했다면 이따위 왕국은 망해도 싸. 허어어어어."

긴 한숨과 함께 내뱉은 노인의 착잡한 음성이 토브욘 일반 백성들의 마음을 대변해 주었다. 군인 출신의 노인은 조국을 위해서라면 얼마든지 목숨을 내어 놓을 수 있는 애국

자였으나, 그것이 신앙심을 넘어서지는 못했다.

토브욘의 수도에 전염병처럼 번진 이러한 인식 덕분에 군나르군은 아무런 저항도 받지 않고 적 왕궁을 포위할 수 있었다.

왕궁 코앞에 도착할 때까지 하라간은 거대한 황금빛 마차 안에서 단 한 발자국도 나오지 않았다.

군주 군나르가 모처럼 웃전에서 나와 북쪽 성벽으로 향했다.

군주가 직접 거동하는 것은 드문 일이라 환관들과 호위대 무사들이 바짝 긴장했다. 군나르의 표정도 어딘지 모르게 딱딱해 보였다.

'대체 무슨 일이시지? 조금 전 하얀빛이 웃전에 내려앉았는데, 그와 관련이 있나?'

수석 환관은 열심히 머리를 굴렸다.

딱히 짐작 가는 바는 없었다. 수석 환관은 그저 종종걸음으로 군나르의 뒤를 쫓을 뿐이었다.

조금 전, 아르네 왕국의 군주 오드의 뜻이 군나르에게 전달되었다.

[감히 신인의 사칭하는 배교자 군나르여, 너에게 이 오드의 분노가 전해질 것이다.]

불꽃처럼 일렁거리는 하얀빛은 군나르의 뇌에 이런 경고를 쏟아 내었다.

'드디어 올 것이 왔구나.'

군나르는 이미 각오를 마친 상태였다.

이미 하라간으로부터 키르샤도 돌려받았겠다, 오드가 직접 나서지만 않는다면 군나르는 두려울 것이 없다고 생각했다.

'오드 님, 어디 한번 해봅시다.'

뒷짐을 지고 왕궁의 북쪽 성벽 계단을 올라가면서 군나르는 어금니를 지그시 깨물었다. 그의 가슴속 마정석 안에서 탁소 키르샤가 펄떡펄떡 맥동했다. 솔직히 군나르도 사람인지라, 하라간이 그의 키르샤를 빌려 갈 때면 말로 표현할 수 없는 공허감을 느꼈다. 그러다 키르샤가 다시 돌아오면 그렇게 자신감이 치솟고 마음이 안정될 수 없었다.

게다가 지금 탁소 키르샤는 과거보다 두 배 이상 성장한 상태였다. 참 희한한 것이, 하라간과 마물을 공유한 이후로 군나르의 키르샤는 하루가 다르게 무럭무럭 성장했다.

"충! 성!"

군나르가 왕궁 북쪽 성벽에 올라서자 수비대장 메렌레가 발목을 척 붙이고 군례를 올렸다.

"잠시 자리 좀 비키지."

군나르가 손을 휘휘 저었다.

"옛! 명을 받들겠나이다."

메렌레는 수비병들을 이끌고 성벽 아래로 내려갔다. 7미터 높이의 성벽엔 군나르와 환관 몇 명, 호위대 무사 일부만 남았다.

휘이잉—

한 줄기 서늘한 바람이 불어와 군나르의 의복을 흔들고 지나갔다. 성벽 아래 내려다보이는 모습은 대도시답지 않게 황량했다.

수도 번화가와 바로 연결된 동쪽, 서쪽, 남쪽과 달리, 이곳 북쪽 성벽 바깥은 황무지와 맞닿아 있었다. 군나르가 굳이 이곳을 택한 이유도 그 때문이었다.

'오드 님은 분명 누군가를 보내 이 군나르를 징치하려 들 게다. 이곳 왕궁 인근에서 한바탕 드잡이질을 하기엔 이 황무지보다 더 적당한 장소도 없지.'

군나르는 서늘한 눈빛으로 황무지를 둘러보았다.

[위대하시고 또 위대하신 분께서 갑자기 이 황무지를 왜 둘러보시는 거지?]

[그 이유를 제가 어찌 알겠습니까?]

수석 환관의 물음에 환관들이 고개를 가로저었다. 환관들은 군나르가 이곳에 온 영문을 몰라 불안해했다.

호위대 무사들도 잔뜩 긴장한 표정으로 주변을 경계했다. 특히 신임 호위대장 미탄니는 군나르 바로 옆에서 곁을 지켰다.

후웅!

그때 변화가 일어났다.

성벽 위쪽에 갑자기 포탈이 형성되었다. 타원형으로 푸른빛이 떠오르면서 장대한 체격의 사내가 불쑥 튀어나왔다.

"누구냣?"

미탄니가 재빨리 군나르의 앞을 가로막았다.

"그만."

군나르가 미탄니를 제지했다.

포탈 안에서 불쑥 튀어나온 사내는 인간이 아니었다. 190 센티미터가 훌쩍 넘는 키에 몸은 사람, 얼굴은 사자인 네우로이(Neuri: 수인족)였다.

그것도 보통 수인족이 아니라 3개의 구불구불한 뿔을 가지고, 황금 목걸이와 황금 팔찌로 몸을 치장한 압도적인 강자였다. 황금 팔찌 밑에는 실로 짜서 만든 알록달록한 팔찌도 살짝 엿보였다.

이 사내의 정체는 모든 수인족들의 왕, 북부의 아홉 군주 가운데 한 명인 토레 아르네 솔샤르였다. 그 초강자가 군나르 왕궁 북쪽 성벽에 나타난 것이다.

Chapter 2

[토레.]

군나르가 미탄니를 밀치고 토레에게 다가섰다.

토레는 두 눈에서 붉은빛을 줄기줄기 뿜으며 다가와 군나르의 손을 맞잡았다.

[군나르 님.]

[아니, 숲의 제왕께서 여기까지 어쩐 일인가? 허허허.]

군나르가 너털웃음을 흘렸다.

군나르와 토레는 아주 오래전부터 우의를 다져 온 친구 사이였다. 비록 종족도 다르고 나이도 군나르가 더 많았지만, 둘은 친형제처럼 살갑게 서로를 아꼈다.

토레가 군주의 자리에 오르기 전, 형제들로부터 집중 공격을 받아 목숨이 위험할 때 도와준 사람이 바로 군나르였다. 대신 토레도 군나르의 하나뿐인 혈육 하라간을 직접 돌볼 정도로 정성을 쏟았다. 뿐만이 아니라 토레는 숲에서 채취하는 귀한 약재들을 군나르에게 보내서 군나르의 독 연구를 돕곤 했다.

[이상한 정보를 듣고 한달음에 달려왔습니다.]

토레의 대답에 군나르가 고개를 갸웃했다.

[이상한 정보?]

[마왕 스벤센이 형님을 노리고 있다는 정보 말입니다.]

[스벤센 녀석이?]

남쪽 거인족들의 군주 스벤센이 언급되자 군나르는 눈을 찌푸렸다.

솔직히 군나르는 스벤센에게 찔리는 바가 많았다. 최근 하라간이 스벤센 왕국의 마정석 광산을 탈탈 털어 온 사건 때문이었다.

군나르는 애써 표정을 관리하며 되물었다.

[그 녀석이 왜 나를 노려?]

토레의 대답은 의외였다.

[오드 님의 부탁 때문이라고 합니다.]

[뭣? 오드 님의 부탁이라고?]

조금 전 군나르는 오드로부터 강력한 경고를 받았다. 군나르가 웃전을 나와 이곳 북쪽 성벽에 오른 이유는 바로 그 때문이었다. 오드가 보낸 강적들을 상대하기 위함.

그런데 그 강적이 마왕 스벤센일 줄은 몰랐다. 군나르는 속으로 쓴웃음을 지었다.

'마정석 광산 사건이 들통 난 것은 아니구나. 그건 다행

이야. 하지만 스벤센 녀석과는 이래저래 악연이로군.'

군나르는 스벤센에게 조금 미안한 마음이 들었지만, 그렇다고 싸움을 회피할 생각은 없었다.

[흥! 덩치만 큰 거인족 녀석이 이 군나르를 도모할 수 있을 것 같은가? 어림도 없는 수작이지.]

군나르의 얼굴에 숨길 수 없는 자신감이 넘쳤다.

토레가 맞장구를 쳤다.

[물론 스벤센 따위가 형님을 어쩌지는 못할 겁니다. 하지만 오드 님이 스벤센 한 명만 부추겼겠습니까? 또 다른 조력자가 있을 것이 뻔합니다. 그래서 제가 달려온 것입니다.]

그 말에 군나르는 가슴이 울컥했다.

[그런가? 고마우이.]

북부의 군주들 가운데 이렇게 한달음에 달려와 줄 친구가 있다는 사실만으로도 군나르는 기분이 좋았다.

게다가 토레는 손해를 무릅쓰고 이곳에 온 것이었다.

마법이 발전한 토브욘 왕국이나 헤닝 왕국, 아르네 왕국과 달리 군나르 왕국이나 토레 왕국은 마법에 젬병이었다. 최근까지도 두 왕국은 공간 이동 포탈과 같은 최상위 마법들은 구현할 꿈도 꾸지 못했다.

그렇다고 해서 공간 이동이 전혀 불가능한 것은 아니었

다. 군나르와 토레는 값비싼 비용을 주고 일회용 포탈을 열 수 있는 마법 아이템 몇 개를 사 놓았다. 그러곤 공간 이동 좌표를 서로 상대방에게 설정해 놓았다.

군나르가 가진 포탈은 토레에게.

토레의 포탈은 군나르에게.

그 이유는 뻔했다. 만약 군나르 왕국에 피치 못할 변고가 생겨서 군나르의 목숨이 위험해진다면? 그럼 군나르는 일회용 포탈을 열어 하라간을 토레에게 보낼 생각이었다. 마찬가지도 토레도 후계자를 군나르에게 보내 서로의 목숨을 지켜 주기로 약조를 맺었다.

토레는 지금 그 비싼 마법 아이템을 사용하여 군나르의 곁에 달려온 것이다. 그 마음 씀씀이가 고마워서 군나르의 눈동자가 파르르 떨렸다.

[이렇게 자네가 와 주니 얼마나 든든한지 모르겠네. 물론 스벤센 녀석이 나를 어떻게 하지는 못하겠지만, 그래도 고마운 것은 고마운 것이지. 내 이 은혜는 결코 잊지 않음세.]

[형님, 은혜라니요? 마땅히 제가 해야 할 일입니다. 그나저나 스벤센은 아직 오지 않았나 봅니다.]

토레가 주변을 두리번거렸다.

군나르가 턱으로 성 밖 황무지를 가리켰다.

[내 생각엔 조금 뒤 저 황무지에 스벤센이 나타날 걸세.

포탈을 열고 말일세.]

[포탈이요? 흥! 무식한 거인족이 어찌 포탈을 사용하겠습니까?]

토레가 코웃음을 쳤다. 하지만 군나르의 이어지는 말에 곧 고개를 끄덕여야 했다.

[스벤센이 포탈을 사용하진 못하겠지. 하지만 오드 님이 스벤센을 부추겼다면, 당연히 아르네 왕국에서 스벤센을 위해 공간 이동 포탈을 열어 줄 게야.]

오드가 돕는다면 가능한 일이었다. 토레도 그 사실을 인정할 수밖에 없었다.

[그렇겠군요. 젠장! 그럼 곧 그 꼴 보기 싫은 거인족 녀석을 보겠네요.]

토레의 툴툴거림이 끝나기도 전, 북쪽 성벽 앞 1 킬로미터 지점에 하얀 빛무리 2개가 동시에 떨어졌다.

화악!

눈부신 빛의 폭발 속에서 덩치가 커다란 사내 2명이 불쑥 튀어나왔다.

오른쪽 사내는 검은 머리카락에 시커먼 수염을 산발한 거인이었다. 키는 무려 240 센티미터가 족히 넘었고, 아래턱에서 윗입술을 향해 튀어나온 송곳니는 거의 코에 닿을 듯했다. 사내의 몸에는 거무튀튀한 쇠사슬이 칭칭 감겨 철그럭철그럭 소리를 내었다.

사내의 정체는 스벤센.

군나르 왕국과 국경을 맞댄 거인족 왕국의 군주이자 마왕이라 불리는 바로 그 절대자였다.

“역시 스벤센이 왔군.”

군나르는 왼쪽 사내에게 눈을 돌렸다.

스벤센으로부터 10 미터 정도 떨어진 곳에 우뚝 선 사내는 남색 토가를 몸에 두르고 검은 수염을 가지런히 길러 배꼽까지 늘어뜨린 모습이었다. 키는 190 센티미터 정도로 무척 큰 편이었지만 스벤센 옆에 나란히 서 있는 탓에 상대적으로 작아 보였다.

“누구지?”

군나르가 고개를 갸웃했다. 군나르는 남색 토가를 입은 사내가 누구인지 알지 못했다. 다만 저 사내가 북부의 아홉 군주 가운데 한 명이 아닌 점은 분명했다.

Chapter 3

남색 토가를 입은 사내의 등 뒤에서 하얀빛이 연달아 떨어졌다. 그 빛 속에서 하늘하늘한 천을 걸친 미녀 8명이 튀어나왔다.

"저것들은 또 뭐야?"

군나르가 눈을 찌푸렸다.

금발 머리를 찰랑거리며 등장한 8명의 여인들은 플라이 마법이라도 펼친 듯 하늘로 부웅 떠올랐다. 8명 가운데 2명은 1 미터 높이로 부유하여 남색 토가를 입은 사내의 좌우 4 미터 거리에 위치를 잡았다. 두 번째 조 2명은 그보다 높은 2 미터 높이로 둥실 떠올라 사내의 좌우 3 미터 거리에 위치했다. 세 번째 조 2명은 3 미터 높이에 좌우 거리는 2미터를 유지했다. 마지막 조 2명의 여인들은 가장 높은 4 미터까지 올라갔으되 좌우 간격은 가장 가까운 1 미터를 맞췄다.

그렇게 자리를 잡고 나니, 마치 8명의 여인들이 남색 토가를 입은 사내 등 뒤에 부채꼴 모양으로 진을 펼친 모양새가 되었다.

토가를 입은 사내가 갑자기 팔을 쫙 뻗었다.

촤촤촤촤악!

사내의 등 뒤에서 쏘아져 나간 투명한 관이 허공에 둥실 떠오른 여덟 여인들의 팔뚝에 콱 틀어박혔다.

쪼르르르륵—

여인들의 팔에서 흘러나온 피가 관을 타고 흘러 사내에

게 유입되었다. 사내는 그 피를 받아들여 몸속으로 인도하는 대신, 자신의 피를 8명의 여인들에게 흘려보냈다.

여덟 여인들이 사내의 피를 받아 몸속에서 한 바퀴 돌린 다음, 다시 사내에게 돌려주었다.

그렇게 여덟 여인과 한 명의 사내는 서로의 피를 공유하며 일체를 이루었다. 핏물이 지나가는 관으로 연결된 그들의 모습은 마치 공작새가 꼬리를 쫙 펼친 것 같기도 하고, 마귀가 아리따운 여인의 피를 빨아들이는 것 같기도 하여 괴기스러웠다.

"희한한 짓거리를 하는군."

군나르가 오만하게 적들을 굽어보았다.

[크르르르르.]

그 시선이 불쾌했는지 스벤센이 적의에 가득 찬 포효를 울렸다. 남색 토가를 입은 사내도 양발을 적당히 벌리고 양손을 가슴께에 모아 전투 태세를 갖추었다.

[흥! 시건방진 놈들. 여기가 어디라고 감히 이빨을 드러내?]

군나르의 두 눈과 양손이 진득한 녹색으로 물들었다.

토레도 전투 준비를 했다. 그의 눈은 사방으로 붉은빛을 뿌려 댔다.

스벤센의 온몸은 검은 물감이라도 들인 듯 온통 시커멓

게 변색되었다.

토가를 입은 사내는 사방으로 송곳 같은 남색 빛 안광을 발산했다.

후오오옹!

군주, 혹은 군주급에 해당하는 4명이 동시에 기세를 개방하자 주변의 공기 밀도가 확 달라졌다.

"큽!"

환관들은 피를 토하며 뒷걸음질 쳤다.

"우웃!"

호위대 무사들도 군주들이 발산하는 가공할 기세를 견디지 못하고 휘청거렸다. 기세와 기세가 맞부딪치면서 사방에서 아지랑이가 피어올랐다. 그렇지 않아도 뜨거운 황무지가 공기 굴절률의 변화에 의해 울룩불룩하게 일그러져 보였다. 심지어 황무지의 돌 가운데 가벼운 것들은 달그닥 달그닥 소리를 내다가 하늘로 빨려 올라갔다.

[고얀 것들.]

군나르의 눈이 더욱 진한 녹색 광채를 뿌렸다. 그의 수염이 폭풍이라도 만난 듯 휘날렸다. 의복도 찢어질 듯 부풀었다. 심지어 같은 군주인 토레마저 군나르의 기세에 밀려 피부가 따끔거렸다.

[큿.]

토레의 잇새에서 의미 모를 신음이 흘렀다.

놀랍게도 스벤센은 군나르의 가공할 기세를 받아내었다. 아래턱에서 비쭉 솟은 스벤센의 송곳니는 더욱 길게 자랐다. 거무튀튀하게 변한 스벤센의 피부엔 어느새 딱딱한 비늘이 돋았다. 스벤센은 뒤로 쭉쭉 밀리는 것으로 억지로 버티며 어금니를 질끈 물었다.

[크르르르르—]

마침내 스벤센의 눈동자에서 흰자위가 완전히 사라졌다. 온통 암흑으로 물든 스벤센의 번들거리는 눈알이 군나르를 찢어 죽일 듯 노려보았다. 그 암흑의 눈동자 속에서 붉은빛이 세로로 갸름하게 자리를 잡았다.

스벤센보다 더 놀라운 것은 바로 남색 토가를 입은 사내였다. 일자로 내리뻗은 사내의 수염은 중력을 거스르듯 하늘을 향해 펄럭거렸다. 그의 머리도 온통 산발이 되었다.

하지만 그뿐.

사내는 눈 하나 깜짝 않고 군나르의 기세에 맞섰다.

[이런 고얀 것들.]

군나르의 분노가 한층 더 커졌다. 하늘을 향해 치켜든 군나르의 두 손바닥 위에서 녹색의 화염이 유령불처럼 타올랐다.

스벤센이 토가를 입은 사내를 향해 으르렁거렸다.

[크르르. 구루, 네 녀석이 내게 거짓말을 했군.]

토가를 입은 사내의 이름은 구루.

오드의 신임을 받는 구루가 스벤센을 돌아보았다.

[무슨 거짓말?]

[군나르, 저 늙은이가 후계자에게 마물을 승계했을 거라며? 그래서 지금쯤 손가락 하나 까딱일 힘도 없는 산송장이 되었을 거라며?]

[그건!]

[크크크크, 내 이럴 줄 알았지. 아르네 왕국이 북부의 종주국입네 뭐네 하면서 개폼만 잡을 때부터 이럴 줄 알았어. 네놈들은 그저 입만 열면 거짓말뿐이야. 구루, 너뿐만이 아니라 오드, 그 늙은이도 거짓말쟁이라고.]

[닥쳐라, 스벤센.]

아르네 왕국의 군주인 오드가 거론되자 구루가 버럭 화를 내었다.

그 행동이 스벤센을 자극했다.

[크왁! 닥치라니? 이런 찢어 죽일 놈이 감히 누구더러 닥치라는 게냐? 나 스벤센은 암흑과 마의 제왕이니라. 오드 늙은이의 발가락이나 핥는 너 따위 녀석이 감히 이 몸에게 그딴 말을 해? 크르르르.]

어느새 스벤센의 등 뒤에는 가시처럼 뾰족한 돌기들은

우두둑 돋아났다. 엉덩이에선 시커먼 꼬리가 길게 뻗어 황무지 바닥을 철썩, 철썩 때렸다.

그게 끝이 아니었다. 스벤센의 어깻죽지에서 가늘게 뻗은 기다란 뼈는 어느새 막이 생겨 날개의 형태를 갖추었다.

그 상태에서 스벤센은 구루에게 달려들 듯이 성큼 발을 내디뎠다. 원래 스벤센은 군나르를 죽이려고 이 자리에 온 것이지만, 옆에서 구루가 자극하자 그만 꼭지가 돌아 버렸다.

'읏!'

토레의 눈이 파르르 떨렸다.

토레는 스벤센의 변화가 무엇을 의미하는지 한눈에 알아보았다.

'키르샤다. 스벤센, 저놈이 키르샤로 진화했어. 나는 아직 진화를 끝내지 못했는데 저놈이!'

토레 왕국과 스벤센 왕국은 오래전부터 국지전을 벌여온 앙숙이었다. 그런데 만약 스벤센이 키르샤로 진화했다면? 그럼 토레 왕국의 앞날이 위험했다. 토레는 뾰족한 이빨로 입술을 꽉 깨물었다.

스벤센이 막 구루에게 달려들려고 할 때, 군나르가 먼저 손을 썼다.

[이 멍청한 것. 네 상대는 나다.]

군나르가 손을 휘젓자 녹색의 불꽃이 수십 개로 화라락 늘어나며 1 킬로미터 밖의 스벤센에게 날아갔다.

아니, 엄밀하게 말해서 날아간 것이 아니었다. 군나르의 손바닥을 떠나 허공에서 수십 개로 분열한 녹색의 불꽃은, 갑자기 퍽! 사라지더니 스벤센의 등 뒤에 옮겨붙어 화르륵 타올랐다.

이건 보통 불꽃이 아니라 독의 정화였다. 군나르가 마물 독을 배합하여 만든 꺼지지 않는 독염!

황소를 단숨에 태워 버리고, 바위를 녹이며, 쇠를 부식시키는 녹색의 독염이 스벤센의 등 뒤에 달라붙었다. 그러곤 눈 깜짝할 사이에 스벤센의 온몸으로 퍼졌다.

스벤센이 걸친 옷이 호르륵 녹았다. 스벤센의 몸에 칭칭 감긴 굵은 쇠사슬에 녹이 덕지덕지 끼었다. 이 녹색의 독염에 뒤덮이면 다들 비명을 지르며 죽어 버리는 것이 당연했다.

한데 스벤센은 끄떡없었다.

거무튀튀한 비늘이 지독한 독기운을 막아 준 덕분이었다.

[크르르르—]

어느새 스벤센의 얼굴은 길쭉하게 변하여 드래곤의 머리 모양을 갖추었다. 두개골로부터 돋아난 검은색 뿔은 아래로 크게 휘어져 대지를 콱 찍었다. 녹색의 독염에 휩싸인 그의 몸뚱어리는 순식간에 수백 배가 증폭되어 거대한 동체를 드러냈다. 검은 비늘이 덮인 커다란 꼬리가 황무지를 횡으로 휩쓸어 모래 먼지를 일으켰다.

마침내 키르샤 현신!

Chapter 4

[쿠어어어엉—]

스벤센의 입에서 어마어마한 포효가 터졌다. 그 포효가 뇌파가 되어 주변을 휩쓸었다.

"저, 저, 저!"

환관들이 기겁을 하며 바닥을 기었다.

"으윽, 저게 뭐야?"

호위대장 미탄니도 엉덩방아를 찧었다.

'역시 녀석이 키르샤가 되었구나. 젠장!'

토레는 두 주먹을 있는 힘껏 움켜쥐었다.

심지어 군나르의 눈빛도 살짝 흔들렸다. 하지만 군나르는 겁을 먹지는 않았다.

스벤센이 황무지를 박차고 뛰어올랐다. 용수철과 같은

키르샤의 다리가 대지를 박차자 1 킬로미터라는 거리가 단숨에 좁혀졌다.

처음 스벤센이 발을 구를 때는 키르샤로의 변형이 100 퍼센트 이루어지지 않아 그렇게까지 크지는 않았다. 그러나 1 킬로미터를 지나 왕궁 성벽에 도달할 즈음에는 스벤센의 덩치가 거의 90 미터에 육박했다.

온몸이 딱딱한 비늘로 뒤덮인 시커먼 키르샤가 성벽을 덮쳐 오자 그 공포감이 장난이 아니었다.

"우왁!"

성벽 위의 사람들이 화들짝 놀라 두 손으로 머리를 감쌌다.

반면 군나르는 눈 하나 깜짝하지 않았다. 군나르의 주름진 손이 쩍 벌어진 스벤센의 아가리를 향해 뻗었다.

90 미터의 육중한 마물을 향해 손을 뻗는 군나르의 행동은 일견 무모해 보였다.

실제로는 아니었다. 군나르의 손톱이 갑자기 20 미터 길이로 좌악 늘어났다. 손바닥 자체도 거의 검은 키르샤의 머리통만 하게 부풀었다. 황갈색 비늘로 뒤덮인 군나르의 손은 스벤센의 머리를 붙잡아 그대로 성벽에 처박아 버렸다.

콰아!

성벽 일부가 허물어졌다.

군나르의 일격에 놀란 스벤센이 성벽 속에서 머리를 뽑아내며 좌우로 흔들었다.

[키르샤!]

토레가 비명에 가까운 신음을 토했다. 스벤센뿐 아니라 군나르도 키르샤였다. 토레의 눈이 격렬하게 흔들렸다.

그사이 스벤센은 날개를 펄럭이며 한 발 뒤로 물러섰다.

구루가 8명의 여인들을 등에 매달고 바람처럼 달려왔다. 발을 몇 걸음 내디뎠을 뿐인데 어느새 구루의 몸은 1 킬로미터를 지나 성벽 바로 아래까지 접근했다. 관을 통해 유입되는 피의 양이 한층 늘었다. 피를 빼앗긴 여덟 여인들의 얼굴이 밀납처럼 회백색으로 변했다. 구루는 그 에너지를 마정석에 모아 힘껏 펌프질했다.

구루의 마정석이 눈부신 백색의 광채를 토했다.

투확! 투확! 투확!

구루의 왼쪽 가슴 부위에서 터진 빛은 구루의 몸뚱어리와 의복을 뚫고 하얀빛의 기둥을 사방으로 쏘아 냈다.

그 빛 속에서 구루의 몸이 길쭉하게 늘어났다.

머리부터 꼬리까지 길이는 120 미터.

뱀처럼 기다란 몸체에 남색 비늘에 뒤덮인 새로운 키르샤가 등장했다. 이 키르샤는 날개가 달리지 않은 대신 머리가 2개였다. 얼핏 보면 쌍두사를 스무 배쯤 뻥튀기 시켜 놓은 듯한 모습인데, 몸뚱어리에 조그만 발 8개가 달린 모습이 쌍두사와 달랐다.

성벽 아래쪽에서 불쑥 튀어나온 남색의 머리통 2개가 아가리를 쩍 벌리고 군나르를 덮쳤다.

[너도 키르샤였냐?]

군나르의 뇌파가 주변을 쩌렁쩌렁하게 떨어 울렸다.

그 즈음 군나르의 등 뒤에는 거대한 황갈색 날개가 돋아났다. 군나르의 머리도 길쭉하게 늘어나 키르샤의 형태를 갖추었다. 엉덩이에선 꼬리가 돋기 시작했다. 군나르의 이마가 쩍 벌어지면서 제3의 눈이 열렸다. 횃불처럼 일렁거리는 3개의 눈이 스벤센과 구루를 무섭게 노려보았다.

군나르는 자신이 있었다. 비록 적이 2명이지만 얼마든지 상대할 만했다.

그때였다.

푸욱!

섬뜩하도록 붉은빛이 군나르의 등을 뚫고 배로 튀어나왔다.

[크악!]

군나르와 결합한 탁소 키르샤가 입을 쩍 벌렸다. 키르샤의 불덩이 같은 눈이 뒤를 돌아보았다.

군나르의 등 뒤, 토레가 양손을 붉게 물들인 채 얼굴을 찌푸리고 있었다.

바우웅! 바웅!

토레의 양손 주변에 달무리처럼 붉은빛이 다시 어렸다. 조금 전 뒤에서 기습하여 군나르의 등을 꿰뚫은 것은 바로 토레의 공격이었다.

[토레? 자네가 왜?]

군나르가 쥐어짜듯 악을 썼다.

토레는 곤혹스러운 듯 입술을 꽉 깨물었다. 토레는 아무런 말도 하지 않았다.

[이노옴, 토레!]

군나르의 몸이 성벽을 짓뭉개며 거대하게 부풀었다. 조금 전 상처를 입은 부위엔 황갈색 비늘이 뒤덮여 내부를 보호했다. 한 짝에 무려 100 미터나 되는 대형 날개가 그 위를 한 겹 더 막았다.

키르샤라고 해서 다 같은 키르샤가 아니었다.

탄탄하고 육중해 보이는 스벤센의 키르샤도, 길쭉하고 징그러워 보이는 구루의 키르샤도, 군나르의 대형 키르샤에 비하면 귀엽게 여겨질 정도였다. 무려 100 미터 상공까지 쭈욱 치솟은 탁소 키르샤가 토레를 향해 엄청난 살기를 뿜었다.

[토레, 네놈이 감히 나를 배신해?]

[큿!]

쩌렁쩌렁한 포효에 토레가 비틀거렸다.

궁지에 몰린 토레는 악을 썼다.

[이건 배신이 아니오.]

[뭐라? 네놈이 내 등에 칼을 꽂고도 그런 말이 나온단 말이냐?]

[이건 형님 탓이오. 형님이 감히 신인의 재림을 자처한 탓이란 말이오.]

[이놈이 그래도.]

군나르가 토레를 덮쳤다.

그 전에 스벤센과 구루가 끼어들었다. 스벤센은 철그럭거리는 가시 비늘을 곤두세워 온몸을 고슴도치처럼 만들더니 그대로 군나르의 등을 들이받았다.

[쿠악!]

군나르가 재빨리 날개를 펼쳐 막았지만, 강한 충격에 등의 상처가 다시 터졌다. 황갈색 비늘로 감쌌던 부위에서 피가 철철 흘렀다.

구루가 그 틈을 노렸다. 120 미터 길이의 남색 키르샤는 성벽을 타 넘어 군나르의 발밑으로 파고들더니 그대로 2개의 머리를 치켜들어 군나르의 발목을 물었다.

[크아아아악!]

군나르가 한 번 더 비명을 질렀다.

이번엔 전면에서 토레가 움직였다.

'어차피 군나르 형님과의 관계는 틀어졌다. 여기서 저 형님을 죽이지 못하면 우리 수인족들은 치명적인 보복을 받게 돼.'

토레는 이를 악물었다.

바웅! 바웅! 바우웅!

토레의 손에서 연달아 쏘아진 붉은 광선이 군나르와 결합한 탁소 키르샤의 비늘을 뚫고 몸에 상처를 입혔다.

Chapter 5

[크어어.]

잇단 공격에 군나르가 피를 토했다.

그때 호위대 소속 무사 한 명이 군나르를 향해 몸을 날렸다.

아니, 엄밀하게 말해서 그는 무사가 아니었다. 그의 정체는 솔샤르가 아닌 민치. 하라간의 괴뢰인 민치가 단숨에 10 미터를 도약해 허공으로 점프했다.

이윽고 그 허공에서 놀라운 일이 벌어졌다.

동그랗고 빨갛던 민치의 눈동자가 아름다운 보석처럼 변

했다. 다이아몬드를 박아 넣은 것처럼 뾰족뾰족하던 민치의 이빨이 가지런하게 바뀌었다. 회백색이던 민치의 피부가 눈부시게 하얀 살결로 변모했다. 기괴할 정도로 역삼각형이던 몸매는 호리호리하게 돌아왔으며, 푸석푸석한 밤색 머리카락은 금발이 되었다.

[하라간!]

군나르가 반갑게 외쳤다.

먼 북쪽, 토브욘 왕궁을 점령 중이던 하라간이 괴뢰 민치의 몸을 빌려 군나르 왕국으로 순간이동해 버렸다.

이것이야말로 민치의 또 다른 기능이다.

하라간은 괴뢰 민치들을 이용해 타인의 몸뚱어리를 가까이 끌어당길 수도 있지만, 거꾸로 본인이 민치의 몸을 빌려 이동할 수도 있었다.

마치 민치를 공간 이동 포탈처럼 사용하는 셈이다.

하라간이 민치들을 호위대에 넣어 군나르의 곁을 지키게 한 이유도 바로 이 때문. 혹시나 싶어 군나르의 곁에 심어 놓았던 민치가 오늘 제 역할을 톡톡히 했다.

무려 수천 킬로미터 남쪽으로 날아온 하라간은 곧 얼굴을 험악하게 일그러뜨렸다.

[이 새끼들이 단체로 미쳤나?]

하라간이 허공에서 손가락을 딱! 튕겼다.

[어엇?]

양손을 붉게 물들인 토레가 갑자기 10 미터 밖 또 다른 민치의 몸으로 쭈왁 빨려 들어갔다. 온몸의 가시를 곤두세워 군나르의 등을 공격하던 스벤센은 그 옆의 민치에게 몸이 이동했다. 구루도 예외일 수 없었다. 구루의 몸이 갑자기 민치와 바뀌자, 구루와 피가 연결된 8명의 여자들이 땅으로 우르르 떨어졌다.

그들의 불행은 거기서 끝나지 않았다.

토레와 몸이 바뀐 민치는 양손을 번쩍 들어 손톱으로 자신의 배를 자해하던 중이었다. 그 민치와 몸이 갑자기 바뀐 토레는 붉게 물든 손으로 자신의 배를 찢을 수밖에 없었다.

[커헉!]

토레가 피투성이가 된 배를 손으로 붙잡고 무릎을 꿇었다.

스벤센과 몸이 바뀐 민치는 성벽에 머리를 들이받는 중이었다. 갑자기 공간 이동을 해 버린 스벤센이 군나르 왕궁 북쪽 성벽 모서리에 머리를 들이받고 성벽 밖으로 굴러떨어졌다.

구루와 몸이 체인지된 민치는 손톱으로 자신의 두 눈알을 후벼 파던 중이었다.

[크왁! 내 눈! 내 눈!]

구루의 키르샤가 4개의 눈 가운데 2개의 눈에서 피를 흘리며 비명을 질렀다.

하라간이 손바닥을 쫘악 잡아끄는 시늉을 했다. 마치 눈에 보이지 않는 투명한 거미줄이 있고, 그 투명한 거미줄을 당겨 먹이를 낚아채는 것처럼 쭈왁—!

하라간의 옆으로 뛰어오른 민치가 하라간의 손바닥에 자신의 머리를 들이밀었다. 배를 움켜쥐고 있던 토레가 그 민치의 몸속으로 빨려 들어왔다.

덥섭!

하라간은 토레의 오른쪽 뿔을 꽉 붙잡고는 그대로 10 미터 아래로 낙하하여 성벽에 토레의 머리를 내리찍었다.

그다음 엄청난 악력으로 토레의 얼굴을 성벽에 밀착한 다음, 옆으로 질질 끌고 가며 토레의 안면을 성벽에 그대로 갈아 버렸다.

물론 군주의 몸뚱어리가 성벽보다 무를 리 없었다. 성벽에는 가로로 기다란 흠집이 생긴 반면, 토레의 얼굴엔 작은 상처만 남았다.

하지만 하라간의 폭력은 거기서 끝나지 않았다. 한 손으로 토레의 귀를 붙잡아 가까이 끌어당긴 하라간은 다른 손으로 토레의 왼쪽 뿔을 붙잡고는 힘을 꾸욱 주었다.

뿌드드드득!

산 채로 뿔이 꺾이는 고통은 실로 엄청났다.

[크아아앙, 끄아악, 끄악!]

토레의 입에서 날카로운 비명이 터졌다.

하라간은 토레의 뿔 하나를 꺾어 버린 다음, 중앙의 뿔을 손으로 잡고 그대로 잡아 뽑았다.

이마 중앙에 곧게 뻗은 이 뿔은 토레의 자존심이었다. 오늘 그 자존심에 통째로 뽑혀 나왔다.

성벽 밑에 굴러떨어져 잠시 어리둥절했던 스벤센이 다시 고개를 치켜들었다.

하라간이 손가락을 튕겼다.

쭈왁—

스벤센의 몸이 하라간 옆 민치의 몸으로 옮겨 왔다. 하라간은 아래고 크게 굽은 스벤센의 뿔 끝을 한 손으로 잡았다. 그러곤 몽둥이를 휘두르듯 그 뿔을 위로 치켜들었다가 성벽 밖을 향해 내리찍었다.

90 미터에 달하는 시커먼 키르샤가 조그만 사람의 손에 뿔이 붙잡혀 거꾸로 곤두서는 모습은 참으로 비현실적이었다. 이어서 무서운 속도로 성벽 밖 바닥에 내리꽂히는 모습도 현실 세계에서 벌어지는 일 같지는 않았다.

쿠와앙!

스벤센의 몸뚱어리가 대지에 거칠게 처박혔다. 황무지 전체가 우르르 진동했다. 황무지에서 피어오른 흙먼지는 온 하늘을 뿌옇게 만들었다.

하라간이 다시 손을 들었다.

스벤센은 마치 인간 몽둥이, 아니 키르샤 몽둥이가 된 것처럼 힘없이 위로 치켜들렸다가 다시 대지에 내리 찍혔다.

그러는 동안 구루는 벌써 다섯 번째 몸 갈아타기를 하며 이 민치, 저 민치의 몸으로 옮겨 다녔다. 구루의 눈에 비친 하늘이 빙글빙글 돌았다. 지금 이게 무슨 현상이 벌어지고 있는지 파악도 되지 않았다. 구루의 뇌가 뱅글뱅글 돌고 귀에서 이명이 들렸다.

하라간은 한 손으로 스벤센을 패대기치면서 다른 손으로 토레의 마지막 뿔을 붙잡았다.

[아, 안 돼!]

토레가 비명을 질렀다.

그 비명이 끝나기도 전에 토레의 마지막 뿔이 바싹 얼어붙었다가 바스스 가루가 되었다.

퍽!

3개의 뿔을 모두 잃은 토레의 배에 하라간의 발이 박혔다. 조금 전 자해를 해서 찢어진 토레의 배가 다시 터지면서 내장이 폭포수처럼 흘러내렸다.

퍼억!

불가피하게 무릎을 꿇은 토레의 얼굴에 하라간의 발등이

박혔다. 토레는 그대로 뒤로 넘어가 바닥에 뒤통수를 찧었다.

하라간은 토레를 잠시 내버려 두고 스벤센의 몸뚱어리를 잡아당겼다. 질질 끌려온 스벤센의 턱에서 하라간이 송곳니 하나를 잡아 뽑았다.

[꾸웩!]

스벤센이 멧돼지 멱따는 소리를 냈다.

하라간이 스벤센의 송곳니를 번쩍 들어 그대로 상대의 눈알을 내리찍었다.

[꾸와왁!]

왼쪽 눈을 잃은 스벤센이 거대한 동체를 꿈틀거렸다. 검은 비늘 위로 검붉은 피가 폭포수처럼 흘러넘쳤다.

하라간은 무표정하게 스벤센의 얼굴에 돋아난 비늘들을 잡아 뜯었다. 철갑보다 더 크고 단단한 비늘들이 하라간의 손이 한 번 닿을 때마다 옥수수알처럼 후두둑 떨어져 나왔다.

[꾸억, 꾸억, 꾸어억.]

스벤센이 미친 듯이 발버둥 쳤다.

그 바람에 성벽이 더 크게 허물어지고 흙먼지가 짙게 피어올랐다. 흙먼지 속에서 스벤센의 육중한 몸뚱어리가 불쑥 솟구쳤다. 그 모습이 마치 스벤센이 하라간을 피해 도망치는 것 같았다.

사실은 하라간이 스벤센을 공깃돌처럼 위로 던졌을 뿐이었다.

허공에 부웅 떠오른 스벤센이 머릿속으로 '탈출' 이라는 단어를 떠올렸다. 이어서 '공포' 라는 감정도 병행되었다.

스벤센이 그 감정을 제대로 곱씹기도 전에 허공의 공기가 확 달라졌다.

Chapter 6

투명해서 눈에 보이지는 않았다. 그렇지만 왠지 주변 공기 전체가 빽빽하게 밀집된 듯한 느낌이 들었다.

[뭐, 뭐야?]

스벤센은 등골이 오싹했다. 그는 갑자기 앞쪽 공기가 위아래로 쩍 벌어지는 듯한 기분을 느꼈다. 마치 투명한 존재가 아가리를 쩍 벌리고 90 미터나 되는 자신의 몸뚱어리를 통째로 집어삼키는 듯한 기분이었다.

[에이, 설마.]

스벤센은 이것이 꿈일 거라고 여겼다.

콰득! 콰드득!

무시무시한 소리와 함께 허공에 떠오른 스벤센의 몸뚱어

리가 통째로 사라졌다. 대신 스벤센이 있던 자리에서 핏물이 팍 터졌다. 시커먼 비늘 조각 몇 개가 허공에서 파편처럼 낙하했다.

후두둑 떨어지는 스벤센의 피가 마치 소낙비 같았다.

그 비는 땅에 닿지도 못했다. 후루룩 소리와 함께 투명하고 끈끈한 무언가가 휘익 지나가면서 핏물 한 방울 남기지 않고 모조리 핥아먹었다.

꿀꺽!

군나르가 침을 삼켰다. 군나르의 등에 소름이 쫙 돋았다.

'조금 전의 그게 뭐였지? 설마 그 투명한 것이 하라간의 마물인가?'

군나르가 가늘게 몸을 떠는 사이, 하라간은 구루의 멱살을 잡고 그의 수염을 잡아 뽑는 중이었다.

8명의 여인들이 신체에서 분리되자 구루는 얼마 버티지 못하고 다시 사람의 모습으로 돌아왔다. 그는 아마 여인들과 연결되어야지만 키르샤의 형태를 유지하는 모양이었다.

하라간이 구루의 귓가에 입을 대고 으르렁거렸다.

"네놈도 갈아 마셔 버리고 싶지만, 궁금해서 참는다. 아마도 아르네 왕국에서 너를 키르샤로 진화시켰나 보지? 저 여인들의 피를 이용해서 말이야."

"으읏!"

구루가 피투성이가 된 눈동자를 바르르 떨었다. 정곡을 찔린 탓이었다.

하라간이 무표정하게 뇌까렸다.

"난 알아. 얼마 지나지 않아 너는 그 비밀을 술술 불게 될 거야. 네가 비밀을 토해 놓는 데 이따위 팔은 거추장스러울 뿐이지."

하라간은 구루의 오른팔을 붙잡아 꾹 힘을 주었다.

구루의 손끝부터 어깨까지 급속 냉동되었다가 푸스스 부서졌다.

"끄악! 내 팔!"

구루가 목젖이 보일 정도로 크게 입을 벌렸다.

하라간이 중얼거렸다.

"물론 이 왼팔도 필요 없겠지?"

이번엔 구루의 왼팔이 얼음가루로 변했다.

"아아악, 제발! 제발!"

구루의 눈에서 눈물이 흘렀다.

하라간은 거침없이 상대의 오른쪽 다리를 붙잡았다.

"그나마 팔은 기록이라도 하지, 이 다리야말로 네가 비밀을 토해 놓는 데 아무짝에도 쓸모가 없잖아."

하라간은 구루의 다리를 얼려서 부서뜨리지 않았다. 손으로 발목을 붙잡고, 발로 구루의 허벅지를 꾹 누른 다음 힘으로 잡아 뽑았다.

뿌드드득

구루의 사타구니 힘줄이 늘어났다. 근육이 끊겼다. 근육으로 붙잡고 있던 그루의 다리뼈가 그대로 신체에서 떨어져 나왔다.

이번에는 구루가 비명도 지르지 못했다. 산 채로 다리가 뽑히는 고통이 어찌나 컸던지 구루는 그대로 기절해 버렸다. 새까맣던 구루의 머리카락과 수염은 어느새 하얗게 세어 버렸다.

"웁스! 기절했네? 그럼 왼쪽 다리는 나중에 뽑아 줘야지. 다시 깨어났을 때 말이야."

하라간은 천진난만하게 뇌까린 다음, 토레에게 다가갔다.

[으어, 으어어, 으어어어.]

토레가 바닥에 주저앉은 상태에서 발을 버둥거렸다. 발만 버둥거리는 것이 아니라 토레는 도리질까지 했다. 하라간을 올려다보는 토레의 눈은 마치 사자의 발톱에 붙잡힌 토끼의 그것처럼 경기가 들려 있었다.

하라간의 손이 토레의 풍성한 갈기를 붙잡았다.

호리호리한 몸에서 어떻게 그런 힘이 나오는지, 하라간이 손을 위로 치켜들자 토레의 머리와 몸이 위로 쭉 딸려 올라왔다.

[토레.]

하라간은 토레의 이름을 가만히 불렀다.

문득 과거의 기억이 떠올랐다. 오래전, 루잉 백작이던 시절 하라간은 토레의 손에 죽음을 당했다. 당시 하라간이 토레에게 느꼈던 감정은 '높은 벽' 이었다. 인간의 능력으로는 도저히 넘을 수 없는 드높은 철벽.

그 토레가 지금 겁먹은 표정으로 하라간의 눈앞에 있었다. 토레는 감히 하라간과 눈을 마주치지도 못했다.

[토레.]

하라간이 다시 한 번 토레의 이름을 불렀다.

[으으읏.]

토레가 겨우 용기를 내어 시선을 위로 들었다. 그러다 하라간과 눈이 마주치자 화들짝 놀라 다시 눈을 내리깔았다.

[왜 그랬지?]

[뭐, 뭐가 말이냐?]

토레가 말을 더듬었다.

하라간이 입꼬리를 살짝 비틀었다.

[왜 배신했느냐고. 왜?]

[그건…… 너와 군나르 형님이 감히 망령되게도 신인의 존재를 사칭했기 때문이다.]

종교적 신념이 토레에게 용기를 주었다. 토레는 두 눈을 질끈 감고 이유를 밝혔다.

하라간이 피식 웃었다.

[누가 사칭을 했는데?]

[누구긴 누구냐? 바로 네가…….]

토레가 말을 하다 말고 두 눈을 부릅떴다.

샤라라~

이글거리는 태양이 하라간의 머리 위에서 대지를 비추었다. 눈부시게 아름다운 하라간이 그 태양 빛 속에서 태양보다 더 찬란하게 빛이 났다.

이 순간 세상은 오로지 하라간만을 위해서 존재하는 것 같았다. 태양이, 대지가, 바람이, 공기가, 심지어 풀 한 포기, 나무 한 그루까지 모두 하라간을 위해서만 그 자리에 존재하는 것처럼 느껴졌다.

Chapter 7

[아!]

토레의 입에서 탄성이 나왔다.

스벤센은 키르샤였다. 비록 군나르보다는 약하지만, 그

시커먼 마물은 토레에게 두려움을 안겨 줄 만큼 충분히 크고 무서웠다.

구루도 키르샤였다. 구루가 어떻게 키르샤가 되었는지 토레는 그 비밀을 알지 못했다. 아마도 8명의 여인들과 관련이 있을 것이라 짐작은 갔다. 하나 자세한 원리는 알 수가 없었다.

그래도 구루가 키르샤라는 사실만큼은 변하지 않았다. 쌍두사를 닮은 구루의 기세는 토레가 감히 넘볼 수 없을 정도로 날카로웠다.

그런 스벤센과 구루가 하라간의 손가락 끝에서 장난감처럼 찢겨졌다. 치고받고 싸우다가 힘에서 밀린 것도 아니었다. 하라간에게 그들은 한낱 노리갯감에 지나지 않았다.

'세상에 이런 존재가 있을 수 있을까? 키르샤 둘을 동시에 상대하면서 마치 장난감 다루듯이 가지고 노는 존재가 과연 가능할까?'

문득 토레의 머릿속에 이런 의문이 박혔다.

가능성은 딱 하나.

'신이라면 가능하겠지. 신인이시라면! 만약 신인이 재림하셨다면! 그렇다면 가능하겠지.'

딱딱딱딱.

토레의 이빨이 요란한 소리를 내었다.

토레의 손발이 와들와들 떨렸다.

[설마? 설마? 설마아아아—!]

마침내 토레가 입을 쩍 벌렸다.

하라간은 대답하지 않았다.

사실 하라간은 욘 아르네가 아니었다. 하지만 이곳 북부에서 욘 아르네라는 이름이 주는 파급력은 그야말로 막강했다.

하라간이 북부를 일통하려면 두 가지 방법이 존재했다.

첫째, 무수히 많은 피를 흘리며 강제로 북부의 왕국들을 병탄하는 방법.

둘째, 신인의 이름을 팔아 북부의 왕국들이 스스로 무릎을 꿇고 항복하게 만드는 방법.

이번에 토브욘 왕국과 전쟁을 치르면서 하라간은 두 번째 방법이 얼마나 유용한지 절실하게 깨달았다. 하라간은 무서운 사람이지만 피를 탐하는 미친놈은 아니었다. 피를 흘리지 않고 북부를 가질 방법이 있는데 굳이 그 쉬운 길을 외면할 생각은 없었다.

더군다나 하라간은 신앙심이 투철하지도 않았다. 군나르는 죄책감을 느꼈지만 하라간은 신인의 이름을 파는 데 하등의 거리낌도 없었다.

[대답해 주십시오. 정말 신인이십니까?]

·

토레가 어느새 무릎을 꿇었다. 하라간 앞에 양손을 모으고 올려다보는 토레의 눈가엔 눈물이 그렁그렁했다.

하라간은 이번에도 대답하지 않았다. 대신 의미를 알 수 없는 미소만 지었을 뿐이다.

그 미소 하나면 충분했다. 세상의 모든 꽃이 동시에 피어오르는 듯, 수평선을 뚫고 태양이 솟아오르는 듯, 달빛이 설원을 감싸 안는 듯, 하라간의 입가에 머금은 미소는 종족이 다른 토레의 마음속 밑바닥까지 뒤흔들어 놓았다.

[오오오오오!]

토레의 눈초리에서 뜨거운 눈물이 쏟아졌다.

[우오오오오! 오오오오오오—!]

토레가 내뱉는 괴성이 점점 더 증폭되었다. 감정이 북받친 토레는 그렇게 고개를 하늘로 치켜들고 가슴을 앞으로 쭉 내밀고 소리를 지르다가 하라간의 발을 붙잡고 고개를 푹 숙였다.

[으흑, 으흑, 흐흑.]

흐느껴 우는 토레의 어깨가 간헐적으로 들썩였다.

뿔 3개를 잃은 것이 슬퍼서 우는 것은 결코 아니었다.

[토레.]

하라간이 토레의 어깨를 짚었다.

[말씀하십시오.]

토레가 고개를 들었다.

[그건 그거고 이건 이거잖아.]

[네?]

하라간의 뜬금없는 말에 토레가 어리둥절한 표정을 지었다.

하라간이 엄지로 등 뒤를 가리켰다.

[할아버님께 부상을 입힌 것 말이야.]

[네에?]

[일단 그 빚부터 갚아야지.]

[네에에?]

[걱정하지 마. 뿔이 뽑히는 것보다는 아프지 않을 거야.]

[아니, 그게…… 커헉!]

하라간은 토레의 어깨를 밀어 복부를 드러낸 다음, 그 뱃가죽을 손가락으로 가리켰다. 하라간의 손끝에서 일어난 마음의 검이 토레의 배에 주먹만 한 구멍을 내주었다.

[끄어억.]

간신히 지혈시켜 놓은 배에 다시 구멍이 뚫리지 토레가 그대로 고꾸라졌다.

하라간이 오만한 눈으로 토레를 굽어보았다.

[네 죄는 이걸로 퉁 쳐 주지.]

[끄응, 끄으응.]

토레는 대답 대신 신음만 흘렸다.

하라간이 한마디 덧붙였다.

[다행인 줄 알아. 할아버님께서 단순한 부상으로 그치셨기에 망정이지, 만약 그분이 잘못되셨다면 너뿐만이 아니라 이 세상에서 수인족의 씨가 말랐을 것이야.]

나직하게 중얼거리는 하라간의 뇌까림이 차가운 냉기가 되어 토레의 온몸을 꽁꽁 얼렸다. 토레는 뭐라고 대꾸도 못하고 열심히 고개만 주억거렸다.

"괜찮으십니까?"

하라간이 군나르에게 다가가 물었다.

군나르는 허물어진 벽돌 위에 앉아 지혈을 하던 중이었다. 군나르의 등에 난 상처는 제법 깊어 피가 쉽게 멈추지 않았다. 하지만 생명이 위태롭거나 몸이 불구가 될 정도는 아니었다. 수석 환관을 비롯한 환관들이 소매로 눈물을 찍으며 군나르의 상처를 돌보았다.

"하라간."

군나르가 하라간의 손을 잡았다.

하라간이 군나르의 손등에 자신의 손을 포갰다.

하라간을 바라보는 군나르의 눈빛은 다소 복잡했다. 키르샤가 된 스벤센을 한입에 잡아먹은 그 투명한 마물이 무엇인지, 포탈처럼 이용되는 민치들은 또 어떤 존재들인지,

군나르는 하라간에게 묻고 싶은 것이 많았다.

하지만 묻지 않았다. 복잡하게 흔들리던 군나르의 동공도 어느새 평소처럼 인자하게 돌아왔다.

"하라간, 네가 와 주어서 다행이구나. 허허허."

군나르는 하라간의 등을 툭툭 두드려 주었다.

하라간은 군나르가 꼬치꼬치 물었으면 모든 것을 대답해 주었을 것이다. 하지만 군나르가 이렇게 자신을 믿고 아무것도 묻지 않아 더더욱 고마웠다.

"할아버님, 아닙니다. 오히려 제가 늦게 와서 죄송합니다. 그 때문에 할아버님께서 이렇게 상처를 입지 않으셨습니까?"

"에잉. 상처는 무슨. 이 정도는 아무것도 아니다. 그냥 살짝 긁힌 것뿐이야. 허허허."

군나르는 아무렇지도 않은 척 상처를 툭툭 쳐 보았다.

"윽!"

그러다 진짜로 통증이 심해졌는지 얼굴을 와락 구겼다.

"할아버님!"

하라간이 깜짝 놀라 군나르의 상세를 살폈다.

"수석 환관은 뭘하고 있어? 어서 웃전으로 모시지 않고."

하라간이 역정을 내자 수석 환관이 기겁을 했다.

"아이고, 알겠사옵니다. 얼른 모시겠나이다."

환관들이 군나르의 곁에 우르르 달려들었다. 성벽 아래엔 황금색 가마가 대령되어 군나르를 모실 채비를 마쳤다.

하라간이 지켜보는 가운데 군나르가 가마에 올라탔다.

호위대장 미탄니는 가마 바로 옆에 붙어서 군나르를 호위했다.

Chapter 8

하라간은 군나르의 곁에서 하루를 머물렀다.

등과 가슴을 붕대로 칭칭 감고 침대에 누운 군나르의 모습은 어딘지 모르게 기운이 없어 보였다. 하라간은 군나르의 손을 꼭 잡고 쾌유를 빌었다.

콰히라(왕족 전용 요리방)에서 꿀에 곡물 같은 것을 개어 묽게 타 왔다. 하라간은 시녀들을 시키지 않고 손수 숟가락으로 꿀을 떠서 군나르의 입에 먹여 주었다.

군나르는 증손자의 병 수발을 받는 것이 좋았는지 남몰래 웃었다.

군나르가 기운이 없어 보이는 것은 어쩌면 그 때문일지도 몰랐다. 하라간에게 병간호를 받는 것이 좋아서 일부러 아픈 척하는 것일 가능성도 다분했다. 하라간도 그런 낌새를 눈치챘지만, 아무 소리 않고 지극정성으로 군나르의 병세를 돌보았다.

게브의 환관들은 구루와 8명의 여인들을 포로로 붙잡아 지하 감옥에 가둬 놓았다.

토레는 감옥에 갇히지는 않았으나, 외국의 군주 대접을 받지도 못했다. 토레도 융숭한 대접을 받기를 기대하지 않았다.

'팔다리가 뽑히지 않은 것만 해도 다행이지.'

하라간이 구루의 팔을 얼려서 부수고 생다리를 잡아 뽑는 장면을 떠올리자 토레의 등에 왕소름이 돋았다.

하루 뒤인 11월 23일.

하라간은 아이다를 불렀다.

"어디로 가시게요? 토브욘 왕국이요?"

아이다는 하라간 앞에 불려 오자마자 이렇게 물었다.

"응? 내가 공간 이동 포탈을 열어 달라고 할지 어떻게 알았지?"

"어떻게 알긴요. 포탈을 열 때를 제외하면 저를 부른 적도 없잖아요."

아이다가 툴툴거렸다.

그 말이 맞았다. 하라간이 아이다를 찾는 이유는 99 퍼센트 포탈 때문이었다.

하라간이 어깨를 으쓱했다.

“내가 그랬었나?”

“네, 그러셨죠. 그래서 이번엔 어디예요? 토브욘 왕국의 어느 지역인지 말씀하세요.”

“왕궁 안쪽으로 열어 줘.”

아이다가 손짓 몇 번으로 포탈을 만들었다.

하라간은 그 포탈을 통해 북해로 순간이동했다. 만약 하라간이 북해에 민치를 데려갔으면 굳이 아이다의 도움을 받지 않아도 이동이 가능했으나, 아쉽게도 토브욘 왕궁에는 하라간이 몸을 바꿔치기할 민치가 없었다.

물론 민치가 있었다고 해도 하라간은 그 민치를 포탈로 이용할 생각은 없었다. 하라간은 민치의 용도를 가능하면 비밀로 지키고 싶었다.

하라간이 푸른빛 속에서 튀어나왔을 때, 토브욘 왕궁은 이미 점령당한 뒤였다.

멀쩡하던 공간에 갑자기 푸른 타원이 생기고, 그 타원 속에서 하라간이 튀어나오자 군나르 병사들이 즉시 무릎을 꿇었다.

“신인을 뵙나이다.”

“저희 미천한 것들이 신인의 존재를 알현하나이다.”

병사들은 하라간이 신인의 재림이라고 굳게 믿었다. 하라간도 굳이 그들의 믿음을 깨뜨리지 않았다.

하라간의 등장에 온바와 모올이 후다닥 달려왔다.

하라간이 물었다.

"왕궁 점령은?"

"모두 끝났습니다."

온바가 냉큼 대답했다.

모올이 전황을 좀 더 자세히 보고했다.

"포로로 잡은 두 마법사, 아호와 사투가 신인의 재림 사실을 설명하자 토브욘 왕궁수비대가 전투 의지를 잃고 스스로 성문을 열었나이다."

둘은 자랑스럽게 말문을 열었으나, 이어지는 하라간의 질문에 얼굴이 하얗게 질렸다.

"토브욘의 수뇌부들은 모두 잡았겠지?"

"헙! 송구하옵니다."

"이번 전쟁의 주범이자 적의 우두머리인 베르는 자결했사옵니다. 저희가 토브욘 왕궁 대전에 들어갔을 때 그는 이미 손목을 끊고 숨이 멎은 상태였나이다. 베르를 제외한 토브욘 왕국의 나머지 주요 인사들은 모두 행방을 찾지 못했사옵니다. 송구하옵니다."

이번에도 온바는 단답형, 모올은 자세하게 설명했다. 성격에 따라 둘의 답변 방식은 달랐지만, 한 가지는 동일했다. 토브욘 수뇌부를 놓쳤다는 죄책감 때문에 둘 다 안절부절못했다.

하라간이 가장 중요한 인물을 체크했다.

“2왕비 카스트렌은?”

“송구하옵니다.”

“이런! 그 여자도 놓쳤어?”

“정말 송구하옵니다.”

온바와 모올이 진땀을 뻘뻘 흘렸다. 놓친 것은 카스트렌뿐만이 아니었다. 군나르군은 집정관 악셀리의 신병도 확보하지 못했다.

마음에 썩 들지는 않았지만 하라간은 두 사람을 책망하지 않았다.

“아쉽지만 어쩔 수 없지. 그자들이 포탈을 이용해 도망쳤다면 쫓아갈 방법이 없잖아? 그대들의 잘못은 아니니까 괜찮아.”

하라간의 말에 두 군단장의 숨통의 트였다.

“휴우우, 신인의 자비에 감사드리옵니다.”

이번엔 둘이 한목소리로 감사를 표했다.

하라간이 질문을 돌렸다.

“그나저나 마력함은 확보를 좀 했나?”

토브욘 왕국에서 하라간이 가장 얻고 싶은 전리품 가운데 하나가 바로 마력함이었다. 하늘을 나는 마력함만 있으면 군사 작전을 짜기가 몇 배는 더 수월했다.

온바가 자신 있게 대답했다.

"다행히 마력함은 모두 확보했나이다."

"모두?"

하라간이 온바의 얼굴을 돌아보았다. 하라간의 눈이 반짝 빛났다.

온바가 힘차게 고개를 끄덕였다.

"그렇사옵니다. 적들이 마력함을 전투에 투입하지 않고 항복한 터라 모두 온전하게 빼앗을 수 있었사옵니다."

"당장 사용할 수 있는 마력함이 총 27척, 격납고에서 수리 중인 마력함이 7척이옵니다. 게다가 마력함을 운용할 마법사들도 대거 포로로 잡았나이다."

온바와 모올은 서로 경쟁이라도 하듯 전공을 뽐냈다.

모처럼 하라간이 웃었다.

"하하하. 그래? 그 귀한 마력함을 34척이나 얻었다고? 하하하하, 거 듣던 중 반가운 소리군. 이 추운 곳까지 쳐들어온 보람이 있네. 수고했어."

하라간은 두 군단장의 전공을 칭찬해 주었다.

"황공하옵니다."

"모든 것이 신인의 은덕이옵니다."

온바와 모올이 90도 각도로 허리를 숙였다.

Chapter 9

북해의 군주이자 얼음과 빙하의 제왕이라 불리던 토브욘이 하라간에게 죽었다. 그 후계자인 베르는 왕궁이 점령당하기 직전에 결국 자결했다. 베르 이전의 후계자였던 요나스는 타워가 뽑혀서 바다에 내동댕이쳐질 때 즉사했다. 2왕비 카스트렌과 집정관 악셀리는 먼 동쪽 국경 지대로 도망쳤다. 타워의 네 현자 가운데 카스트렌을 제외한 나머지 3명, 즉 빛의 마법사 아호, 중력의 마법사 카티, 불의 마법사 사투는 모두 하라간의 포로가 되었다.

토브욘 왕국의 정책을 결정하는 수뇌부들이 모두 사라진 셈이었다. 왕궁에 남아 군나르군에게 항복한 토브욘의 중소 귀족들은 수뇌부들에게 진한 배신감을 느꼈다.

'왕족들과 고위 귀족들이 포탈을 통해 도망을 쳤다니!'

'지도자라는 것들이 어떻게 이럴 수가 있어? 크윽.'

중소 귀족들은 점령군에 대한 적대감보다 자국 수뇌부에 대한 배신감이 더 컸다. 모든 원망의 화살이 2왕비 카스트렌과 집정관 악셀리에게 쏠렸다.

심지어 일부 귀족들은 군주에 대한 의심까지 품었다.

'위대하시고 또 위대하신 분은? 왕국이 무너지는 이 위급한 상황에서 그분은 왜 모습을 보이지 않으시지?'

'설마 그분도 도망치신 걸까?'

사람들은 토브욘이 하라간에게 덤볐다가 그대로 잡아먹혔다는 사실을 알지 못했다.

이런 의심이 토브욘 왕국 중소 귀족들의 단합을 막았다. 그들은 자포자기하는 심정으로 군나르군에 투항했다.

"타워를 부수고 수도를 점령했지만 아직 전쟁이 끝난 것은 아니야."

벽에 걸린 대형 지도를 바라보면서 하라간은 팔짱을 끼었다.

뒤에서 온바가 맞장구를 쳤다.

"그렇사옵니다. 토브욘 왕국 지방 영주들 가운데는 아직까지 패배를 인정하지 못하고 저항하는 세력들이 적지 않사옵니다."

하라간이 온바를 돌아보았다.

"온바."

"말씀하십시오."

"그대에게 북부군과 중앙군 일부의 통제권을 주겠다. 그대가 이곳에 남아서 토브욘 왕국의 불순한 잔당들을 제압하고 민심을 다독여라."

하라간의 말은, 온바를 군단장에서 총독으로 승진시키겠다는 뜻에 다름 아니었다.

온바가 즉시 이마를 바닥에 처박았다.

"신 온바, 목숨을 다해 신인의 말씀을 완수하겠나이다."

"불의 마법사 사투와 그녀의 제자들을 너의 곁에 남겨둘 것이다. 그들을 잘 활용하면 지방 영주들을 굴복시키는데 도움이 될 거야."

"황공하옵니다."

하라간이 지도의 동쪽을 턱으로 지목했다.

"지방 영주만 문제가 아니야. 동쪽의 헤닝 왕국, 남동쪽의 아르네 왕국이 전쟁의 혼란을 틈타 어떤 반응을 보일지 알 수 없어. 그러니 정신 바짝 차리라고."

"물론이옵니다. 신인의 말씀을 뇌에 단단히 새겨 단 한 치의 실수도 없도록 하겠나이다."

온바의 말에는 굳은 신념이 담겨 있었다.

하라간이 고개를 끄덕였다.

"좋아. 모올이 이끄는 서부 군단은 차츰차츰 회군하여 군나르 왕국으로 돌아갈 거야. 대신 중앙군에서 충원 부대를 차출하여 좀 더 올려 보내 주지."

"넷."

이제 상황은 정리되었다. 모올은 열흘간 이곳에 남아서 온바를 돕다가 군나르 왕국으로 복귀하기로 했다. 군나르 왕국의 서해 바다를 지키는 것이 모올의 임무이므로 오래 자리를 비울 수는 없었다. 대신 모올의 서부 군단은 1년이라는 시간을 두고 천천히 회군하기로 결정되었다.

온바는 일단 북부 군단과 중앙군, 그리고 모올의 서부 군단을 합쳐 총 210,000명이라는 대군을 통솔하게 되었다. 신분도 군단장에서 총독으로 승진했다.

사투는 총독부 소속 마법 부대의 지휘관 자리를 받아들였다. 하지만 아호에게는 그런 기회가 주어지지 않았다.

'사투는 단순한 성격이라 온바의 통제가 먹히겠지만, 아호는 아니야. 이 여자는 군나르 왕국으로 데려가야 해.'

하라간은 이렇게 판단했다.

덕분에 아호는 포로의 신분으로 타국에 끌려갈 처지가 되었다. 아호의 제자들도 마찬가지였다.

한편 욘타나 성에 남겨졌던 라티파 일행은 수도 점령이 끝난 뒤 하라간의 곁으로 달려왔다. 라티파와 레다, 네페르는 하라간을 다시 만나게 되어 무척 기뻐했다.

며칠 뒤, 하라간은 친위대원들을 이끌고 북해가 한눈에

내려다보이는 자작나무 숲을 방문했다.

"와아!"

난생처음 보는 대자연의 광경에 네페르가 입을 쩍 벌렸다. 언덕 위 탁 트인 시야 아래 자작나무 숲이 끝없이 펼쳐진 모습이 정말 장관이었다. 나무 꼭대기 너머로 북해 특유의 청회색 바다가 눈에 들어왔다. 커다란 빙하가 바닷물 위에 둥둥 떠다니는 모습이 정말 신기했다.

"정말 대단해. 세상에 어떻게 이런 풍경이 있지?"

네페르는 어린아이처럼 폴짝폴짝 뛰었다.

그러는 사이 하라간은 하체에 로인클로스 하나만 걸치고 온천에 뛰어들었다. 김이 모락모락 나는 온천에서도 자작나무 숲과 북해의 풍경이 잘 보였다.

"어어, 좋군."

하라간도 감탄사를 뱉었다.

레다는 창을 들고 온천수 밖에서 경호를 했다. 반면 라티파는 튜닉을 입은 채로 온천에 들어와 하라간의 시중을 들었다. 마침 라티파의 튜닉은 하얀색이었다. 물에 젖은 튜닉을 통해 그녀의 미끈한 몸매가 다 비쳤다. 라티파는 무척 부끄러웠지만 두 눈 딱 감고 입수했다.

이곳 온천은 토브욘의 다섯 번째 아들인 그룬드가 미녀들을 데리고 종종 방문하던 명소 중의 명소였다. 온천에 배

속된 시녀들이 술을 따뜻하게 덥혀 왔다.

라티파가 먼저 그 술을 마셔서 이상이 있는지 확인했다. 그다음 납작한 대접에 쪼르륵 술을 따랐다. 온천수 위에 동동 뜬 대접 안에 뽀얀 술이 찰랑찰랑 차올랐다.

토브욘 왕국 시녀들의 설명에 따르면, 예전 그룬드는 수레바퀴만 한 대접에 따뜻한 술을 따르고 단숨에 들이켰다고 했다.

하라간은 그렇게 무식한 짓을 할 생각이 없었다. 직경 15 센티미터의 납작한 대접이면 충분했다.

라티파가 술 두 잔을 온천수에 띄워 하라간에게 대령했다.

바다를 물끄러미 바라보던 하라간이 술잔을 받아 향을 음미했다. 곡물로 빚은 술 향이 제법 그럴듯했다.

하라간은 한 모금 입에 머금어 코로 향을 즐긴 다음, 천천히 목으로 넘겼다.

나머지 한 잔은 라티파의 것이었다. 라티파는 대접에 담긴 술을 홀짝이면서 하라간을 곁눈질했다. 평소에도 여신처럼 아름답던 하라간이지만, 물에 머리카락이 젖고 상체를 벌거벗은 하라간의 외모는 그야말로 압권이었다.

'만약 내가 하라간 님보다 더 강했다면 참지 못하고 하라간 님을 덮치고 말았을 거야. 어맛? 내가 지금 무슨 불경

한 상상을 하는 거야?'

라티파는 하라간을 덮치는 상상을 잠깐 했다가 화들짝 놀라 도리질을 했다. 따뜻한 물에서 따뜻한 술을 마신 탓인지 취기가 금방 올랐다. 라티파는 발그레 달아오른 두 뺨을 손으로 감쌌다.

아쉽게도 하라간은 라티파를 보고 있지 않았다. 그의 시선은 먼바다에 떠 있는 빙하에 고정되었다.

'하아!'

짝사랑은 정말 쉽지 않았다. 라티파는 속으로 한숨을 내쉬었다.

하라간의 모습을 훔쳐보며 마음을 졸이는 사람은 라티파만이 아니었다. 경호에 여념이 없는 레다도 뿌연 수증기 속의 하라간을 곁눈질하며 가슴이 두근두근했다.

'아아, 하라간 님은 정말 섹시하셔. 이런! 내가 지금 무슨 망상을 하고 있는 거야? 레다야, 정신 차렷. 아무래도 내가 오늘 음란마귀가 씐 것 같아.'

하지만 레다가 아무리 정신을 차리려고 해도 하라간에게 향하는 시선까지 막을 수는 없었다. 하라간을 응시하는 레다의 눈이 몽롱하게 풀렸다.

하라간의 치명적인 매력은 이 쌍둥이 자매에게만 영향을 미친 것이 아니었다. 과거 그룬드를 섬겼던 시녀들이 모두 침을 질질 흘리며 하라간을 바라보았다.

"그룬드 님과는 또 다른데?"

"그야 그룬드 님은 근육질에 체격이 크시고 사내다우셨잖아. 반면 저분은 너무나 예뻐서 꼭 여자 같아. 아니, 여자보다도 더 예뻐."

"야, 네가 그쪽 취향이잖아? 넌 남자보다 여자가 더 좋다며?"

시녀들이 동료 한 명을 짓궂게 몰아붙였다. 그녀들이 쑥덕거리는 소리가 하라간의 귀에는 전부 들렸다. 하라간은 한 귀로 듣고 한 귀로 흘렸다.

Chapter 10

하라간이 자작나무 숲 온천에서 모처럼 한가로운 휴식을 취하는 동안 북부 전체가 발칵 뒤집혔다.

토브욘 왕국의 몰락.

이것이 의미하는 바는 엄청났다. 800년 전 욘 아르네 이후 이곳 북부는 아홉 왕국 체제로 돌아갔다. 이들 아홉 왕국은 서로 싸우기도 하고 협력하기도 하면서 몇 가지 변화를 보여 왔지만, 그래도 하나의 왕국이 통째로 붕괴하는 일은 없었다.

그 변혁이 지금 이루어졌다.

"하라간이 대체 누구야? 사막의 젊은 왕자가 군나르 왕국의 총사령관이 되어 토브욘 왕국을 완파했다며?"

"에이, 젊은 왕자가 무슨 재주로 토브욘 왕국을 점령했겠어? 당연히 군나르 님께서 나서셨겠지."

"아무리 그래도 그렇지, 이건 좀 이상해. 한번 생각해 보라고. 군나르 왕국에 군나르 님이 계시다면 토브욘 왕국엔 토브욘 님이 계시잖아. 그런데 어떻게 이렇게 쉽게 점령을 당해? 두 왕국 사이에 전쟁이 일어난 지 불과 한 달도 되지 않았다며?"

"그게, 뒷이야기가 좀 있더라고."

"뒷이야기? 뭔데?"

"자네들 혹시 신인께서 재림하셨다는 말 들어 봤어?"

"뭣? 이 사람이 돌았나? 어디서 감히 그딴 불경스러운 소리를 해?"

"아, 진짜라니까. 군나르 왕국에 신인께서 재림하셨대. 덕분에 군나르 왕국이 토브욘 왕국을 손쉽게 깨부순 거라니까."

"에이, 뜬소문이겠지. 만약 신인께서 재림하신다면 당연히 종주국인 아르네 왕국에 내려오시겠지, 왜 하필 군나르 왕국이야?"

"그야 막내아들이니까."

"뭐?"

"그게 무슨 소리야?"

"자네들 교리 시간에 뭘 배웠어? 신인께서는 3명의 아드님과 6명의 제자들을 두셨잖아. 첫째 아드님이신 아비도스 님께서 북부의 종주국인 아르네 왕국을 세우셨고, 둘째 아드님이신 수쿠 님께서 지금의 헤닝 왕국을, 그리고 막내 아드님이신 하자드 님께서 지금의 군나르 왕국을 설립하셨다고. 그리고 나머지 제자 여섯 분이 각각 6개의 왕국을 만드셨고 말이야."

"그거야 우리도 알지."

"그런데 자네들도 자식을 키워 봤으니 알 것 아냐. 상당수의 부모들은 맏이에게 모든 것을 물려주지만, 간혹 맏이보다 막내를 더 아끼는 부모도 있다고."

"어혁, 그렇다면?"

"그래. 신인께서도 아비도스 님보다 하자드 님께 더 애정이 쏠리실 수도 있는 것 아냐? 그러면 아비도스 님께서 세우신 아르네 왕국 대신 하자드 님의 군나르 왕국을 선택하여 재림하실 수도 있지. 어디 내 말이 틀렸어?"

"아니. 그럴듯한데?"

"이 사람 이거, 천재일세, 천재."

"으허험, 내가 바로 이런 사람이라고."

북부의 백성들이 이런 말을 주고받았다. 이런 분위기가 점점 확산되어 신인의 재림에 대한 논쟁이 여기저기서 동시에 터졌다.

처음 하라간이 피돌 성에서 탁소 키르샤의 모습을 선보였을 때 신인의 재림을 입에 담던 사람들은 모두 정보가 빠른 고위 귀족들이었다. 그런데 지금은 일반 백성들까지도 신인의 재림을 거론했다.

백성들의 동요가 군주들을 불쾌하게 만들었다.

특히 오드 아르네 솔샤르의 분노는 말도 못 하게 컸다.

쾅!

오드가 발을 구르자 새벽여신의 신전 바닥에 거미줄처럼 금이 쩍쩍 갔다.

여신관 페리쿨라가 물끄러미 오드를 바라보았다.

아무런 말도 없이 지켜보기만 하는 페리쿨라의 침착한 태도가 오드를 진정시켰다. 오드는 크게 숨을 들이켰다가 내쉬었다.

"후읍, 후우우우우—"

"이제 좀 마음이 안정되셨습니까?"

"그래. 네 별빛 같은 눈동자를 보니 좀 진정이 되는구나."

"일이 뜻대로 되지 않으신 것 같습니다."

페리쿨라가 돌려 물었다.

오드는 잠시 눈썹을 찌푸렸다가 사실을 털어놓았다.

"네 조언대로 군나르 녀석을 벌주려고 했지. 그런데 실패야. 쯧쯧쯧."

"실패라니요? 군나르는 지금 이빨 빠진 사자가 아니옵니까? 후계자에게 마물을 승계했으니 폐인이나 다름없을 텐데요."

페리쿨라는 마물의 승계에 대해서도 알고 있었다.

오드가 미심쩍은 표정으로 고개를 가로저었다.

"나도 그리 생각했지. 군나르 녀석이 증손자에게 마물을 승계했고, 그 증손자가 상속받은 키르샤만 믿고 철없이 날뛰는 거라고 여겼어. 그런데 아니더라고. 군나르는 여전히 건재해."

"네에? 그렇다면 군나르 왕국에 키르샤가 2명이라는 뜻입니까?"

페리쿨라는 진심으로 놀랐다.

이어지는 오드의 대답은 더욱 놀라웠다.

"그것도 보통 키르샤가 아니야. 내가 군나르에게 누구를 보냈는 줄 아나?"

"모릅니다. 제가 비록 새벽여신의 총애를 받고 있다고는 하나 예지력이 있는 것은 아니랍니다."

페리쿨라가 무릎을 살짝 굽혀 대답했다.

오드는 자세하게 설명을 해 주었다.

"최근 키르샤로 진화한 스벤센, 그리고 강제로 각성을 시킨 구루."

"넷? 키르샤를 2명이나 보내셨다고요? 그런데도 군나르를 벌주지 못했단 말씀이십니까?"

"둘이 아니야."

"하면?"

"숲의 군주 토레도 설득했어."

페리쿨라는 깜짝 놀랐다.

"네에? 토레는 군나르의 편 아닙니까?"

"맞아. 그 수인족 녀석은 군나르를 형님이라고 부르지."

"그런데 그를 어떻게 끌어들이셨습니까?"

"다행히 토레는 신앙심이 깊은 녀석이라 내 설득이 먹혔어. 그렇게 군주급 3명이 합공을 했는데도 군나르에게 패했다는 것이 문제지. 휴우우."

오드가 한숨을 내쉬었다.

"오드 님, 혹시 그 전투 장면을 보셨습니까?"

페리쿨라가 황급히 물었다.

오드는 고개를 가로저었다.

"아니. 끝까지 보지 못했어. 처음에 스벤센과 구루가 군나르를 공격하고, 토레가 기습하여 군나르의 등판을 뚫어버리는 장면까지는 보았거든. 그런데 그 후로 내가 보낸 빛의 정령이 기괴한 힘에 의해 강제로 역소환을 당했다네."

"어찌 그럴 수가!"

페리쿨라가 어이없다는 표정을 지었다.

오드는 빛의 정령을 부려 수천 킬로미터 밖에서 벌어지는 일을 볼 수 있는 능력자였다. 오드가 부리는 새하얀 빛의 정령은 비록 공격력은 없지만 모든 물리력과 마법력에 구애를 받지 않아 강제로 역소환을 당하는 일 따위는 상상할 수도 없었다. 페리쿨라는 진심으로 놀랐다.

"하면 오드 님의 계획이 실패했는지 성공했는지 모르는 것 아닙니까?"

"아니. 실패야."

오드가 단언했다.

"어떻게 실패라고 확신하십니까?"

"모두 연락이 끊겼어. 구루도, 스벤센도, 토레도. 그럼 일이 실패한 게지. 끄으응."

오드가 어금니를 꽉 물었다.

혼란스러워하는 오드를 보면서 페리쿨라도 곤혹스러운

심정이었다.

'뭐지? 정말 소문대로 북부에 신인이 재림했나? 만약 그게 사실이라면 내 복수는 어떻게 되는 게지? 나의 계획이 앞당겨지는 게야, 아니면 장애물이 발생한 게야?'

도통 판단이 서질 않았다. 페리쿨라는 입술을 꼭 깨물었다.

하라간에 의해 아홉 군주 체제가 뒤흔들리고 북부 전체가 뒤숭숭해진 것 이상으로 페리쿨라의 머릿속도 복잡하게 헝클어졌다.

제4화

반란

Chapter 1

한 달쯤 전, 클레이아와 카팁, 칼리프가 괴한들로부터 습격을 받았다. 하라간은 그 배후로 토브욘 왕국의 후계자 베르를 지목했다.

얼마 지나지 않아 군나르 왕국과 토브욘 왕국 사이에 대대적인 전쟁이 시작되었다.

처음 하라간이 전쟁을 시작했을 때 군나르 왕국의 그 누구도 이번 전쟁이 이토록 빨리 끝날 것이라 예상하지 못했다. 또한 하라간이 욘타나 성 정도만 점령해도 다행이라고 생각했다. 만약 그보다 더 북쪽으로 치고 올라가 피돌 성까지 점령한다면 군나르 왕국에서 하라간의 인기는 어마어마하게 치솟을 상황이었다.

그런데 웬걸?

모두의 예상이 빗나갔다.

전쟁 발발 하루 만에 욘타나 성 점령.

그로부터 일주일 뒤에는 피돌 성 병탄.

연일 전해지는 승전보에 군나르 왕국 백성들의 정신이 쏙 빠졌다. 그러다 마침내 토브욘 왕국의 상징인 타워가 무너졌다는 소식이 들렸다. 며칠 뒤에는 토브욘 수도까지 장악했다는 소식이었다.

한 달 만에 전쟁이 종료되었다.

군나르 왕국은 벌집을 쑤셔 놓은 것처럼 시끄러웠다. 물론 나쁜 의미가 아니라 좋은 의미로 시끄러웠다. 백성들은 온통 축제 분위기였다. 전쟁터로 징집된 자식이 돌아온다는 소식에 노부모들은 입이 귀에 걸렸다. 남편을 떠나보낸 부인들도 덩실덩실 춤을 추었다.

하지만 모두가 축제인 것은 아니었다.

요즘 군나르 왕국 상인들의 분위기는 의외로 뒤숭숭했다.

군나르 왕국 수도 동북쪽 시가지.

곡물 상인들이 집결해 있는 이 지역은 요새 상황이 좀 애

매했다. 온 백성이 전쟁 승리를 축하하는 와중이라 곡물 상인들도 겉으로는 웃고 있지만 개중에는 속이 쓰린 자들이 제법 되었다.

파르몬도 그중 하나였다.

파르몬은 히락 상단 소속의 곡물상이었다.

히락 상단은 동부 지역의 대토후이자 동부 군단장을 역임하고 있는 뮬러러 가문의 직속 상단으로, 남부의 부호들과 어깨를 견줄 만한 대규모 상인 집단이었다. 파르몬은 이곳 수도에서 온갖 종류의 곡식을 매입해 동부로 운송하는 것이 주 업종이었다.

그러던 파르몬이 한 달 전 거부가 될 기회를 잡았다.

원래 파르몬은 히락 상단의 상인인 동시에 베레니케 비밀 조직의 단원이었다. 그는 베레니케를 좇아 아쿤 왕국에 사절단으로 동행하고 싶었다. 하지만 결국 명단에서 제외당했다. 파르몬이 마음속으로 탈락의 아쉬움을 삭이고 있을 즈음, 갑자기 토브욘 왕국과 전쟁이 발발했다.

파로몬은 그 정보를 남들보다 먼저 들었다. 그가 속한 히락 상단이 동부 군단에 병참을 납품한 덕분이었다. 원래 히락 상단은 군사 작전과 관련된 정보에 정통했는데, 그 정보가 파로몬의 귀에까지 들어왔다.

"기회다. 내가 단숨에 거부가 될 찬스가 왔어."

파르몬은 이 기회를 놓치지 않기로 결심했다.

그 날부터 파르몬은 남부에서 올라오는 곡식들을 대거 사들였다. 빚을 내서라도 곡식이라는 곡식은 모두 손에 넣었다.

얼마 후, 진짜로 전쟁이 터졌다.

그 즉시 곡물 가격이 두 배로 뛰었다. 그나마 왕실에서 곡물 가격을 강제로 안정시킨 덕분에 두 배만 뛴 것이지, 그냥 시장에 맡겨 두었다면 열 배, 스무 배로 폭등했을 것이다.

"시장 가격을 강제로 묶는 데는 한계가 있어. 결국 두 배이던 곡물 가격이 다섯 배까지는 충분히 오를 게야."

이렇게 판단한 파르몬은 정상가의 세 배를 주고 곡물을 확보했다.

파르몬뿐 아니라 주변 곡물상들이 모두 혈안이 되어 식량을 긁어모았다. 그쯤 되자 남부의 상인들도 더 이상 곡물을 팔지 않았다.

"전쟁이 최소한 1년은 가겠지? 1년 뒤 욘타나 성을 점령하는 선에서 전쟁이 마무리되면 참 좋은데. 아니면 3년 정도 질질 끌면서 피돌 성 코앞까지 진격하던가. 그때쯤 되면 곡물 가격이 열 배는 오를 게야. 휘이이익!"

파르몬은 기쁜 마음에 휘파람을 불었다.

그 기분은 오래가지 못했다.

"적국과 전쟁을 치르는 와중에 곡물 가격으로 장난을 치는 놈들이 있다. 그런 자들을 붙잡아 엄벌에 처하도록 하라."

군나르의 입에서 이런 엄명이 내렸다.

게브의 환관들이 대대적으로 상인들을 조사했다. 곡물 상인뿐 아니라 철광석을 사고파는 상인, 목재상인, 말을 파는 상인들이 집중 단속 대상이었다.

파르몬에게도 환관들의 손이 뻗쳤다.

처음 게브의 환관들에게 잡혀갔을 때 파르몬 강하게 저항했다.

"나는 동부 뮬러러 가문의 일원이오. 나는 히락 상단 소속 상인이란 말이오. 내가 곡물을 확보한 것은 혹시 전쟁이 확대되었을 때 동부 군단에 도움을 주기 위함일 뿐, 결코 왕국의 어려움을 틈타 돈을 벌 생각은 아니었소."

처음엔 이 항변이 먹히는 듯했다.

하지만 눈 밑에 붉은 별 문신을 새긴 환관을 나타나자 파르몬의 처지가 바뀌었다.

"뭐라고요? 지금 뭐라고 하셨습니까?"

파르몬이 놀란 마음에 되물었다.

별 문신 환관이 코웃음을 쳤다.

"흥, 귀가 먹었나? 꽉 막힌 그 귓구멍을 내가 바람이 잘 통하도록 뚫어 줄까?"

실제로 별 문신 환관은 손에 송곳을 하나 집어 들었다.

파르몬이 황급히 손사래를 쳤다.

"아닙니다. 제 귀는 멀쩡합니다."

"그럼 어서 불어. 네가 속한 비밀 조직에 대해서 불라고. 다 알고 왔으니까 시치미 뗄 생각 말고."

붉은 별 문신을 한 환관은 파르몬의 어깨에 손을 얹고 빙글빙글 웃었다.

그의 정체는 게브 8호.

총관을 제외하면 게브에서 최강자라 불리는 환관이 파르몬을 직접 찾아온 것이다.

파르몬이 입을 열기까지는 불과 한 시간도 걸리지 않았다. 아니, 정확하게 말해서 파르몬이 토설한 정보는 별로 없었다. 게브 8호는 이미 베레니케의 조직에 대해서 많은 것을 파악한 상태였다. 파르몬은 그저 게브 8호가 언급한 내용이 사실이라고 확인만 해 주었을 뿐이다.

게브 8호는 몇 가지 사실 관계를 더 물어본 다음 파르몬을 풀어 주었다.

그냥.

아무런 고문도 없이.

손가락 하나도 자르지 않고서.

'뭐지?'

파르몬이 고개를 갸웃했다. 그가 아는 게브는 이렇게 무른 조직이 아니었다. 게브에 한번 잡혀가면 검지부터 일단 자르고 질문을 시작한다고 들었다. 파르몬도 내심 손가락 몇 개는 잃을 각오를 했다.

그런데 별 탈 없이 풀려났다. 파르몬은 뭔지 모를 위화감을 느꼈다.

파르몬이 그 위화감의 실체를 깨닫기까지는 그리 오랜 시간이 걸리지 않았다.

"아하, 이간질이구나."

파르몬은 바보가 아니었다.

그리고 베레니케도 바보가 아니었다. 파르몬이 알고 있는 베레니케는 악의 화신 그 자체였다. 만약 누군가가 파르몬에게 "게브가 더 무서워, 아니면 베레니케가 더 무서워?"라고 물으면 파르몬은 1초도 지체하지 않고 "베레니케님이 훨씬 더 무섭습니다."라고 대답할 사람이었다.

지금 그 무시무시한 베레니케가 아쿤 왕국에 사절단으로 파견되었다. 그사이 게브가 움직여 상인들을 샅샅이 조사했다.

전쟁 물자를 매점매석하는 상인들을 조사한다는 것은 핑

계일 뿐, 게브의 진짜 목표는 베레니케의 비밀 조직이었다.

"내가 게브의 환관들에게 끌려갔다는 사실을 아는 동료들이 몇 있어. 그런데 나는 손가락 하나 잘리지 않고 무사히 풀려났거든. 그럼 베레니케 님이 날 어떻게 생각하실까? 조직을 배신하고 게브의 하수인이 되었다고 의심하시겠지?"

베레니케가 배신자를 어떻게 다루는지, 파르몬은 그 비참한 결말을 수도 없이 보아 왔다. 파르몬의 손이 벌벌 떨렸다.

"으으으, 안 돼. 이대로 있다가는 나뿐만이 아니라 내 가족들이 모두 잘게 썰려서 돼지 먹이가 되어 버릴 게야. 방법을 찾아야 해. 내가 살아날 방법을."

다행히 베레니케는 아직 사절단에서 돌아오지 않았다. 파르몬은 악녀 베레니케가 복귀하기 전까지 뭔가 수를 내야 한다고 판단했다.

Chapter 2

"어떻게 해야 나와 내 가족이 살 수 있지?"

아무리 머리를 쥐어짜도 파르몬이 살 수 있는 방법은 하나뿐이었다.

“더 큰 울타리에 들어가야 해. 베레니케 님의 마수로부터 나와 내 가족을 지켜 줄 수 있는, 그런 안전한 울타리 안에 들어가는 수밖에 없다고. 크우우우.”

궁지에 몰린 파르몬은 게브 8호를 다시 찾아갔다.

처음 강제로 잡혀 왔을 때와 달리 파르몬은 적극적이었다. 파르몬의 입에서 게브 8호가 미쳐 알고 있지 못했던 정보들이 술술 흘러나왔다. 파르몬은 정말 필사적으로, 절실하게 모든 것을 다 불었다.

베레니케는 천재였다. 그녀는 마이림이 만들어 놓은 비밀 조직을 눈 깜짝할 사이에 자신의 것으로 만들었을 뿐 아니라 조직을 더욱 세분화시켰다. 그렇게 베레니케가 완벽한 점조직으로 변모시켜 놓은 탓에 파르몬이 실토한 정보들은 그렇게 큰 도움이 되지 않았다.

하지만 게브 8호를 찾아온 상인은 파르몬 한 명이 아니었다. 게브의 작전에 걸려든 상인들이 하나둘 늘었다. 그들의 입에서 쏟아진 정보도 점점 더 많이 쌓였다.

그렇게 모인 정보를 분석하자 베레니케 조직의 전체 모습이 수면 위로 떠올랐다. 작전 참모인 게브 5호가 그 정보를 모아 그림을 구성했다.

게브 5호도 베레니케에 못지않은 천재였다. 약간의 시

간이 흐르자 게브 5호는 베레니케의 조직 대부분을 파악해 냈다.

그 즈음 전쟁이 끝났다. 하라간의 일방적인 승리였다. 군나르 왕국 백성들은 거리로 쏟아져 나와 하라간 만세를 불렀다.

곡물상인 파르몬도 겉으로는 만세를 불렀다.

하지만 속으로는 불안해서 잠도 잘 오지 않았다. 전쟁이 생각보다 일찍 끝나 곡물 가격이 하락했기 때문에 파르몬이 불안한 것은 아니었다. 전쟁의 종료와 때를 맞춰 —일부러 시기를 맞춘 것이 아니라 우연이었겠지만— 아쿤 왕국에서 돌아온 베레니케 탓이었다.

'젠장! 젠장! 게브에서 베레니케 님을 막아 줄 수 있을까? 베레니케 님이 나와 내 가족을 찢어 죽이기 전에 나를 보호해 줄 수 있을까? 아아아, 이 사태를 어쩌면 좋지?'

파르몬은 머리를 싸매고 앓아누웠다.

베레니케는 결코 범상한 여자가 아니었다. 마이림이 베레니케를 외궁 조직의 후계자로 삼은 이유는, 바로 그녀의 악마적인 천재성 때문이었다.

사절단과 함께 군나르 왕국으로 돌아오면서 베레니케는 전쟁 정보를 모았다.

처음에 베레니케는 이번 전쟁을 잘 이용해서 돈을 쓸어 담을 계획이었다. 하지만 일주일의 간격을 두고 욘타나 성과 피돌 성에서 승전보가 전해지자 베레니케의 생각이 바뀌었다. '신인의 재림' 이라는 뜬소문까지 나돌자 베레니케는 가슴이 철렁 내려앉았다.

이유를 알 수 없는 초조함이 베레니케를 휘감았다. 어쩐지 느낌이 좋지 않았다.

수도로 돌아온 이후 베레니케의 초조함은 현실이 되었다.

'아뿔싸! 내 조직이 파악되었구나.'

베레니케의 불안감이 이제 현실이 되었다.

베레니케는 마이림의 외궁 조직을 완벽한 점조직 형태로 바꿔 놓았을 뿐 아니라, 조직원들끼리 서로를 감시하는 네트워크를 구축했다. 게브에서 그녀의 조직 전체를 한날한시에 통째로 도려내지 않는 한, 이 네트워크는 조직원들도 인식하지 못하는 사이에 자동으로 돌아가도록 설계되었다. 베레니케는 네트워크를 통해 조직의 변고를 발견했다.

'누군가가 내 조직을 파악했어. 그것도 어설프게 파악한 게 아니야. 무려 78 퍼센트나 감지되었다고.'

78 퍼센트라면 작전이 들어온 것이 확실했다. 그냥 우연히 지하 세계를 훑다가 베레니케의 조직을 발견한 것이 아

니라, 그녀가 자리를 비운 사이에 완전 타겟팅해서 작전이 들어온 상황이었다.

'이곳 군나르 왕국에서 이런 작전을 펼칠 곳은 뻔하지.'

베레니케는 곧바로 적을 인지했다.

'게브! 이 고추도 없는 환관 나부랭이들이 감히!'

베레니케의 눈이 표독하게 빛났다.

처음엔 게브에 대한 분노로 열이 잔뜩 받았던 베레니케지만, 얼마 지나지 않아 그녀의 머리가 냉정하게 가라앉았다. 베레니케는 머리끝부터 발끝까지 찬물을 뒤집어쓴 듯한 오한을 느꼈다.

'게브의 꼭대기에는 하라간 님이 계시다. 그런데 그 하라간 님은 지난 한 달간 전쟁터에 나가셨어. 그렇다면 하라간 님이 게브를 움직여서 내 뒤를 캔 것이 아니야.'

하라간이 아니라면 답은 뻔했다. 세상에서 이토록 전격적으로 게브를 움직일 수 있는 사람은 단 2명뿐. 하라간 아니면 군나르였다.

'어헉! 군나르 님이 움직이셨구나. 그분이 나를 찍어 내려고 계획하셨어.'

베레니케는 이렇게 착각했다.

'젠장, 군나르 님은 다 알고 계셨던 거야. 마이림 님이 외궁 조직을 만들었다는 것도 알고 계셨고, 그 외궁 조직에

새로운 후계자가 탄생했다는 사실도 파악하셨다고.'

하라간이 전쟁을 치르는 동안 군나르가 수도에 남아 내부 단속에 나섰다고 가정하자 지금 벌어지는 일들이 아귀가 척척 맞았다.

'설마 나까지 드러났을까?'

베레니케는 냉정하게 상황을 판단했다. 아직까지 그녀 주변이 잠잠한 것을 보면 그건 아닌 듯했다. 하지만 조직의 78 퍼센트가 드러났다면 베레니케의 정체가 발각되는 것은 시간문제였다.

'파르몬과 같은 핵심 인물들까지 이번에 정체가 발각되었어. 빌어먹을! 파르몬은 나에 대해서 알고 있다고.'

베레니케는 신경질적으로 손톱을 물어뜯었다. 그것만으로 부족하여 베레니케는 방 안을 뱅글뱅글 맴돌았다.

'젠장! 젠장! 젠장! 밀가루가 다 익어서 빵이 되려던 참이었는데. 이제 여기서 한 발만 더 내디디면 내가 하라간 님의 배필이 되어 내궁을 장악할 차례인데. 그 영광의 순간을 위해 내가 노예 년에게 처맞아 가면서 마조히스트의 재질을 키워 왔건만 막판에 이게 뭔 꼴이야? 다 만든 수프에 재를 뿌려도 유분수지.'

베레니케는 지금까지 쌓아 온 공든 탑이 아까웠다. 그동안 축적해 놓은 금은보화. 잘 정비된 비밀 조직. 처맞아 가면서 키워 온 변태력(?)까지. 이 모든 것이 아까워서라도 여기서 멈추고 싶지 않았다.

하지만 그녀의 촉이 아우성을 쳤다.

'하루빨리 도망쳐야 해. 이제까지 쌓아 온 모든 것을 다 버리는 한이 있더라도 도망쳐야 해. 위기야. 위기.'

그동안 쌓아 온 것도 중요하지만, 베레니케는 그 무엇보다 목숨이 중하다고 생각했다. 숨이 붙어 있는 한 부귀영화와 조직은 다시 구축하면 그만이었다.

'튀어야 산다. 군나르 님이 나에 대해서 파악하기 전에 한시라도 빨리 이곳을 떠야 해. 빌어먹을.'

베레니케는 결단이 빨랐다.

'혹시 모를 상황을 대비해서 아르네 왕국에 조그만 시골 마을을 장악해 놓기 잘했지. 거긴 아무도 모를 거야. 일단 그쪽으로 피하자.'

매사에 철저한 베레니케는 아르네 왕국 시골 마을로 통하는 공간 이동 포탈까지 준비해 놓았다. 비록 일회용이라 한 번 사용하면 다시는 쓸 수 없는 포탈이지만, 이 한 번의 공간 이동이 그녀의 목숨을 구해 줄 동아줄이었다.

보석 상자와 금화를 챙긴 베레니케는 지하 와인 창고 속에 숨겨 놓은 포탈을 향해 달려갔다. 그러다 발걸음 멈추고 잠시 머뭇거렸다.

'아차, 아이린.'

아이린은 베레니케와 쿵짝이 맞는 흑인 노예 소녀, 아니 파트너였다. 베레니케에게 채찍질을 해 줄 사람도 아이린뿐이었다.

'젠장, 그년만큼 나를 찰지게 때려 줄 년도 없는데.'

베레니케는 눈썹 사이를 바짝 오므렸다.

Chapter 3

'그래. 아이린도 데려가자. 그다음 아르네 왕국 시골 영지에 숨어서 마조히스트의 재질을 더 키워야지. 조만간 군나르 님의 시대가 저물고 하라간 님의 시대가 올 거야. 그때가 되면 하라간 님은 분명 내 치마폭에 빠지실 거야. 나만큼 하라간 님의 취향을 맞춰 줄 여자가 세상에 어디 있겠어? 흐응.'

베레니케는 와인 창고로 내려가다 말고 다시 계단을 뛰어 올라왔다.

"아이린, 아이린."

베레니케가 다급하게 노예를 찾았다.

"베레니케 님, 저를 찾으셨습니까?"

아이린이 양손으로 치마를 반짝 들고 후다닥 달려왔다. 방 청소를 하다 달려온 탓에 흑인 소녀의 얼굴은 땀범벅이었다.

베레니케가 아이린을 재촉했다.

"서둘러, 이것아. 어서 나를 쫓아오라고."

"예에? 저는 지금 베레니케 님의 방 청소를 하던 중이었는데요?"

아이린이 큰 눈을 껌뻑거렸다.

베레니케가 주먹으로 자신의 가슴을 두드렸다.

"어유, 답답해. 지금 청소가 문제가 아니라니까. 어서 나를 따라오지 못해."

"아니, 갑자기 어디를 가시는데요?"

"요 쌍년! 입 닥치고 어서 쫓아오기나 햇."

베레니케가 버럭 신경질을 부렸다.

"넵."

윽박지름에 놀란 아이린이 입을 꾹 다물었다.

베레니케는 아이린을 와인 창고 안으로 데리고 들어가 숨겨 놓았던 포탈을 열었다. 아이린의 눈이 휘둥그레졌다.

"베레니케 님, 이게 다 무엇입니까?"

"닥치고 어서 들어가. 이 빛 속으로 뛰어들어 가라고."

베레니케가 깡마른 노예 소녀의 등을 강제로 떠다밀었다.

"아악."

아이린이 휘청거리며 빛 속에 파묻혔다. 바로 뒤이어 베레니케가 아이린의 옷소매를 붙잡고 포탈에 진입했다.

화악!

두 사람의 코앞에서 푸른빛이 확 터졌다.

그들이 다시 눈을 떴을 땐 주변 풍경이 확 바뀌어 있었다.

베레니케의 도주 소식은 곧 하라간의 귀에 들어갔다.

"또 공간 이동 포탈이야?"

"송구하옵니다."

게브의 총관은 큰 죄라도 지은 듯 진땀을 흘렸다.

"거참. 이젠 개나 소나 다 포탈로 도망치는구먼."

하라간이 비아냥거림에 총관은 얼굴을 들지 못했다.

"정말 송구하옵니다. 게브의 전력을 다 동원해서라도 베레니케의 뒤를 추적하겠습니다."

하라간이 손을 휘휘 저었다.

"내버려 둬."

"네?"

의외의 명령에 총관이 고개를 반짝 들었다.

하라간은 새끼손가락으로 귓구멍을 후볐다. 그다음 총관을 빤히 바라보았다.

"괜히 애들 고생시키지 말고 그냥 내버려 두라고. 베레니케는 머리가 비상한 여자야. 분명 우리 군나르 왕국이 아니라 어디 먼 타국으로 도망쳤을 텐데, 그걸 게브에서 어떻게 찾게?"

"송구하옵니다."

총관이 들었던 머리를 다시 푹 숙였다. 정말이지 총관은 송구하다는 말밖에 할 수가 없었다.

하라간이 말을 돌렸다.

"베레니케는 신경 끄고, 그녀의 조직부터 확실하게 접수해. 설마 이것마저 실수하진 않겠지? 응?"

총관은 정신이 번쩍 들었다.

"물론입니다. 이번엔 절대 실수하지 않을 것이옵니다."

총관이 장담했다.

하라간은 손가락으로 밖을 가리켰다.

"그래. 실수하지 말고 어서 발로 뛰어."

"넵."

총관이 후다닥 밖으로 나갔다.

하라간이 쿠션을 베고 비스듬히 누워 피식 웃음을 터뜨렸다.

"훗! 베레니케…… 정말 재미있는 여자야. 게브의 환관들에게 뒤가 밟히고 있다는 사실은 또 어떻게 알았대? 정말 촉이 보통이 아니잖아?"

하라간은 베레니케의 예민한 촉과 빠른 판단력에 감탄했다.

"뭐, 그래 봤자 내 손바닥 안이지만 말이야. 후후후."

하라간은 자신의 손바닥을 내려다보았다.

얼마 전 토브욘의 2왕비 카스트렌과 집정관 악셀리가 포탈을 이용해서 도망쳤다. 이번에 베레니케도 같은 방법으로 도망쳤다.

두 경우 모두 애써 잡은 물고기를 허무하게 놓친 것 같지만, 실상은 달랐다. 행방이 묘연한 카스트렌과 달리 베레니케는 하라간이 언제든지 다시 붙잡을 수 있는 물고기였다.

"후후. 이럴 때를 대비해서 베레니케에게 투명한 거미줄을 붙여 놓았지. 세상 끝까지 도망쳐도 소용없어. 내가 마음만 먹으면 그 즉시 이곳으로 끌어당겨 올 수 있으니까."

하라간의 눈에 한번 포착되면 그것으로 끝. 베레니케에게는 눈에 보이지도 않고 손으로 만질 수도 없는 거미줄이 붙어 있다. 하라간이 손가락 하나만 까딱하면 베레니케는 하라간이 지정한 민치의 몸속으로 끌려 들어올 것이다.

하라간은 선심을 쓰듯 뇌까렸다.

"당분간은 그냥 마음 편히 살라고 내버려 두지. 게브에서 그녀의 조직을 완벽하게 장악할 때까지는 말이야. 후후후."

마음 편한 하라간과 달리 게브의 환관들은 비상이 걸렸다.

“이 멍청한 새끼들. 다 잡은 물고기를 놓치다니, 그러고도 너희가 게브냐?”

총관이 게브의 상위 서열들을 일렬로 세워 놓고 발로 정강이를 걷어찼다. 빠바박! 뼈 부러지는 듯한 소리가 연달아 들렸다.

부총관은 열외.

장로인 게브 3호, 4호도 열외.

하지만 그 아래는 예외가 없었다. 게브 5호와 6호는 바닥에 머리를 박고 엎드렸다. 게브 7호와 8호는 총관에게 연신 종아리를 걷어차여 눈물을 찔끔 흘려야 했다. 아무리 아파도 비명을 지를 수가 없었다. 약간의 신음이라도 새어 나가면 얼차려 시간만 늘어날 뿐이었다. 지하 감옥에서 죄인들을 고문하다가 영문도 모르고 끌려온 게브 9호는 총관에게 정강이를 걷어차인 것에 이어서 귀싸대기까지 왕복으로 맞았다. 그보다 한 서열 아래인 게브 10호는 정강이 조인트와 따귀 세례를 넘어 복부까지 얻어맞아야 했다. 배에 꽂히는 총관의 주먹은 돌덩이보다 더 묵직했다.

‘커헉!’

‘내 밑에 놈들, 이제 다 죽었어.’

사랑 중의 으뜸은 내리사랑이라고 했다. 게브의 환관들은 위에서 받은 이 뜨거운 사랑(?)을 반드시 아래에 전달해 주겠다고 결심하며 이빨을 바득바득 갈았다.

Chapter 4

아름드리나무와 나무가 뿌리로 연결되어 거대한 군락을 이룬 곳. 숲 전체가 하나의 나무로 이루어진 이 신비로운 장소에 토레의 궁전이 자리했다.

북부의 다른 왕국들과 달리 토레의 궁전은 성벽이 없었다. 대신 회백색의 나무 군락이 성벽 역할을 했다. 넝쿨 사다리를 타고 높이 12 미터의 나무 군락 위로 기어 올라가야 비로소 토레의 궁전에 들어갈 수 있는 것이다.

외부에서 적이 쳐들어오면 넝쿨 사다리만 걷어 올리면 그만. 그러면 나무 군락 자체가 적의 진입을 방해하는 장애물 역할을 했다.

이렇게 나무 위에 지어진 궁전이라고 해서 규모가 작을 거라고 생각하면 오산이었다. 토레의 궁전은 군나르 왕궁이나 토브욘 왕궁에 비해 결코 규모가 뒤처지지 않았다. 65,000명이 넘는 수인족이 토레의 궁전에 상주하고 있으며, 유동 인구는 그 두세 배에 달했다.

오늘 이 신비롭고 웅장한 궁전에 일이 터졌다. 시뻘건 화마가 혓바닥을 날름거리며 궁전 일부를 휘감았다.

[반란이다. 반란이 일어났다.]

[비상! 비상!]

침팬지형 수인족 병사들이 뿔피리를 불면서 비상사태를 알렸다.

궁전 여기저기서 반응이 터져 나왔다. 커튼처럼 길게 드리워진 넝쿨을 젖히며 사방에서 불곰형 수인족들이 튀어나온 것이다. 그들은 손에 도끼와 방패를 들고 화염이 치솟은 방향으로 달렸다. 그보다 한층 높은 곳에선 표범형 수인족들이 창칼을 들고 출동했다. 표범형 수인족들은 나뭇가지 사이를 민첩하게 뛰어넘으며 목적지로 집결했다.

화염에 뒤덮인 곳은 토레의 궁전 동남쪽의 별궁이었다.

[이런, 왕자님들이 머무시는 곳이다.]

[서둘러야겠어.]

드넓은 궁전을 일직선으로 가로지른 표범형 수인족들은 화염이 솟구치는 진원지를 확인하고는 깜짝 놀랐다. 토레의 직계 자식들이 모여 사는 별궁은 이곳 토레의 궁전에서 몇 손가락 안에 꼽히는 중요한 요충지였다. 그곳이 통째로 화마에 휩싸여 타오르는 모습에 다들 머리가 아찔했다. 표범형 수인족들은 죽을힘을 다해 별궁으로 달려갔다. 그 가운데 몇 명은 벌써부터 마물과 결합하여 속력을 한층 높였다.

꽈릉!

표범형 수인족들이 별궁 앞에 도착했을 때 궁 안에서 벼락 떨어지는 소리가 터졌다. 불길에 휩싸인 3층 창문을 뚫고 사자형 수인족 한 명이 12 미터 아래로 추락했다.

바닥에 떨어진 수인족의 행색은 말이 아니었다. 사자 특유의 풍성한 갈기는 화염에 그슬려 시커멓게 타 버렸고, 양손과 가슴은 온통 피투성이였다.

[크윽!]

부상을 입은 사자형 수인족이 가까스로 상체를 일으켰다.

맨 앞에서 달려온 표범형 수인족이 비명을 질렀다.

[파이윰 님!]

파이윰이라 불린 사자형 수인족이 뒤를 돌아보았다. 그러곤 나무 위를 휙휙 뛰어넘어 달려오는 부하들을 보고 안심한 표정을 지었다.

[파이윰 님, 이게 어찌 된 일입니까?]

[크윽, 반란이다. 카프레 숙부가 반란을 일으켰어.]

파이윰의 입에서 '반란' 이라는 민감한 단어가 언급되었다. 파이윰은 토레의 직계 자식들 가운데 한 명이었다. 그는 토레의 뒤를 이을 유력한 후계자 후보 가운데 한 명으로, 성격이 시원시원하고 무력이 강해 수인족 정병들 사이에서 인기가 높았다.

표범형 수인족이 어리둥절한 얼굴로 되물었다.

[그게 정말입니까? 카프레 님께서 반란을요?]

파이윰이 토레의 아들이라면 카프레는 토레의 친동생이었다. 오래전 토레는 군주의 자리를 놓고 형제들과 치열한 싸움을 벌였다. 당시 수많은 형제들이 토레의 손에 찢겨 죽었다.

하지만 카프레와 멘카우레는 예외였다. 이 둘은 토레와 어머니가 같은 친형제 사이로, 그 누구보다 열심히 토레를 위해 싸웠다. 그 결과 토레가 군주가 된 이후에도 이들은 수인족 군단장이 되어 승승장구했다.

그런 카프레가 반역을 저질렀다니!

믿지 못하는 부하들을 향해 파이윰이 버럭 고함을 쳤다.

[네놈들, 지금 내 말을 의심하는 것이냐? 크윽. 카프레 숙부가 반역을 저질렀단 말이다. 위대하시고 또 위대하신 분께서 자리를 비우신 틈을 타서 이곳 별궁을 급습했어. 크으윽.]

파이윰이 인상을 쓸 때마다 그의 가슴에서 피가 뭉텅이

로 쏟아졌다. 파이윰은 손으로 가슴 부위를 꽉 누르며 부하들을 재촉했다.

[어서 병력을 모아라. 한시라도 빨리 카프레 숙부를 제압해야 한다.]

그 말이 끝나기도 전, 별궁 4층에서 굉음이 터졌다.

꽈릉!

벼락 내리치는 소리와 함께 4층 창문을 뚫고 사자형 수인족 또 한 명이 추락했다.

[메림드.]

[앗! 메림드 님.]

이번에 추락한 수인족도 토레의 직계 자식이었다.

이름은 메림드.

나이는 파이윰보다 두 살 위였다. 메림드와 파이윰, 리카온은 배다른 형제로, 하나뿐인 후계자 자리를 놓고 경쟁하는 사이였다.

그러다 두 달쯤 전, 리카온이 옛친구를 만나러 사이돈 성에 갔다가 큰 부상을 입었다. 그때까지만 해도 메림드와 파이윰은 리카온의 부상을 '쌤통이다.' 라고 생각했다. 이참에 경쟁자 한 명이 탈락했으면 좋겠다는 마음도 은근히 품었다.

당시 리카온을 피떡으로 만든 범인은 사촌 동생 쿠푸스

라고 했다.

쿠푸스는 멘카우레의 아들.

자식이 문제를 일으키자 멘카우레는 레드 군단장 자리를 스스로 내려놓고 근신에 들어갔다. 토레도 쿠푸스의 행동을 심각하게 생각하였으나 멘카우레에게까지 그 죄를 묻지는 않았다. 마침 쿠푸스도 하라간의 손에 죽은 터라 딱히 죄를 물을 대상도 없었다.

토레 왕국의 풍파는 그렇게 수면 아래로 가라앉는 듯했다.

그런데 오늘 새로운 일이 터졌다.

[크왁.]

바닥에 낙하한 메림드가 시커멓게 죽은피를 토했다.

메림드의 상태는 파이윰보다 더 심각했다. 그는 오른팔이 완전히 뜯겨 나간 상태였고 얼굴도 절반이 뭉그러졌다. 메림드는 그 꼴을 하고서 4층 창문을 향해 안타깝게 손을 뻗었다.

[꺄아아아악.]

4층에서 고음의 비명이 뒤따랐다. 메림드가 추락한 그 창문 밖으로 품위 넘치게 생긴 암사자형 수인족이 얼굴을 내밀었다.

고통으로 일그러진 이 여성 수인족의 이름은 이엠.

메림드의 부인이자 토레의 며느리인 바로 그 이엠이었다.

[안 돼.]

부인의 비명에 메림드가 악을 썼다.

창문 밖으로 얼굴을 내밀었던 이엠이 다시 창문 안으로 쑥 딸려 들어갔다가 얼굴로 벽을 부수며 다시 튀어나왔다.

피범벅이 된 이엠의 머리통을 붙잡은 것은 새하얀 뼈다귀였다.

[저것이 바로 카프레 숙부의 손이다.]

파이윰이 뼈다귀를 손으로 가리켰다.

[네에?]

표범형 수인족들이 깜짝 놀랐다.

[저 뼈다귀가 바로 카프레 숙부라니까. 블루 군단장 카프레 숙부!]

파이윰이 언성을 버럭 높였다.

부하들은 파이윰의 말을 선뜻 믿지 못했다.

하지만 그 주장을 부정하기도 힘들었다. 한 손으로 이엠의 머리통을 쥐고 새하얀 날개 네 장을 펄럭이며 4층 창문 밖으로 나온 스켈레톤의 몸뚱어리에는 화려한 전투 망토가 걸쳐져 있었다. 토레 왕국 블루 군단의 군단장을 상징하는 바로 그 망토였다.

Chapter 5

키 190 센티미터.

잡티 하나 없어 오히려 포근해 보이기까지 하는 두 쌍(넉 장)의 날개.

살갗이나 내장은 찾아볼 수도 없는 뼈다귀 몸체.

관자놀이 부위에 2개의 뿔이 달린 사자의 두개골.

날개를 천천히 퍼덕이며 공중에 떠 있는 스켈레톤의 모습은 사이돈 성에 등장했던 쿠푸스의 모습과 판박이처럼 똑같았다.

굳이 차이점을 찾자면, 당시 쿠푸스는 날개가 두 장이었는데, 지금 등장한 스켈레톤은 날개가 넉 장이었다.

수인족들이 입을 쩍 벌리고 올려다보는 가운데, 스켈레톤이 천천히 하강했다.

[으으으.]

이엠이 스켈레톤의 손에 머리통이 붙잡힌 채 옅은 신음을 흘렸다.

쿵!

스켈레톤이 바닥에 내려앉을 때까지 그 어떤 수인족도 움직이지 못했다. 스켈레톤이 완전히 바닥에 착지하자 파이윰이 발악했다.

[공격햇! 어서 숙부를, 아니 저 괴물을 공격하라고.]

[파이윱 님?]

표범형 수인족들이 선뜻 그 말을 따르지 못했다.

스켈레톤의 손에 포로로 붙잡힌 이엠 때문이었다. 당장 메림드가 파이윱과 반대되는 명령을 내렸다.

[안 돼! 공격 금지. 이엠이 위험하다. 다들 포위망을 구축한 채 거리를 두어라.]

메림드는 얼굴 반쪽이 뭉그러진 상황에서도 어떻게든 부인을 구하려고 애를 썼다.

파이윱이 당장 반발했다.

[이런 병신. 지금 형수가 중요해? 숙부, 아니 저 괴물의 손에 우리 왕국이 위태로울 판이라고. 다들 공격해. 명령이다. 어서 공격해라.]

[안 돼. 공격 금지. 지금 섣부른 짓을 해서 이엠이 잘못되기라도 한다면 나는 그 죄를 끝까지 물을 것이다.]

메림드와 파이윱이 연달아 목청을 높였다.

두 왕자가 보내는 상반된 명령에 수인족들은 어쩔 줄 몰랐다.

날개 달린 스켈레톤이 그 망설임을 깨 주었다.

[크크큿, 멍청한 것들.]

날개를 한 번 퍼덕여 20 미터를 날아온 스켈레톤은 표범형 수인족 한 명의 멱살을 잡아 목덜미를 그대로 뜯어 버렸다.

[크왁!]

수인족의 목에서 피가 주르륵 터졌다. 조금 전까지만 해도 단단한 포르키스의 껍질로 보호되었던 그의 목이 어느새 여린 피부로 돌아와 버렸다. 날개 달린 스켈레톤은 그 여린 목을 너무나 쉽게 잡아 뜯었다.

[왜 결합이 풀렸……? 꾸르륵.]

목이 뜯긴 수인족은 의문을 내뱉다 말고 고꾸라졌다.

동료 수인족들이 깜짝 놀랐다.

막레르와 결합한 수인족이 스켈레톤을 향해 투창을 뿌리려고 했다.

투창이 날아가지 않았다. 막레르는 어느새 마정석 속으로 돌아가 깊은 수면에 빠졌다. 마물과의 결합은 강제로 해제되었다.

[어엉? 결합이 끊겼어?]

[왜? 나의 마물이 왜?]

수인족 솔샤르들이 기겁했다.

그사이 날개 달린 스켈레톤이 한 번 더 몸을 날렸다. 스켈레톤은 강한 풍압을 일으키며 수인족 솔샤르들 사이에 뛰어들어 손톱을 길게 휘둘렀다.

[아악!]

얼굴이 쫙 긁힌 표범형 수인족이 두 손으로 얼굴을 감싸며 뒤로 나동그라졌다. 스켈레톤의 손톱에 복부가 찢긴 수인족은 배를 부여잡고 무릎을 꿇었다. 단숨에 수인족 2명을 해치운 스켈레톤은 파이윰의 머리통을 손으로 잡았다.

[크왓?]

파이윰이 화들짝 놀랐다.

스켈레톤이 네 장의 날개를 펄럭이자 육중한 파이윰의 몸뚱어리가 질질 딸려 하늘로 올라갔다. 그렇게 5 미터 높이로 날아오른 스켈레톤은 파이윰과 이엠의 머리통을 강제로 박치기시켰다.

빠악!

뼈 부스러지는 소리와 함께 이엠이 축 늘어졌다.

파이윰도 두개골이 띠잉 울려 정신을 차리지 못했다.

스켈레톤은 파이윰의 머리통을 번쩍 치켜들었다가 그 머리통으로 이엠의 두개골을 한 번 더 내리갈겼다.

빠악!

연달은 타격에 이엠의 목이 뒤로 휙 넘어갔다.

[안 돼! 제발 그만둬.]

지상에서 메림드가 악을 썼다.

날개 달린 스켈레톤은 허공에서 히죽 입을 벌리더니, 파이윰의 머리통을 한 번 더 치켜들어 이엠의 두개골을 갈겼다.

빠아악!

이번 타격은 좀 더 소리가 컸다. 기절한 이엠의 콧구멍에서 피가 줄줄 흘렀다. 이마도 피범벅이 되어 허옇게 뼈가 드러났다.

[이엠! 이엠!]

메림드가 애타게 부인의 이름을 불렀다.

스켈레톤이 파이윰의 머리통을 해머처럼 번쩍 들었다가 전력을 다해 이엠의 머리통을 깨부쉈다.

마침내 이엠의 머리통이 산산조각 났다. 피범벅이 된 머리통이 수박처럼 부서지며 피와 뇌수가 쏟아지는 모습이 도저히 눈 뜨고 보아 줄 수가 없었다.

머리를 잃은 이엠의 몸뚱어리는 5 미터 높이에서 추락하여 바닥에 내리꽂혔다. 그 충격으로 인해 이엠의 팔다리가 기괴한 각도로 꺾였다.

[으아아아악, 안 되애애애애—!]

메림드가 주먹을 불끈 쥐고 괴성을 질렀다.

그때 벼락처럼 날아온 스켈레톤이 한 손으로 파이윰의 머리통을 번쩍 들었다. 그다음 그 머리통을 무기처럼 사용하여 메림드의 정수리를 내리찍었다.

빠각!

메림드의 목이 뒤로 90도 각도로 꺾였다.

파이윰은 이미 기절하여 동공이 풀린 상태였다.

[꾸륵.]

메림드는 피거품을 뿜으며 상체를 뒤로 눕혔다가 다시 용수철처럼 튀어 올라 앞으로 엎어졌다. 잇단 충격으로 뿔이 부러지고 두개골에 금이 간 파이윰도 스켈레톤의 손아래서 물 먹은 오징어처럼 추욱 늘어졌다.

스켈레톤이 피범벅이 된 자신의 손가락을 핥았다. 놀랍게도 스켈레톤의 입 속에서 분홍빛 기다란 혀가 튀어나와 손가락에 묻은 핏물과 뇌수를 깨끗이 핥아먹었다.

Chapter 6

이엠이 머리가 박살 나 죽고 메림드와 파이윰이 기절할 동안 수인족 솔샤르들은 아무런 저항도 하지 못했다.

[왜 안 되는 거야? 왜 마물이 반응이 없어?]

[말도 안 돼. 그럼 리카온 님의 그 주장이 사실이었단 말이야? 날개 달린 스켈레톤 앞에서 마물과의 결합이 해제된다는 주장 말이야.]

[아니야. 이건 꿈이야. 이건 현실이 아니라고.]

마물과 결합이 끊긴 솔샤르들은 그 공허함과 무기력함에 빠져 상황을 제대로 판단하지 못했다. 수인족 솔샤르들이 그렇게 우왕좌왕하는 사이 날개 달린 스켈레톤은 수인족을 한 명 한 명 붙잡아 머리통을 박살 냈다.

이번에도 파이윰의 머리가 도구로 사용되었다.

빠악! 빡! 빡! 빡!

네 번째 솔샤르의 두개골을 부술 때까지만 해도 파이윰의 두개골은 깨지지 않았다. 그저 금만 갔을 뿐이었다.

하지만 다섯 번째 솔샤르의 두개골을 깨부수면서 파이윰의 두개골도 둘로 쪼개졌다. 허연 뇌수가 사방으로 분출했다. 한때는 거대 왕국의 후계자를 꿈꾸던 야심만만한 파이윰이 인생, 아니 사자생의 종말을 알리는 장면이었다.

[히히. 도구가 못 쓰게 되었네? 새 걸로 바꿔야지.]

스켈레톤은 천진난만하게 중얼거렸다.

바닥에 축 늘어져 있던 메림드가 스켈레톤의 앙상한 손에 붙잡혔다. 메림드는 머리통이 붙잡혀 하늘로 붕 떠오를 때까지도 의식이 깨어나지 않았다. 그러다 쏜살같이 아래로 내리꽂혀 누군가의 두개골과 정면으로 박치기를 하는 순간 정신이 번쩍 들었다.

빠악!

메림드의 눈앞에서 별이 번쩍했다. 순간적으로 정신이 들었던 메림드가 다시 기절했다.

빡! 빡! 빡!

정신을 차렸다가 다시 잃기를 네 차례.

마침내 메림드의 두개골도 수명이 다했다. 산산조각 난 메림드의 두개골 사이로 피가 섞인 뇌수가 줄줄 흘렀다.

[이히히히.]

스켈레톤이 입을 벌려 손가락에 묻은 피와 뇌수를 다시 핥았다.

[히히. 맛있다. 맛있어. 역시 도릭스 신장님의 말씀이 옳았어. 수인족의 하찮은 굴레 따위는 훌훌 벗어던지고 더러운 마물과의 결합을 끊어 버린 다음, 천족으로 거듭나기 잘했다고. 히히히.]

토레의 동생 카프레는 뺨에 긴 흉터가 자리한 것이 특징이었다. 과거 토레가 형제들을 죽이고 군주의 자리에 올랐을 때 카프레가 앞장서서 토레를 위해 싸웠다. 이건 그때 생긴 흉터였다. 그 상처가 어찌나 깊었던지 카프레의 뺨뿐 아니라 그 속 뼈까지 흔적을 남겼다.

지금 분홍빛 혀로 손가락을 쪽쪽 핥아 먹는 스켈레톤의 두개골 옆면에도 깊은 상처가 보였다.

파이윰의 지적이 정확했다. 천계의 서신장 도릭스에 의

해 정화(?)된 이 스켈레톤의 정체는 바로 카프레였다. 메림드와 파이윰의 숙부이자 토레의 친동생인 바로 그 카프레 말이다.

맨손으로 조카들과 조카며느리를 죽인 카프레는 날개를 퍼덕여 10 미터 상공으로 날아올랐다. 카프레의 등 뒤에서 별궁 목조 건물이 활활 타올랐다.

뜨거운 열풍이 훅 불어와 카프레의 온몸을 훑고 지나갔다. 뼈만 남은 카프레는 그 뜨거운 열기를 느끼지 못했다.

[이제 다음 건물을 불태우러 가 볼까? 이히히히.]

넉 장의 날개를 펄럭이며 카프레가 날아간 곳은 궁전의 중심부, 즉 토레의 부인들이 머무는 곳이었다. 카프레는 형수들을 죽여 그 뇌수를 핥아 먹을 생각에 입 안에 군침이 돌았다.

그러다 문득 카프레의 눈이 궁전 북쪽으로 향했다. 중죄인 전용 감옥이 위치한 방향이었다.

[멘카우레 녀석이 저기 갇혀 있지?]

카프레가 고개를 갸웃했다.

[이상하다. 분명 멘카우레 녀석도 도릭스 님의 은총을 받았는데 왜 아직까지 천족으로 거듭나지 못했지? 도릭스 님의 권능으로도 정화가 되지 않을 만큼 멘카우레의 오염이 심했었나? 그의 아들 쿠푸스는 비교적 쉽게 정화가 되었는데 말이야. 쯧쯧쯧.]

토레 왕국에서 도릭스와 가장 먼저 접촉한 수인족이 바로 카프레였다.

그다음이 카프레의 두 아들.

세 번째는 조카 쿠푸스.

멘카우레는 마지막에 접촉이 이루어졌다. 보다 강력한 힘을 얻기 위해 자발적으로 도릭스의 은총을 받아들인 카프레 등과 달리 멘카우레는 천족의 은총을 거부했다.

카프레의 입장에서는 도저히 이해할 수 없는 행동이었다. 동생의 답답한 태도를 보다 못한 카프레가 멘카우레를 강제로 도릭스에게 끌고 갔다. 그 자리에서 멘카우레는 도릭스의 정화 의식을 받아 강제로 천족, 즉 날개 달린 스켈레톤이 되기 위한 씨앗을 주입받았다.

[그런데 참 희한해. 도릭스 님의 은총을 받아 천족의 씨앗을 주입받았는데 어떻게 아직까지 천족으로 변하지 않았지? 멘카우레 녀석은 왜 아직까지 그 구질구질한 수인족의 굴레를 뒤집어쓰고 있는 게야? 이 막강한 힘을 사용하지 않고 스스로를 감옥에 가둔 이유는 또 뭐고? 거참, 녀석의 속내를 도통 알 수가 없네.]

궁전 상공을 가로지르면서 카프레는 연신 고개를 갸웃거렸다.

불곰형 수인족들이 별궁에 막 도착했을 때, 카프레는 이미 그곳을 떠나서 궁전 중심부에 도착한 상황이었다. 수인족들은 별궁 주변에 널린 시체들을 보고는 입을 쩍 벌렸다.

그때였다.

콰앙!

궁전 전체를 뒤흔드는 엄청난 폭음이 울렸다. 궁전 중심부의 화려한 탑에서 어마어마한 불길이 치솟으면서 발생한 폭음이었다.

[이런, 왕비님들이 계신 곳이다.]

수십 미터 높이로 솟구치는 불길을 보면서 수인족들이 주먹을 불끈 쥐었다.

지휘관이 재빨리 명을 내렸다.

[비상! 비상! 병력 일부는 이곳에 남아서 왕자님들을 구출하라. 나머지 발이 빠른 자들은 나를 따르라.]

[알겠습니다.]

수인족들이 둘로 패를 나눴다.

콰앙!

그때 또 다른 탑에서 어마어마한 높이의 화염이 치솟았다.

[서둘러. 일이 급하다.]

지휘관이 부하들을 재촉했다.

[넵.]

불곰형 수인족들이 궁전 중심부를 향해 전력을 다해 달렸다.

한편 궁전 중심부에서는 치열한 전투가 한창이었다.

등에 한 쌍을 날개를 매단 스켈레톤이 여성 수인족 한 명의 목을 붙잡아 퍼덕퍼덕 날아올랐다. 암사자의 얼굴을 가진 여성 수인족은 두 손으로 스켈로톤의 팔을 붙잡고 어떻게든 벗어나려고 애썼다. 하지만 도저히 벗어날 수가 없었다.

[캬아!]

여성 수인족이 스켈레톤을 향해 적의를 드러냈다.

뻐억!

스켈레톤의 주먹이 상대의 콧잔등을 부수고 얼굴을 함몰시켰다. 스켈레톤의 입이 쭉 벌어졌다.

[어디서 이빨을 들이밀어? 확 아가리를 찢어 버릴까 보다.]

그 폭언에 여성 수인족이 부들부들 수염을 떨었다.

[나카다, 네놈이 감힛!]

[네놈이라닛? 네년이 토레의 부인이면 부인이지, 감히 천족인 이 몸에게 그딴 망발을 한단 말이냐?]

나카다라고 불린 스켈레톤이 여성 수인족의 목을 콱 졸

랐다.

[끄읍! 꺽! 꺽! 꺽!]

숨이 막힌 여성 수인족이 발버둥 쳤다.

이 여성 수인족은 토레 왕국의 모든 여성들 가운데 가장 존귀한 신분이었다. 그녀는 군주인 토레의 정부인이자 리카온의 어머니였다. 토레 왕국의 세 번째 왕비가 바로 그녀의 신분이었다.

카프레는 평소 그녀에게 꼬박꼬박 왕비님이라고 불렀다. 그런데 카프레의 아들 나카다가 지금 큰어머니인 그녀의 목을 조르고, 얼굴에 주먹질을 하고, 그녀의 시녀들을 눈앞에서 도륙했다.

[캬아아, 이런 배은망덕한 놈.]

토레의 세 번째 부인이 무서운 눈으로 나카다를 노려보았다.

빡!

반사적으로 날아온 나카다의 주먹이 그녀의 얼굴에 작렬했다.

[캭!]

여성 수인족이 비명을 질렀다.

Chapter 7

뻑! 뻑! 뻑! 뻑!

나카다는 쉴 새 없이 상대의 얼굴에 주먹세례를 퍼부었다. 무서운 눈빛으로 나카다를 노려보던 여성 수인족도 더는 독기를 품지 못했다. 매 앞에 장사가 없다고, 마침내 여성 수인족의 얼굴에 공포의 빛이 어렸다.

나카다는 그제야 주먹질을 멈췄다.

[그래. 이제야 올바른 태도를 보이네. 너희 수인족이 우리 위대한 천족을 대할 때는 언제나 그런 공손한 자세를 취해야 해. 그렇지 않으면 확 죽여 버리고 싶어지니까 말이야. 이히히.]

나카다는 20 미터 상공에서 큰어머니의 목을 쥐고 흔들며 이렇게 협박했다.

[으으으.]

얼굴이 곤죽이 된 여성 수인족이 자신도 모르게 고개를 끄덕였다.

하늘에서 나카다가 패륜을 저지르는 동안 그의 동생 아비도스는 토레의 또 다른 부인을 가지고 노는 중이었다.

쾅!

파이윱의 모친이 나무 벽에 얼굴을 처박았다. 그녀의 앞니가 우수수 부서졌다.

쾅!

이번엔 메림드의 모친이 나무 벽에 얼굴을 박치기했다. 그녀도 이빨이 깨졌다.

아비도스는 한 쌍의 날개를 활짝 펴서 깃털을 뽐낸 다음, 양손에 움켜쥔 두 왕비의 얼굴을 내려다보았다. 피투성이가 된 두 여인을 보자 아비도스는 날아갈 듯 기분이 좋았다.

[크크크, 평소에 그렇게 잘난 체를 하더니 꼴좋다.]

퉤에—

메림드의 모친이 아비도스에게 피 섞인 침을 뱉었다.

[이년이 감힛.]

쾅!

아비도스는 그 즉시 상대의 머리통을 벽에 처박았다.

피범벅이 된 왕비의 얼굴을 내려다보면서 아비도스가 으르렁거렸다.

[더러운 수인족 따위가 감히 천족인 이 몸에게 침을 뱉어? 크크크, 그런 짓을 하고도 네 아들이 무사할 것 같으냐? 지금쯤 메림드가 어찌 되었을지 궁금하지도 않아?]

아비도스의 말에 왕비가 펄쩍 뛰었다.

[캬악! 메림드는 건드리지 마. 그는 네 사촌 형이 아니냐?]

[히히히. 그러는 너는 내 백모이지. 백부의 부인인 너도 때려죽일 판인데 사촌 형이라고 봐줄 것 같으냐? 히히.]

아비도스의 말에 왕비의 얼굴이 파르르 떨렸다. 그 위에 아비도스의 뼈만 남은 주먹이 꽂혔다. 사방으로 선혈이 튀었다.

메림드의 모친이 축 늘어지자 아비도스의 시커먼 눈구멍이 또 다른 대상에게 향했다.

파이윰의 모친은 굳은 각오로 아비도스를 노려보았다.

[히히. 그런 자세 좋아. 그렇게 빳빳하고 오만해야 구타하는 맛이 있지.]

아비도스의 주먹이 토레의 두 번째 부인의 복부에 꽂혔다. 아니, 꽂힐 뻔했다. 주먹이 묵직하게 박히려는 순간 둘째 왕비가 바람처럼 옆으로 피해 몸을 360도 회전했다. 유려한 곡선을 그리며 날아온 뒷발이 아비도스의 두개골 측면을 강타했다.

끽.

아비도스의 목뼈에서 기괴한 소리가 났다.

전력을 다해 발차기를 했건만 아비도스의 목은 채 5도도 꺾이지 않았다. 아비도스가 목뼈를 좌우로 우두둑 꺾었다.

[야아, 이거 둘째 백모님이 젊었을 때 한 가닥 하셨다는 이야기는 들었는데, 실력이 녹슬지 않았네. 마물과 결합이

해제된 상태에서도 제법이셔.]

파이윰의 모친 호텝은 토레 왕국 내에서 몇 손가락 안에 꼽히는 초강자였다. 비록 지금은 왕비가 되어 일선에서 물러났지만, 한때 그녀는 수인족 대부대를 이끌던 군단장급 지휘관이었다. 특히 스벤센 왕국 거인족들을 상대로 그녀로 보여 준 활약상은 아직까지도 서부 전선 수인족들 사이에서 전설처럼 전해져 내려온다.

아비도스가 호텝을 향해 성큼 다가섰다.

호텝이 뒤로 사삭 물러섰다가 아비도스의 오른쪽 옆구리에 발차기를 날렸다.

그보다 한발 앞서 하얀 날개가 펼쳐져 호텝의 발을 막았다. 호텝은 공격이 막힌 즉시 허공에서 비틀어 상대의 얼굴을 걷어찼다.

[어딜.]

아비도스가 뼈다귀 손으로 호텝의 발을 잡았다. 갈고리처럼 오그라든 아비도스의 손이 발목을 낚아챌 찰나, 호텝은 허공에서 한 번 더 점프하며 위로 떠올랐다.

아비도스의 머리통을 타 넘은 호텝이 앞구르기 두 번 만에 30 미터 밖까지 도망쳤다.

[이런 씨!]

아비도스가 날개를 활짝 펼쳐 호텝을 뒤쫓았다.

호텝은 나무 그루터기를 박차 90도로 몸을 꺾으며 다시 거리를 벌렸다.

아비도스가 저공비행으로 추격했지만 호텝이 워낙 민첩해 쉽게 따라잡지 못했다. 호텝은 사자형 수인족이지만 표범보다도 몸이 날랬다.

[거기 안 서? 썅년, 오라지게도 빠르네.]

아비도스가 연신 욕설을 퍼부었다. 그만큼 당황했다는 뜻이었다. 지금까지 아비도스가 상대한 솔샤르들은 마물이 봉인된 순간 곧바로 패닉 상태에 빠져 아무런 저항도 하지 못했다. 그저 당황하여 어쩔 줄 모르다가 아비도스의 손에 찢겨 죽을 뿐이었다.

호텝은 달랐다. 그녀는 최대한 침착하게 기회를 엿보다가 아비도스에게 한 방 먹이고 탈출했다.

그러자 이번엔 아비도스가 당황했다. 아비도스가 앞뒤 생각도 하지 않고 무작정 호텝을 뒤쫓는 것도 당황한 탓이었다.

호텝이 시간을 벌어 준 사이, 메림드의 모친이 시녀들의 부축을 받아 몸을 피했다. 아비도스는 그것도 모르고 열이 받아 호텝의 꽁무니만 쫓았다.

때마침 토레의 궁전 성벽에 장착한 봉인석들이 동작을 시작했다. 이제 봉인골의 영향 범위뿐 아니라 토레의 궁전 전체에 봉인이 걸렸다. 그 어떤 솔샤르도 이 안에서는 마물과 결합하지 못한다. 아비도스는 그렇게 확신했다.

[도망쳐 봤자다. 이 안에서 네년을 도와줄 솔샤르는 없어.]

아비도스가 자신만만하게 외쳤다.

호텝은 그보다 더 빠르게 도망쳤다. 광활한 광장을 지나 나뭇가지가 우거진 곳으로 뛰어들면서 호텝은 겨우 한숨을 돌렸다.

'이제 쫓아오기 힘들겠지. 헉, 헉, 헉.'

호텝은 가쁜 숨을 억지로 삼켰다. 그러곤 재빨리 나무를 타고 아래로 내려갔다. 거추장스러운 날개를 매단 아비도스가 이 잔가지를 헤치고 내려오려면 시간이 꽤 걸릴 것이다. 호텝도 이제는 조금 마음을 놓았다.

그게 실수였다.

피융!

공기를 가르며 날아온 창 한 자루가 호텝의 허벅지를 뚫고 나무에 꽉 박혔다.

[캬앙!]

호텝의 입에서 날카로운 포효가 터졌다.

하늘에서는 넉 장의 커다란 날개를 펄럭이며 스켈레톤이 내려왔다. 이 스켈레톤은 아비도스보다 날개가 두 장이나 더 달렸을 뿐 아니라 신체에서 뿜어지는 기세도 훨씬 더 강력했다. 그 기세가 어찌나 무서웠던지 호텝의 마물이 깨어난다고 해도 승리를 가늠하기 어려울 정도였다.

'크윽, 이건 또 뭐야? 나카다와 아비도스 외에도 뼈다귀들이 더 있었어?'

호텝의 눈이 암울하게 물들었다. 창이 어찌나 깊숙이 박혔던지 호텝은 몸을 피할 수조차 없었다.

호텝이 꼼짝도 못 하는 사이 스켈레톤이 날개로 나뭇가지를 부러뜨리며 다가왔다. 아비도스도 황급히 날개를 접고 나무 아래로 내려왔다.

아비도스가 어정쩡한 자세로 뇌파를 보냈다.

[아버님.]

그 뇌파에 호텝이 깜짝 놀랐다.

[뭣? 아버님이라고? 그렇다면 당신은……!]

아비도스의 말에 카프레가 고개를 홱 돌렸다.

아비도스가 찔끔 놀라 고개를 숙였다.

[아버님, 죄송합니다. 제가 그만 방심하여 호텝을 놓칠 뻔했습니다.]

[이런 멍청한 놈.]

카프레의 손등이 아비도스의 두개골 정면을 강타했다. 아비도스의 상체가 뒤로 90도까지 휘었다가 용수철처럼 다시 돌아왔다.

[죄송합니다.]

아비도스가 허공에서 열중쉬어 자세로 다시 한 번 사죄했다.

카프레는 대꾸하지 않았다. 대신 고개를 돌려 시커먼 눈구멍으로 호텝을 응시했다.

호텝이 부르르 몸서리를 쳤다. 사자의 두개골에 자리한 저 시커먼 눈구멍을 보자 몸에 오한이 들었다. 하지만 호텝이 아무리 애를 써도 도망칠 방법이 보이지 않았다. 그녀의 허벅지를 관통한 창은 나무에 깊숙이 박혀 꿈쩍도 하지 않았다.

카프레가 손을 뻗어 호텝의 턱을 쥐었다.

[으읏.]

호텝이 진저리를 쳤다.

Chapter 8

카프레의 얼굴이 호텝에게 가까이 접근했다.

[으으읏. 으읏.]

호텝의 당당하던 눈에 숨길 수 없는 공포가 자리했다. 카프레는 그런 현상을 즐기기라도 하는 것처럼 호텝의 얼굴을 요리조리 뜯어보다가 입을 살짝 벌렸다.

시체가 썩는 냄새와 함께 분홍빛 혀가 뱀처럼 뻗어 호텝의 뺨을 핥았다.

[욱! 치워.]

호텝이 고개를 좌우로 비틀었다.

카프레가 히죽 웃었다.

[형수. 그 당당한 성격과 외모는 여전하시네.]

[으읏.]

[그거 아쇼? 예전에 형수가 나의 여자가 될 뻔했다는 거?]

[으읏.]

호텝이 두 눈을 질끈 감았다.

과거 카프레는 호텝에게 마음을 빼앗겨 청혼한 적이 있었다. 물론 당시 카프레는 이미 부인을 둔 상태였다.

[그때 형수가 나를 거절했지. 자신은 전쟁과 결혼했다고. 평생 전장을 떠돌면서 살 거라며 내 청혼을 거부했어.]

카프레의 눈에서 시커먼 광채가 감돌았다. 그의 뇌파가 점점 더 크게 증폭되었다.

[그런데! 그래 놓고 덜컥 토레와 혼인을 했지.]

[그건…….]

[내 청혼은 거절하고 토레가 내민 손은 덥석 잡았어. 크흐흐. 왕비의 자리가 그리 좋던가?]

[그건 아니에요. 그건…….]

[아니긴 뭐가 아니야. 내 청혼은 거절하고 토레의 손을 잡은 이유가 그것밖에 더 있나? 그렇게 왕비가 된 형수는 결국 파이윰을 낳았지. 그 파이윰이 지금 어떻게 되었을 것 같나?]

[아악! 설마?]

호텝이 괴성을 질렀다.

카프레가 호텝의 목을 꽉 쥐어 나뭇등걸에 밀어붙였다. 호텝의 이마에 혈관이 크게 돋았다. 호텝의 얼굴이 시뻘겋게 변했다.

카프레의 분홍빛 혀가 호텝의 입술부터 시작해서 뺨, 눈, 이마를 핥고 지나갔다. 그 축축하고 끈적끈적한 느낌에 호텝이 진저리를 쳤다.

카프레는 호텝의 목을 졸라 죽일 것처럼 힘을 주었다.

[끄윽. 끄윽.]

처음에는 발버둥 치던 호텝의 저항이 점점 줄어들었다. 뇌에 산소 공급이 중단되자 호텝의 눈이 몽롱하게 풀렸다.

카프레가 뇌파로 속삭였다.

[히히히. 형수, 이대로 내 손에 죽는 것이 나을 거요. 살

아서 파이윰의 시체를 보느니 차라리 여기서 죽는 게 편하지. 히히.]

카프레의 뼈가 호텝의 살갗을 뚫고 파고들었다. 호텝의 목에서 피가 질질 흘렀다. 호텝의 머리가 힘없이 툭 떨어졌다.

그때였다.

뻐억!

뼈 으스러지는 소리와 함께 카프레의 몸이 2 미터 옆으로 날아갔다.

갈기를 휘날리며 등장한 사자형 수인족이 대형 방패로 카프레의 몸을 후려갈긴 탓이다. 수인족은 축 늘어진 호텝의 허리를 손으로 안았다.

아비도스가 깜짝 놀랐다.

[앗! 숙부님.]

허공에서 두 바퀴나 빙글빙글 돌던 카프레도 겨우 정신을 차렸다.

[멘카우레, 설마 네놈이냣?]

갑자기 나타나 카프레를 공격한 이는 다름 아닌 멘카우레였다. 토레와 카프레의 동생 멘카우레.

[으음.]

카프레가 동생의 몸을 심각하게 훑어보았다.

지금 멘카우레의 신체는 굉장히 비정상적이었다. 발부터 허리까지는 근육이 모두 흩어지고 피부도 붕괴해 뼈만 남았다. 하체는 스켈레톤으로 거의 변한 셈이었다. 그런데 상반신은 예전 모습 그대로였다. 멘카우레는 특이하게도 천족으로의 변이가 절반만 진행되었다. 카프레는 그 점이 이해가 되지 않았다.

[어떻게 이럴 수가 있지? 너는 분명 도릭스 님의 씨앗을 받아먹었잖아. 내가 강제로 네 입을 열어 목구멍에 처넣어 주었잖아? 그런데 왜 아직까지 그런 반쪽짜리 모습인 게야?]

카프레가 고개를 갸웃했다.

멘카우레가 그런 카프레를 향해 으르렁거렸다.

[이런 미친놈. 동생인 나를 납치하여 괴상한 씨앗을 먹인 것만으로도 모자라 이제는 왕비마마를 죽이려고 들어? 카프레, 네가 정녕 미쳤구나.]

[허! 이놈 말버릇 좀 보게? 멘카우레. 나 카프레야. 네 형 카프레.]

[닥쳐. 그 괴물 같은 행색을 한 주제에 내 형이라 자칭하지 마라. 넌 더 이상 내 형제가 아니다.]

한 발 뒤로 후퇴한 멘카우레가 가슴을 불룩 내밀고 두 주먹으로 탕탕 두드렸다. 그다음 호텝의 앞을 보호하며 방패를 꽉 거머쥐었다. 호텝은 반쯤 실신했다가 겨우 깨어나는 중이었다.

카프레가 고개를 왼쪽으로 우두둑 꺾었다.

[뭐야? 너 지금 나랑 해 보자는 게냐? 마물도 사용할 수 없는 그런 반쪽짜리 몸으로?]

[닥쳐. 마물이 없어도 너 따위 뼈다귀를 쓰러뜨릴 힘은 있다.]

[허허. 이게 정말 미쳤구나.]

카프레가 넉 장의 날개를 활짝 폈다. 카프레의 손끝에서 날아온 창이 멘카우레의 심장을 노렸다. 스켈레톤으로 변하기 전부터 카프레의 창술 실력은 토레 왕국에서 따를 자가 없었다.

멘카우레는 반사적으로 방패를 휘둘렀다.

까앙!

불똥이 튀었다. 강한 충격으로 인해 멘카우레의 팔뚝이 부들부들 떨렸다.

까앙! 깡!

이번엔 두 번 연달아 불똥이 튀었다. 멘카우레는 창이 날아오는 것을 제대로 보지도 못했다. 그저 감각적으로 방패를 휘둘러 창날을 쳐 낼 뿐이었다.

깡! 깡! 깡! 깡! 깡!

창의 숫자가 늘었다. 창날이 날아올 때마다 멘카우레의 팔뚝 떨림이 더 심해졌다. 멘카우레는 황급히 호텝에게 뇌파를 보냈다.

[왕비마마, 어서 정신을 차리고 도망치십시오. 크윽, 제가 오래 버티기 힘들 것 같습니다.]

제5화

하라간, 토레의 궁전에 가다

Chapter 1

멘카우레가 뇌파를 보내자마자 또 다른 창이 날아들었다. 이번 창날은 멘카우레의 방어막을 뚫고 옆구리에 긴 상처를 만들었다.

[큽! 왕비마마, 어서!]

멘카우레는 정말 마음이 급했다.

호텝이 겨우 정신을 차렸다.

[어서 도망치십시오. 제가 버틸 동안 서두르셔야 합니다.]

멘카우레가 뇌파로 악을 썼다.

호텝이 멘카우레에게 손을 뻗었다.

[도련님, 도련님도 함께 피하셔야지요.]

[아닙니다. 지금 저를 걱정하실 때가 아닙니다. 왕비마마께서 이곳을 탈출하셔서 위대하시고 또 위대하신 분을 불러오셔야 합니다. 그렇지 않으면 저 사악한 뼈다귀를 막을 자가 없습니다. 오직 그분만이 저 미친놈을 무릎 꿇릴 수 있습니다.]

멘카우레의 말이 옳았다. 천족이 된 카프레와 그의 두 아들을 막으려면 토레가 필요했다.

[이이이이익!]

호텝은 있는 힘을 다해 허벅지에 박힌 창을 뽑은 뒤, 20미터 아래 땅바닥으로 그대로 뛰어내렸다.

[저년을 쫓아.]

카프레가 손가락으로 호텝을 가리켰다.

[네, 아버님.]

아비도스가 날개를 접고 나무 아래로 다이빙했다. 그는 육중한 몸으로 우두두둑 나뭇가지를 부러뜨리며 뛰어내려 호텝을 뒤쫓았다.

그사이 멘카우레가 카프레에게 달려들어 방패를 크게 휘둘렀다.

[이노옴!]

[흥, 고작 방패 따위로 나를 어쩔 수 있을 것 같으냐?]

카프레가 앙상한 손을 뻗어 동생의 공격을 받아 내었다. 서로 엇갈린 길을 선택한 두 수인족 형제의 눈이 허공에서 사납게 맞부딪쳤다.

호텝은 사자형 수인족답지 않게 민첩했다. 지상으로 드러난 나무뿌리 사이로 사사삭 도망치는 호텝의 모습은 초원을 전력 질주하는 치타를 연상시켰다. 궁전 전체를 떠받치고 있는 거대한 나무 군락도 호텝에게 도움을 주었다. 큰 날개를 펄럭이며 꼬불꼬불한 나무 사이를 저공비행하던 아비도스는 결국 호텝을 놓치고 말았다.

[이런 썅!]

아비도스가 뼈만 남은 주먹으로 나무를 쾅! 후려쳤다.

그사이 호텝은 토레의 궁전 끝자락 외진 곳에 도착했다. 나무뿌리 안쪽 은밀한 공간에 몸을 숨긴 호텝은 뒤에 등을 기대고 가쁜 숨을 몰아쉬었다.

[하악, 하악, 하악.]

숨을 고르고 몇 차례 잔기침까지 마친 호텝이 팔목에 착용한 팔찌를 발톱으로 끊었다.

결혼 10주년 때 토레가 선물한 이 실타래처럼 생긴 팔찌는 위급할 때 토레와 바로 통신할 수 있는 마법 아이템이었다.

찌직, 찌직, 토레에게 신호가 갔다.

[어서 받으세요. 어서요.]

호텝이 간절하게 빌었다.

토레는 답이 없었다.

[아아, 안 돼.]

호텝이 머리를 좌우로 빠르게 저었다.

토레는 여전히 응답하지 않았다. 대신 엉뚱하게도 인간의 목소리가 들려왔다.

"이건 또 뭐야?"

실타래를 통해 전달된 것은 나이 어린 소녀의 목소리였다.

호텝이 황급히 답했다.

[위대하시고 또 위대하신 분이시여, 저 호텝입니다.]

호텝의 뇌파가 마법의 실타래를 통해 군나르 왕국으로 전달되었다.

"응? 위대하시고 또 위대하신 분이라고?"

실타래를 손에 쥔 소녀, 실보플레가 눈을 동그랗게 떴다.

토브욘 왕국 출신의 천재 마법 소녀 실보플레는 하라간이 창설한 EoM 조직에 편성되었다. 물론 실보플레의 스승인 카티도 EoM 소속이었다. 최근에는 빛의 마법사 아호와 그녀의 제자들이 대거 포로로 끌려와 반강제로 EoM에 배속되었다.

사흘 전 하라간은 EoM 소속 마법사들에게 "전쟁 전리품 가운데 마법 물품을 따로 분류해."라는 명령을 내렸다.

카티와 실보플레, 그리고 아호와 그 제자들은 산더미처럼 쌓인 전리품들을 뒤져 쓸모가 있는 마법 물품을 찾아내고, 그것들을 '전투용', '생활용', '여가용'으로 구분했다.

그 와중에 토브욘 왕국의 마법 아이템뿐 아니라 스벤센과 토레의 물품까지 함께 섞여 들어왔다. 실보플레는 실타래 형태의 팔찌를 조사하다가 그 팔찌에서 갑자기 뇌파가 튀어나오자 깜짝 놀랐다.

"왜 그러느냐, 실보플레야?"

카티가 실보플레에게 다가왔다.

"스승님, 이것 좀 보세요."

실보플레는 스승에게 실타래 형태의 팔찌를 내밀었다.

마법 팔찌로부터 다시 한 번 다급한 뇌파가 전달되었다.

[위대하시고 또 위대하신 분이시여, 제발 응답해 주소서. 저 호텝입니다. 흐흐흑.]

울음 섞인 뇌파를 실보플레뿐 아니라 카티도 들었다.

"뭔데 그래?"

아호가 삐쭉삐쭉 다가섰다.

"아호 님, 이것 좀 들어 보시죠."

카티가 아호에게 실타래를 내밀었다.

[저 호텝입니다. 이곳 궁전에서 큰일이 벌어졌습니다. 카프레 군단장과 그 아들들이 반란을 일으켜 왕자들을 죽였습니다. 파이윰도 죽은 것 같습니다. 으흐흑, 제발! 제발 응답해 주소서.]

멀리서 호텝이 서럽게 울부짖었다.

아호와 카티가 깜짝 놀랐다.

"응? 반란이라고?"

"군나르 왕국에서요? 아니지. 군나르 왕국엔 왕자들이 여럿이 아니지. 후계자가 단 한 명뿐이잖아."

두 마법사가 이런 대화를 주고받았다.

실보플레가 대화에 끼어들었다.

"저기, 스승님. 하라간 님께 이 사실을 알려야 하지 않을까요?"

"왜 알려?"

아호가 떨떠름하게 실보플레를 돌아보았다. 아호는 아직까지도 군나르 왕국에 대한 앙금이 풀리지 않았다. 비록 지금은 그녀가 군나르 왕국에 포로로 잡혀 와 하라간의 명을 듣고 있지만, 굳이 앞장서서 하라간에게 충성을 바칠 마음은 없었다. 처음 아호가 하라간을 만났을 때 느꼈던 복종심은 지금은 많이 퇴색되었다.

실보플레가 조그맣게 속삭였다.

"만약 이게 하라간 님의 시험이면 어떻게 해요? 이걸로 아호 님을 시험하시는 거면요?"

"헉!"

아호는 정신이 번쩍 들었다.

Chapter 2

카티가 말을 거들었다.

"아호 님, 충분히 그럴 수 있습니다. 아호 님도 아시다시피 하라간 님은 정말 무서운 분이십니다. 만약 이게 하라간 님의 시험이라면, 그리고 아호 님이 이 시험에 제대로 대응하지 못하신다면, 하라간 님은 아호 님의 눈앞에서 아호 님의 제자들을 하나하나 붙잡아 갈가리 찢어 죽이실 겁니다. 어후우."

무슨 상상을 했는지 카티는 말을 하다 말고 부르르 몸서리를 쳤다.

"으헛."

아호는 무방비 상태에서 찬물 한 바가지를 뒤집어쓴 기분이었다. 아호가 서둘러 실보플레에게 손짓을 했다.

"어서 가서 고해라. 괜히 애먼 사람 잡지 말고, 어서 가서 하라간 님께 이 사실을 고해."

"네."

실보플레가 새까만 마법 모자를 머리에 쓰고 후다닥 창고 밖으로 나갔다.

뒤에 남은 아호가 불안하게 서성거렸다.

카티가 아호의 손을 꼭 잡았다.

"아호 님, 진정하세요. 그리고 앞으로는 아까와 같은 시큰둥한 태도를 바꾸세요."

"뭐?"

아호는 카티에게 '무슨 주제넘은 충고냐?' 라는 표정을 지었다.

카티가 아호를 설득했다.

"어차피 우리 토브욘 왕국은 무너졌습니다. 그리고 제가 장담하건대 북부는 하라간 님에 의해 다시 하나가 될 겁니다. 800년 전에 그러했듯이요. 아닐 것 같습니까?"

아호는 대답하지 못했다. 아무리 생각해 보아도 카티의 말이 맞는 것 같았다. 하라간에 의해 하나가 되는 북부의 모습이 아호의 머릿속에 그려졌다.

카티가 말을 계속했다.

"그러니까 아호 님도 고까운 마음을 버리고 하라간 님의 명을 확실히 따라야 합니다. 그래야 무너진 타워가 다시 세워질 수 있습니다."

"응? 타워의 재건이 가능하다고?"

아호가 눈을 번쩍 떴다. 그녀가 어찌나 흥분을 했던지 '타워의 재건' 이라는 단어가 덜덜 떨려서 나왔다.

"저는 가능하다고 봅니다. 물론 토브욘 왕국에 다시 세울 수는 없겠지요. 대신 이곳 군나르 왕국에 타워를 복원하면 되지 않겠습니까?"

"아!"

카티의 말이 아호의 가슴에 불꽃을 지폈다.

'그래. 카티의 말이 맞아. 토브욘 왕국은 어차피 붕괴했어. 내 눈으로 신인의 재림을 보았잖아? 나뿐만 아니라 토브욘의 수많은 백성들이 신인의 모습을 보았거든. 이런 상황에서 토브욘 왕국의 재건은 불가능해. 다들 신인을 추종하지 토브욘 왕국의 재건을 바라지 않을 거라고. 그럼 내가 어떻게 행동을 해야 현명한 것일까? 마음속으로 예전 왕국을 그리워하며 하라간 님의 눈 밖에 나는 것이 현명할까? 아니면 어떻게든 하라간 님의 마음을 사로잡아 이곳 군나르 왕국에 타워를 다시 세우고 제자들에게 안전한 둥지를 만들어 주어야 할까?'

답은 뻔했다.

'아무래도 후자를 택할 수밖에 없겠군.'

아호는 앞으로 하라간에게 잘 보이기로 결심했다. 그런데 그냥 잘 보이는 것만으로는 타워의 재건이 불가능할 것 같았다.

'지난 역사를 되짚어보면 토브욘 왕국에서 우리 타워가 대접을 제대로 받을 수 있던 이유는 단 한 가지야. 타워의 여마법사 가운데 한 명을 어떻게든 왕비로 만들었기 때문이었어. 그렇다면 이곳 군나르 왕국에서도 그 전통을 따라야지. 어떻게든 마법사들 가운데 한 명을 골라서 하라간 님의 배필로 만들어야 해. 그리고 그 왕비를 등에 업고 타워를 재건해야지.'

여기까지 생각이 미치자 아호의 머릿속에 실보플레가 떠올랐다.

'오호라, 그러고 보니!'

하라간에게 쪼르르 달려가는 실보플레의 얼굴이 어쩐지 발그레해 보였다. 따지고 보면 실보플레는 몸매가 뛰어난 글래머 타입의 미녀는 아니지만 얼굴이 예쁘장하고 사랑스러운 소녀였다.

'호호호. 이거 사람이 죽으라는 법은 없구먼. 잘만 하면 우리 마법사들을 위한 새로운 뒷배를 세울 수 있겠어. 앞으로 카티 현자와 친하게 지내야겠는걸. 호호호호.'

카티를 바라보는 아호의 눈이 초승달처럼 둥글게 휘어졌다.

'뭐지? 아호 님이 왜 저런 표정으로 나를 보시는 게야?'

카티는 왠지 모를 오한에 손으로 팔뚝을 쓸었다.

실보플레는 토레의 팔찌를 들고 하라간에게 쪼르르 달려갔다.

[위대하시고 또 위대하신 분이시여, 저 호텝입니다. 제발, 제발!]

실타래 형태의 팔찌에서 전해지는 뇌파는 간절했다.

"이게 뭐지?"

하라간이 실보플레를 빤히 바라보았다.

그 시선에 실보플레의 얼굴이 복숭앗빛으로 물들었다.

[제발 응답해 주소서. 위대하신 분의 궁전이 지금 역적 카프레와 그 아들들의 손에 의해 불타고 있습니다. 그들은 리카온 왕자가 말한 대로 뼈다귀만 남은 모습으로 등장하여 살육을 저지릅니다. 지금 파이윰 왕자의 생사도 불분명합니다. 흐흐흑.]

팔찌에서 다시 뇌파가 전달되었다. 토레의 왕비 호텝이 보내는 구조 요청이었다.

하라간은 그제야 이 팔찌가 토레의 것임을 알아보았다.

"스스로를 천족이라고 부르는 그 뼈다귀들이 토레의 궁전을 급습했나 보군?"

질문을 하면서 하라간이 혀로 입술을 싹 핥았다.

실보플레가 대답했다.

"아무래도 그런 것 같습니다. 저는 이 사실을 하라간 님께 빨리 알려드려야 할 것 같아서 이렇게 달려왔습니다."

"잘했어, 실보플레. 아주 잘했어"

하라간은 실보플레에게 불쑥 다가와 머리를 쓰다듬어 주었다.

"앗! 하라간 님."

실보플레의 얼굴이 홍시처럼 변했다. 실보플래는 붉어진 얼굴을 숨기려고 고개를 푹 숙였다. 하지만 이미 목덜미까지 색이 변해 있어 숨길 수가 없었다.

하라간이 반쯤 풀어헤친 상의를 여미며 말했다.

"상황이 다급한 것 같으니 손을 좀 빌려줘야겠군. 토레는 부상이 심해서 움직이기 힘드니 내가 가 봐야지."

하라간이 이렇게 적극적으로 나서는 이유는 사실 허기짐 때문이었지만, 실보플레는 그 사실을 알지 못했다.

나들이 채비를 하던 하라간이 문득 실보플레에게 시선을 주었다.

"너도 같이 가자."

"네? 저도요?"

실보플레가 토끼 눈으로 하라간을 올려다보았다.

하라간이 뇌쇄적인 미소를 지었다.

"그래. 우선 토레의 궁전으로 직통하는 포탈을 열어. 그리고 너도 나를 따라와."

"따라오라고 하시면 따라가겠지만, 제가 하라간 님께 방해만 되지 않을지……."

실보플레가 하라간의 눈치를 살폈다.

"방해는 무슨. 어차피 네가 위험할 일은 없을 거야."

하라간은 앞뜰에 피크닉을 나가는 사람처럼 쉽게 말했다.

실보플레의 얼굴이 복잡해졌다.

'이걸 어쩐담? 수인족의 궁전에서 반역이 일어났다는데 괜찮을까? 내가 거길 간다고 하면 스승님께서 무척 걱정하실 텐데. 그나저나 수인족의 왕국에 가 보긴 처음이네? 그곳은 또 어떻게 생겼을까?'

실보플레는 걱정 반 호기심 반으로 마법진을 그렸다. 천재 소녀답게 실보플레가 마법진을 구축하는 속도는 빨랐다.

하라간이 그런 실보플레를 물끄러미 응시했다.

'흐음, 세상 참 불공평하군. 아이다나 실보플레는 이렇게 쉽게 공간 이동 포탈을 열잖아. 그런데 우리 군나르 왕국은 그동안 포탈이 없어서 발만 동동 굴렀다니 어이가 없어. 쯧쯧쯧.'

실보플레가 포탈을 준비하는 동안, 하라간은 친위대를 소집했다. 라티파와 레다, 네페르, 융, 우세르, 테티가 모여서 하라간을 모실 채비를 했다.

하라간이 문밖을 가리켰다.

"샤샴도 데려와."

샤샴은 하라간이 사이돈 성에서 포로로 붙잡은 천계의 책사였다. 여우의 두개골에 스켈레톤의 몸을 가진 이 특이한 녀석은 당시 하라간에게 넙죽 엎드려 제발 살려 달라고, 목숨만 살려만 주면 천계의 모든 비밀을 다 토해 놓겠노라고 싹싹 빌었다.

하라간은 토레의 궁전에 그 샤샴을 데려갈 요량이었다.

Chapter 3

"명을 받들겠사옵니다."

레다가 즉각 움직였다.

얼마 후, 레다의 손에 샤샴이 끌려왔다. 샤샴은 팔목과 발목에 굵은 쇠사슬이 묶인 모습으로 안에 들어와 불안한 듯 주변 눈치를 살폈다. 그러다 하라간을 발견하고는 엉거주춤 허리를 숙였다.

[하라간 님, 무슨 용무십니까?]

샤샴이 물었다.

레다의 표정이 돌변했다.

[이런 건방진 놈.]

깡!

레다가 창대로 샤샴의 다리를 후려쳐 강제로 무릎 꿇렸다.

샤샴이 바닥에 주저앉아 하라간을 올려다보았다.

하라간은 그제야 샤샴에게 눈길을 주었다.

[우흡.]

하라간의 눈동자를 마주 본 순간 샤샴은 부르르 진저리를 쳐야만 했다. 몸에 뼈만 남아 신경이 모두 사라진 샤샴이 오한을 느낄 리는 없었다. 그런데도 샤샴은 뼈가 꽝꽝 얼어 산산이 부서지는 듯한 혹한의 고통을 맛보아야만 했다.

[끄으응.]

샤샴이 고개를 슬쩍 돌려 아래로 내리깔았다.

하라간은 샤샴에게 아무 말도 건네지 않았다. 덕분에 천계의 책사라고 자부하는 샤샴은 꿔다 놓은 보릿자루 꼴이 되었다.

마침내 마법진이 완성되었다. 공간과 공간을 연결하는 영롱하고 푸르른 타원형 테두리가 허공에 떠올랐다. 토레의 궁전으로 이동하기 위한 포탈이었다.

"준비가 끝났습니다."

실보플레가 공손하게 아뢰었다.

"잘했어."

하라간이 먼저 포탈에 뛰어들었다.

뒤이어 라티파를 비롯한 친위대원들이 그 뒤를 따랐다. 레다가 샤샴을 재촉했다.

[어서 들어가.]

[…….]

샤샴은 마지못해 삐거덕, 삐거덕 다리뼈를 놀렸다.

마지막은 실보플레의 차례였다. 실보플레는 스승이 머무는 방향을 한번 돌아본 다음, 끝이 뾰족한 마법 모자를 꽉 당겨쓰고 포탈에 진입했다.

화아악!

실보플레의 눈앞에서 새하얀 빛이 터졌다.

실보플레가 포탈 마법진에 입력한 좌표는 토레의 궁전

외곽의 한적한 위치였다. 실보플레가 이 위치를 미리 알고 있었던 것은 아니었다. 그녀는 실타래 모양의 팔찌로부터 흘러나온 뇌파를 역추적하여, 그곳에 포탈의 출구를 열었을 뿐이다.

당연히 포탈 앞에는 호텝이 있었다.

멀쩡하던 허공에 푸른 테두리가 형성되고 눈부신 빛이 폭발하자 호텝은 황급히 몸을 피했다. 혹시 새로운 적의 등장이 아닐까 걱정해서였다.

그러면서도 호텝의 시선은 포탈에 고정되었다.

'혹시 저 눈부신 빛 속에서 위대하신 분이 나오실지도 몰라.'

호텝은 그렇게 되기를 간절히 기도했다.

이내 호텝의 얼굴이 절망으로 물들었다. 활짝 열린 포탈 속에서 튀어나온 이는 군주 토레가 아니라 키 175 센티미터의 인간족 소년이었다.

'아닌가? 소년이 아니라 소녀?'

수인족인 호텝에게 인간의 얼굴을 구별하는 것은 그리 익숙하지 않은 일이었다. 호텝은 상대가 남성인지 여성인지 헷갈렸다.

어쨌거나 한 가지는 확실했다. 지금 등장한 인간의 외모는 인간족 가운데 손에 꼽힐 정도로 돋보이는 것만큼은 분명했다. 종족이 다른 호텝의 눈에도 저 인간의 등 뒤에서 후광이 뿜어지는 것이 역력히 보였다.

처음 등장한 인간족의 뒤를 이어, 무기를 든 인간족들이 속속 포탈에서 튀어나왔다.

'적인가, 아군인가?'

호텝은 나무 뒤에 숨어서 침을 꿀꺽 삼켰다.

이윽고 호텝의 얼굴이 사납게 일그러졌다.

'젠장! 적이구나.'

호텝의 손에서 날카로운 발톱이 쫑! 치솟았다.

호텝이 갑자기 적의를 드러낸 이유는 샤샴 때문이었다. 스켈레톤의 몸에 여우의 두개골을 가진 샤샴은 한눈에 보기에도 적이 분명했다.

'더러운 인간족들. 네놈들이 천계라는 수상한 곳과 손을 잡고 우리 수인족들의 왕국을 침략하러 왔구나.'

호텝은 이빨을 뿌드득 갈았다.

하라간이 호텝의 살기를 감지했다. 하라간이 굵은 나무줄기를 향해 손을 뻗은 것과, 그 줄기에 동그랗게 구멍이 뚫린 것은 동시였다.

매끈하게 도려내진 1 미터 직경의 구멍을 통해 당황한 호텝의 모습이 훤히 보였다.

[웬 놈이냣?]

레다가 앞구르기로 튀어 나가 호텝을 덮쳤다. 레다의 창 끝에서 뻗은 서슬 퍼런 기운이 난초 잎처럼 사방으로 퍼져 나가며 호텝을 공격했다.

호텝은 풀쩍 도약하여 레다의 공격을 피했다.

나무줄기에 생긴 동그란 구멍 속으로 뛰어든 레다는 호텝의 뒤를 쫓아 다시 창을 뻗었다. 레다의 창이 빙글빙글 회전하면서 호텝을 압박했다.

호텝은 자세를 낮추고 빙글빙글 돌아 레다의 옆구리로 파고들었다. 토네이도처럼 몸을 회전시킨 호텝의 허리께에서 날카로운 발톱이 튀어나와 레다를 할퀴었다.

깡!

레다의 창과 호텝의 발톱이 맞부딪치면서 불똥이 튀었다. 호텝은 그 타격을 반동으로 삼아 허공으로 다시 풀쩍 뛰어올랐다. 반면 레다는 충격을 무시한 채 오히려 앞으로 파고들었다.

퓨퓨퓨퓻―

높이 점프했다가 지상으로 착지하는 호텝을 향해 여덟 줄기의 창 그림자가 날아들었다. 공기를 빙글빙글 휘어 감아 짓쳐들어오는 레다의 공격은 지독히도 살기가 짙었다.

[치잇.]

호텝이 다시 레다의 공격을 타고 뒤로 후퇴했다.

레다는 연신 앞으로 치고 나오며 상대의 급소를 노렸다.

뒤에서 라티파가 소리를 질렀다.

"레다, 조심해. 마물과 연결이 또 끊겼어."

Chapter 4

라티파의 경고가 아니더라도, 레다는 자신의 몸 상태를 정확하게 인지했다.

'부운성에서 느꼈던 그 더러운 기분. 그리고 사이돈 성에서 느꼈던 바로 그 끈적끈적한 기분. 지금도 그때와 똑같아. 밀레노레르와 연결이 또 끊겼어.'

솔샤르들은 마물과 연결이 끊긴 즉시 당황하기 마련.

하지만 레다는 예외였다. 두 번의 아찔한 경험을 통해 레다의 정신은 차돌처럼 딴딴하게 굳어졌다.

'마물과 연결이 해제되었다고 해서 당황할 필요 없어. 내 무술 실력으로 헤쳐 나가면 돼.'

레다가 입술을 꽉 깨물었다.

퓨퓨퓨퓻!

레다의 창이 점점 더 빨라졌다. 거의 눈에 보이지도 않고 창 그림자만 휙휙 허공을 수놓는데, 그 그림자의 수가 어찌나 많았던지 레다의 전면 공간이 온통 시커멓게 보였다. 그 모습이 마치 레다를 중심으로 그 앞에 시커먼 뭉게구름이 마구 피어오르는 것 같았다.

'크윽, 뭐 이딴 인간이 다 있어?'

호텝은 도무지 반격할 틈을 찾지 못했다. 반격은커녕 뒤로 몸을 빼내는 것조차 버거웠다. 레다가 뿜어내는 저 시커먼 창 그림자에 부딪칠 때마다 발톱이 부러질 듯 아팠다.

마침내 레다의 창이 호텝의 어깻죽지를 찔렀다.

[캬악!]

호텝이 비명과 함께 나무에 등을 부딪쳤다. 이제는 더 이상 물러설 곳도 없었다. 나무에 등을 기대고 멍하게 행동을 멈춘 호텝을 향해 레다의 창이 무섭게 날아들었다. 시커먼 기운에 휘감긴 레다의 창은 빙글빙글 회전하면서 호텝의 이마로 날아왔다.

저 창에 찔리면 그대로 두개골이 부서질 상황.

그때 지상에 벼락이 쳤다.

꽈릉!

사람들의 귀에 천둥소리가 들렸을 때는 이미 시퍼런 낙뢰가 뻗어와 레다의 창을 옆으로 튕겨 낸 뒤였다.

레다가 고개를 뒤로 홱 돌렸다.

"너!"

레다는 무시무시한 눈으로 실보플레를 노려보았다. 조금 전 레다의 창을 옆으로 튕겨 낸 사람은 다름 아닌 실보플레였다. 레다는 금방이라도 실보플레에게 달려들어 그녀의 목덜미에 구멍을 내 버릴 것처럼 살기를 내뿜었다.

실보플레가 황급히 손사래를 쳤다.

"잠깐만요. 전 공격 의사가 없어요. 무서우니까 그렇게 노려보지 말아요."

"흥. 내게 전격계 마법을 날렸으면서 공격 의사가 없다고? 나더러 지금 그 거짓말을 믿으라는 거냐?"

"진짜라고요. 전 레다 님을 공격하려고 마법을 뿌린 것이 아니었어요. 단지 저 수인족 여자분을 구하려고 손을 썼을 뿐이에요."

실보플레가 손가락으로 호텝을 지목했다.

레다는 의심의 눈초리를 풀지 않았다.

"그러니까 네가 왜 이 수인족을 구하려 든 건데?"

"그야…… 저 수인족의 손에 팔찌가 들렸으니까요. 이것과 똑같은 팔찌 말이에요."

실보플레가 손에 들고 흔든 것은 토레의 팔찌였다.

"응?"

사람들의 시선이 일제히 호텝에게 향했다. 과연 실보플레의 말이 맞았다. 호텝의 손에도 토레의 것과 흡사한 팔찌가 들려 있었다.

한편 호텝도 실보플레의 손에 들린 팔찌를 알아보았다.

[앗! 그 팔찌는!]

호텝이 손으로 입을 막았다.

너덜너덜해지고 줄이 끊긴 토레의 팔찌를 본 순간 호텝의 머릿속에는 상상하기도 싫은 장면이 떠올랐다. 위대한 군주이자 모든 수인족들의 왕인 토레가 날개 달린 스켈레톤들에게 연합 공격을 받아 땅에 쓰러지고, 토레의 손목에 매달린 팔찌가 적들의 손에 넘어가는, 그런 끔찍한 장면이었다. 순간적으로 호텝의 눈에서 시퍼런 불똥이 튀었다.

[네놈들이 감힛. 크르르르릉.]

호텝의 씰룩거리는 입술 사이로 기다란 송곳니가 으스스하게 드러났다.

[캬아—]

마지막 희망이 깨졌다고 착각한 호텝은 다짜고짜 레다를 덮쳤다.

[흥, 얼마든지 와라.]

레다도 물러서지 않았다. 그녀는 호텝을 향해 벼락처럼 창을 뿌렸다.

호텝은 자신의 배를 향해 날아오는 창을 보고도 피하지 않았다. 그저 발톱을 곤두세워 레다의 목덜미를 잡아 뜯을 생각만 떠올렸다.

'단 한 명이라도 죽이고 나도 죽는다.'

호텝은 죽기를 각오했다.

무대포로 덤비는 호텝의 악다구니에 레다도 당황했다. 이 상태라면 호텝은 레다의 창에 찔려 가슴과 배에 커다란 구멍이 뚫릴 것이다. 대신 레다의 목에도 상대의 발톱이 박힐 것이 뻔했다.

피하기엔 이미 늦었다. 다른 사람들이 끼어들 여지도 없었다. 레다와 호텝의 간격은 그만큼 가까웠던 것이다.

"안 돼."

뒤에서 네페르가 비명을 질렀다.

"레다야."

라티파의 얼굴도 하얗게 질렸다.

당사자인 레다도 솔직히 가슴이 덜컥 내려앉았다.

그 위기의 순간, 하라간이 손을 썼다. 땅속에서 불쑥 돋아난 투명한 촉수가 레다와 호텝 사이를 비집고 들어와 하늘 높이 솟구쳤다.

부와아아악—

레다의 창이 투명한 촉수에 가로막혀 와그작 박살 났다. 호텝의 발톱이 투명한 촉수와 부딪치면서 순간적으로 급속 냉동되었다가 우두둑 부러졌다.

그게 끝이 아니었다.

"우왁!"

투명한 촉수에 밀려난 레다가 뒤로 벌렁 드러누웠다가 데굴데굴 굴렀다. 호텝은 섬뜩하도록 차가운 벽에 부딪친 다음 레다와 마찬가지로 데굴데굴 밀려났다. 레다와 호텝 모두 어리둥절하여 이게 어떤 현상인지 파악하지 못했다.

그때였다.

[호텝, 도망친 곳이 겨우 여기까지냐? 크캬캬캬캬.]

사람들의 머리 위에서 금속을 손톱으로 긁는 듯한 뇌파가 울렸다.

뇌파의 주인공을 확인한 호텝이 얼굴을 구겼다.

[끄으응, 아비도스.]

호텝의 머리 위에서 날개를 펄럭이는 상대는 다름 아닌 아비도스였다. 반역자 카프레의 아들 아비도스 말이다.

새하얀 깃털로 치장된 날개를 펄럭이며 아비도스가 천천히 하강했다.

오만한 아비도스는 인간족 따위는 거들떠보지도 않았다. 시커멓게 뚫린 아비도스의 눈구멍은 오직 호텝에게만 고정되었다.

그러다 아비도스의 눈구멍이 갑자기 하라간에게 향했다.

[엇? 설마 하라간?]

4년 전, 하라간은 이곳 토레의 궁전에 머물며 리카온과 친하게 지냈다. 아비도스도 그때 하라간과 몇 번 만났었다.

하지만 당시의 얼굴이 기억나서 아비도스가 하라간을 알아본 것은 아니었다.

4년 전까지만 해도 하라간은 얼굴을 가면으로 가리고 있었다. 따라서 당시에는 아비도스뿐 아니라 리카온도 하라간의 본모습을 알지 못했다.

지금 아비도스가 하라간을 알아본 것은 바로 사이돈 성 사건 때문이었다.

'쿠푸스를 죽인 자.'

아비도스는 하라간에게 온 신경을 집중했다.

그럴 수밖에 없는 것이, 쿠푸스는 아비도스와 마찬가지로 천족이었다. 그런 쿠푸스가 사이돈 성에서 하라간의 손에 죽었다. 사실은 죽지 않고 몸이 해체되어 군나르 왕국에 포로로 끌려갔지만, 토레 왕국에는 쿠푸스가 죽은 것으로 전해졌다.

사이돈 성에서의 사건 이후로 카프레와 나카다, 아비도스, 삼부자는 하라간이라는 인간족 왕자에 대한 뒷조사에 착수했다. 그러면서 그들은 자연스럽게 하라간의 얼굴을 머릿속에 담아 두었다.

아비도스가 하라간을 향해 방향을 돌렸다.

[킥킥킥. 이게 웬 횡재냐? 군나르 왕국을 손에 넣을 열쇠가 이렇게 쉽게 내 손아귀에 들어오다니 말이야. 킥킥킥킥.]

아비도스가 잔뜩 비틀린 웃음을 토해 놓았다.

제6화

샤샴의 선택

Chapter 1

[킥킥. 정말 횡재를 했어. 킥킥.]

아비도스는 길가에 떨어진 황금을 발견한 사람처럼 욕심을 냈다. 하라간의 손에 쿠푸스가 죽었다는 사실은 어느새 탐욕에 가려져 아비도스의 뇌리에서 사라지고 없었다. 욕심에 눈이 먼 아비도스에게는 호텝이라는 존재도 들어오지 않았다. 물론 호텝은 중요한 인물이었다. 나중에 토레가 왕국에 돌아왔을 때 호텝을 인질로 삼으면 한결 상대하기 편하기 때문이다. 토레는 여러 왕비를 두었지만 그중에서도 호텝을 가장 총애했다.

하지만 하라간의 가치는 그런 호텝보다도 훨씬 더 중요

했다.

'최후의 순간 토레는 호텝을 버릴 수 있어. 호텝보다는 왕국의 안위가 더 중요하니까 말이지. 하지만 군나르는 달라. 만약 지금 내가 하라간을 붙잡으면 곧바로 군나르를 굴복시킬 수 있다고.'

하라간을 붙잡은 공로는 말도 못 하게 클 것이 분명했다.

'잘하면 나카다 형을 제치고 내가 이 왕국의 후계자가 될 수도 있어. 그러면 아버님은 물론이고 서신장 도릭스 님도 나를 칭찬해 주실 거야. 킥킥킥.'

후웅.

아비도스는 단 두 번의 날갯짓만으로 하라간의 코앞까지 날아왔다.

[멈춰라.]

레다와 융, 테티가 무기를 들고 하라간의 앞으로 나섰다.

"물러서."

하라간이 손을 수평으로 뻗어 친위대원들을 만류했다.

"넵."

친위대원들은 앞으로 튀어나왔던 것보다 더 빠르게 뒤로 물러섰다.

[킥킥킥. 겁대가리를 상실했구나. 마물과 연결이 끊겨 힘을 잃은 주제에 겁도 없이 나와 상대하려고 들다니. 킥킥킥

킥.]

아비도스가 하라간의 만용을 비웃었다.

[켁.]

그 비웃음이 중단되기까지는 채 1초도 걸리지 않았다. 아비도스는 자신에게 무슨 일이 벌어졌는지도 파악하지도 못했다. 그저 자신의 몸이 투명하고 끈끈한 무언가에 붙잡혀 앞으로 훅 빨려 들어간다고 느꼈을 뿐이다.

아비도스가 다시 정신을 차렸을 때는 그의 목뼈가 하라간의 손아귀에 꽉 붙잡힌 상태였다. 게다가 자신은 하라간 앞에 무릎을 꿇는 치욕을 당했다.

[끄으읏.]

아비도스가 자리를 털고 일어나려고 바동거렸다.

뜻대로 되지 않았다. 하라간의 손에 붙잡힌 목뼈는 어느새 꽝꽝 얼어붙어 옆으로 고개를 돌리는 간단한 동작조차 불가능했다. 목 아래 어깨뼈와 팔뚝뼈, 다리뼈 등은 마비가 되어 아비도스가 아무리 애를 써도 반응이 없었다. 심지어 아비도스는 날개마저 펄럭이지 못했다.

그런 아비도스를 하라간이 무표정하게 내려다보았다.

뿌드득.

하라간이 아비도스의 턱뼈를 붙잡아 오른쪽으로 돌려 보았다. 얼어붙은 부위가 강제로 돌려지면서 뼈의 일부가 부

서졌다.

뿌득.

하라간은 다시 상대의 두개골을 왼쪽으로 돌려서 관찰했다. 아비도스의 목뼈는 마치 목각인형 장난감처럼 휙휙 돌아갔다.

[쿠푸스와 다를 바가 없네.]

하라간이 뇌파로 말을 걸었다.

[억! 쿠푸스!]

아비도스는 그제야 정신이 번쩍 들었다.

상대는 쿠푸스를 잡아 죽인 장본인이었다. 도릭스의 은총을 받아 천족이 된 쿠푸스를 손쉽게 잡아 죽였다는 것은, 다시 말해서 하라간에게 마물 봉쇄가 통하지 않는다는 뜻이었다. 아비도스가 이 사실을 미리 알아차렸다면 하라간을 보자마자 도망쳤을 것이다. 물론 그렇게 도망친다고 해도 다시 하라간에게 붙잡혀 오겠지만 말이다.

[으읏.]

아비도스가 다시 몸부림치려고 들었다.

하지만 불가능했다. 손가락뼈 하나 아비도스의 뜻대로 움직이지 않았다.

아비도스의 두개골을 이리저리 돌려 보면서 관자놀이에 뻗은 뿔의 길이를 확인한 하라간은, 손바닥을 가볍게 들었다가 툭 내리쳤다.

와작!

파리를 쫓는 듯한 그 엉성한 손짓에 아비도스의 두개골이 그대로 박살 났다. 하라간의 손은 상대의 딴딴한 정수리를 부수고 안으로 들어가 목뼈 위쪽을 덥석 잡았다.

척추로 쭉 이어지는 부위였다.

사람들 눈에는 보이지 않았지만, 아비도스의 두개골을 부수고 목뼈를 붙잡은 하라간의 손끝에서 투명하고 가느다란 촉수가 쭉 뻗어 아비도스의 척추 속으로 파고들었다.

아비도스도 쿠푸수와 마찬가지로 척추 속에 노란 액체가 채워져 있었다. 투명한 촉수는 그 액체를 쪼르륵 빨아들였다.

그 즉시 아비도스의 새하얀 날개가 윤기를 잃었다. 빛바랜 깃털들이 마구 흩어져 주변을 지저분하게 만들었다. 아비도스의 뼈도 힘을 잃고 와르르 무너졌다.

잘 단련된 수인족 전사들을 장난감처럼 가지고 놀던 아비도스였다. 그런 강자가 하라간의 손에 수수깡처럼 으깨져 죽었다. 호텝은 눈앞에서 벌어진 장면이 너무 비현실적이라 혼란스러웠다. 이 모든 일들이 마치 짙은 꿈속에서 벌어진 듯했다.

하라간이 턱으로 호텝을 가리켰다.

라티파가 한 발 앞으로 나섰다.

레다와 네페르가 호텝의 좌우를 막고 융과 테티가 후방 퇴로를 차단했다. 일단 그렇게 막기는 했지만 충분한 거리를 두어 호텝에게 불안감을 주지 않도록 배려했다.

그래도 호텝의 반응은 날카로웠다.

[크르르.]

호텝이 친위대원들을 향해 송곳니를 드러내었다.

라티파는 안심하라는 듯 양손을 들어 손바닥을 내보였다.

실보플레가 라티파를 도왔다.

[저기요, 이 팔찌를 알고 있죠?]

[크르르르.]

호텝은 토레의 팔찌를 든 실보플레를 향해 낮은 으르렁거림으로 반응했다.

실보플레는 상대의 적의를 누그러뜨리려 애썼다.

[이 팔찌는 저희가 위대하시고 또 위대하신 토레 님으로부터 받은 것이에요. 그런데 이 팔찌를 통해 그쪽의 구조 요청이 전달되었다고요. 우리는 적이 아니에요. 믿어 주세요.]

그 말에 호텝의 동공이 흔들렸다.

이번엔 라티파가 나섰다.

[혹시 호텝 왕비님이십니까?]

정보에 밝은 라티파는 집중적인 관찰 끝에 상대의 정체를 알아보았다.

[크읏, 그걸 어떻게?]

호텝이 깜짝 놀랐다. 그러면서 호텝의 적의도 눈에 띄게 줄었다.

라티파가 하라간을 가리켰다.

[저기 계신 저분은 저희 군나르 왕국의 후계자이신 하라간 님이십니다. 호텝 왕비님의 구조 요청을 발견하신 하라간 님께서 세상 모든 수인족들의 주인이신 토레 님을 대신하여 친림하셨습니다. 아국과 형제 왕국인 토레 왕국을 돕기 위해서 말입니다.]

[하라간 님이라고?]

호텝의 시선이 하라간에게 향했다.

라티파가 힘차게 고개를 주억거렸다.

[그렇습니다. 하라간 님이십니다.]

[아아아!]

호텝은 그제야 긴장이 풀렸다.

"악! 이걸 어째."

호텝이 풀썩 쓰러지자 실보플레가 비명을 질렀다.

하라간이 실보플레에게 손짓을 했다.

"그렇게 야단법석 떨지 말고 치료 좀 해 봐. 혹시 치료 마법 익히지 않았나?"

"네, 네. 익혔지요."

실보플레는 비록 치료 마법이 전공은 아니지만, 간단한 것은 구현 가능했다. 실보플레의 오브에서 뿜어진 온화한 빛이 호텝의 몸을 부드럽게 감쌌다. 원기를 북돋고 생명력을 높여 주는 마법이었다. 치료 마법 덕분에 호텝의 몸 곳곳에 생긴 상처들이 빠르게 아물었다.

Chapter 2

화르르륵!

토레의 궁전 곳곳에서 시뻘건 화마가 솟구쳤다. 검은 연기를 동반한 화염은 날름날름 불꽃을 뿌려 목조건물을 핥고 지나갔다. 그때마다 건물에서 새로운 불길이 치솟았다.

[막아랏. 반역자들을 응징하라.]

궁전의 수비대장이 쩌렁쩌렁 포효를 토했다.

사나운 불곰의 얼굴에, 이마에 외뿔이 길게 달렸고, 덩치가 산만 한 수비대장은 고슴도치를 연상시키는 철갑옷을 입고 부하들을 지휘했다.

겉으로는 적들을 응징하라고 소리를 질러 댔지만, 사실 수비대장의 속은 시커멓게 타들어 갔다.

'왜 반응이 없지? 왜 마물이 반응이 없냐고?'

수비대장은 해구 2층 레벨의 강자였다. 귀족 솔샤르인 그가 마물과 결합하여 전장에 뛰어든다면 저런 조무래기 반역자들은 단숨에 쓸어버릴 자신이 있었다. 하지만 지금은 마물이 꿈쩍도 안 했다. 수비대장은 무척 당혹스러웠다.

'리카온 왕자님의 말씀이 사실이었구나. 천족이라는 괴상한 종족이 마물과의 결합을 끊어 버리는 요사한 술책을 쓴다고 하셨는데, 그 말씀이 사실이었어.'

뒤늦게 이런 후회를 해 봐야 늦었다. 지금으로선 마땅한 대응책이 보이지 않았다. 수비대장은 그저 끝없이 소리를 질러 부하들을 독려할 수밖에 없었다.

부하들도 당황하긴 마찬가지였다. 솔샤르의 특징이 바로 마물의 힘과 능력을 빌려다 쓰는 것인데, 그 길이 막히자 어떻게 싸워야 할지 막막했다.

한 가지 다행인 점은, 반역도들도 마물과 결합이 끊겼다는 사실이었다. 반역자 카프레는 블루 군단의 수하들 가운데 5분의 1가량을 포섭하여 이번 반역에 가담시켰다.

물론 이 5분의 1도 카프레가 정식으로 설득한 것은 아니었다.

[궁전의 수비대장이 타락하여 적들과 손을 잡았다. 위대하시고 또 위대하신 분께서 우리 블루 군단의 용맹한 전사들에게 수비대장을 벌하라고 명하셨으니 너희는 충심으로 그 명을 받들라.]

카프레는 이런 거짓말로 블루 군단을 움직였다.

스켈레톤으로 변한 카프레의 모습을 제대로 보지도 못한 전사들은 상관의 명만 철석같이 믿고 궁전으로 쳐들어왔다.

궁전 수비대와 블루 군단 전사들 사이에 치열한 전투가 시작되었다. 그 와중에 건물이 불타고 나뭇가지가 마구 부러졌다.

한쪽에서 전투가 치열하게 벌어지는 동안 카프레와 나카다는 궁전 중심부를 헤집어 놓았다. 카프레는 토레의 궁전 전체에 봉인석을 설치해 마물과의 결합을 완전히 차단시켰다. 그것만으로도 부족해서 스스로의 머리에 봉인골까지 착용했다.

[키키키킷. 마물과 결합이 끊긴 솔샤르들은 내 상대가 되지 못한다. 이 궁전 안에서 싸우면 토레도 나를 이기지 못해.]

카프레가 이런 폭언과 함께 멘카우레를 내던졌다.

갈기 달린 사자의 얼굴에 인간의 상체, 스켈레톤의 하체를 가진 멘카우레는 무려 20 미터를 날아가 나뭇등걸에 허리를 세차게 부딪쳤다.

[크왁!]

멘카우레의 입에서 피가 터졌다.

카프레는 넉 장의 날개를 휘저어 멘카우레에게 접근한 다음 다짜고짜 그의 복부를 걷어찼다.

[꺽.]

순간적으로 멘카우레의 숨이 멎었다가 간신히 풀렸다.

카프레는 멘카우레의 등짝을 두 손으로 꽉 내리찍어 붙잡은 다음, 2 미터 높이로 번쩍 치켜들었다가 다시 땅바닥에 내리찍었다.

쿠웅!

머리부터 거꾸로 떨어진 멘카우레가 고개를 비틀거렸다.

멘카우레의 팔이 부러지면서 방패는 멀리 떨어져 나간 상태였다. 무력에서 밀리고 마물도 봉인 당한 멘카우레가 카프레에게 저항할 수단은 없었다.

카프레가 멘카우레의 멱살을 붙잡아 일으켰다.

[멘카우레. 이제 그만 포기해라. 더 이상 무의미한 반항을 하지 말고 이 형의 말을 들어. 도릭스 님의 은총을 받은 네가 이 무슨 비참한 꼴이냐? 그러지 말고 완전한 천족으로 탈바꿈해라.]

[미친놈. 퉤!]

멘카우레가 카프레의 얼굴에 피 섞인 침을 뱉었다.

[이 자식이.]

화가 난 카프레가 멘카우레의 목을 두 손으로 졸랐다. 뼈만 남은 손가락이 멘카우레의 굵은 목덜미 속으로 강하게 파고들었다.

[끄억, 꺽, 꺽!]

숨이 막힌 멘카우레가 거칠게 발버둥 쳤다. 멘카우레의 얼굴에 지렁이처럼 굵은 힘줄이 돋아났다. 시뻘겋게 충혈된 멘카우레의 두 눈은 금방이라도 뽑혀 나올 것처럼 툭 불거졌다. 카프레는 이대로 동생의 목을 졸라 죽일 것처럼 손아귀에 힘을 주었다.

실보플레 덕분에 정신을 되찾은 호텝이 하라간에게 간청했다.

[하라간 님, 멘카우레 군단장부터 구해야 합니다. 그는 우리 왕국의 핵심입니다. 그가 지금 천족들의 공격을 받아 위험합니다.]

[그쪽으로 안내를 하시지요. 제가 도와 드리겠습니다.]

하라간이 선뜻 호텝의 요청에 응했다.

사실 하라간은 멘카우레가 죽건 말건 관심이 없었다. 다만 천족이라는 맛있는 별미를 놓치고 싶지 않았을 뿐이다.

그 사실을 모르는 호텝은 군나르 왕국의 도움에 무척 감사해하며 하라간 일행을 궁전 중심부로 안내했다.

거대한 나무 군락 위에 세워진 토레의 궁전은 그 자체가 하나의 거대한 미로였다. 구불구불 나무 사이로 통하는 길은 하라간과 같은 외부인이 이용하기 어려웠다. 길이 너무 복잡한 탓이다. 하지만 호텝은 이 궁전 세세한 곳의 지리까지 훤히 꿰뚫고 있었다. 호텝은 가장 빠른 지름길로 하라간을 안내했다.

최단경로로 궁전 중심부에 도착한 호텝은 표범처럼 민첩하게 나무를 타고 궁전으로 올라갔다. 하라간도 톡톡 발끝으로 나무줄기를 차며 호텝을 뒤쫓았다. 친위대원들이 기를 쓰고 하라간을 쫓았다.

하라간이 막 나무 군락 위 궁전으로 올라왔을 때, 카프레는 멘카우레의 목을 꽉 조르는 중이었다. 멘카우레의 입 옆으로 혀가 길게 삐져나온 것으로 보아 살짝 숨이 멎는 듯했다.

[악!]

호텝이 비명을 질렀다.

카프레가 고개를 돌려 시커먼 눈구멍으로 호텝을 보았다. 그의 시야에 호텝 뒤에 서 있는 인간족 여자(?)가 잡혔다. 유독 외모가 눈에 띄는 여자였다. 카프레는 그 여자가 손을 스윽 치켜드는 모습도 얼핏 목격했다.

카프레와 인간족 여자 사이의 거리는 약 150 미터.

저 멀리서 인간족 여자가 왜 쓸데없이 손을 드는 것인지 카프레는 이해하지 못했다. 아니, 카프레는 인간족 여자에게 그렇게 신경을 쓰지도 않았다.

그게 문제였다.

인간족이 손을 가볍게 치켜드는 것과 동시에 카프레의 등에 달린 두 쌍의 날개가 매끈하게 잘려서 떨어져 나갔다.

Chapter 3

[어엇?]

날개 잃은 카프레가 추락하는 것은 순식간이었다.

쿠웅!

쏜살같이 추락한 카프레가 돌바닥에 거칠게 처박혔다.

[뭐야?]

카프레는 정말 어리둥절했다.

[어어어?]

돌바닥에 처박힌 카프레가 몸을 일으키다 말고 다시 주

저앉았다. 천족으로 탈바꿈한 카프레의 뼈는 강철보다 수십 배는 더 단단했다. 겨우 이 정도 높이에서 떨어지는 정도로 충격을 받는다는 것은 말이 되지 않았다.

그런데도 카프레는 균형을 잡지 못하고 비틀거렸다.

날개가 잘린 탓이었다. 카프레는 손가락뼈로 등을 더듬다가 고개를 번쩍 치켜들었다.

카프레의 머리 위로 짙은 그림자가 드리웠다.

인간족 여자—사실은 여자가 아니라 남자지만—가 어느새 카프레 앞에 다가와 굽어보는 중이었다. 상대의 투명한 눈을 마주한 순간 카프레는 얼음 동굴에 빠진 것처럼 등골이 오싹했다.

지금 카프레를 굽어보고 있는 사람은 다름 아닌 하라간이었다. 하라간이 뻗은 손이 카프레의 얼굴을 뒤덮었다. 하라간은 카프레의 두개골을 한 손으로 붙잡고, 엄지와 새끼손가락을 카프레의 뻥 뚫린 눈구멍에 끼운 다음, 위로 쭈욱 잡아끌었다.

[엇?]

뼈 무게만 150 킬로그램에 달하는 카프레가 가벼운 종잇장처럼 딸려 올라갔다.

그렇게 상대를 위로 들어 올린 하라간은 바닥에 떨어진 넉 장의 날개를 바라보았다.

[넌 쿠푸스보다 날개가 두 장 더 많구나?]

하라간이 카프레에게 물었다.

카프레가 화들짝 놀랐다.

[어엉? 네가 어떻게 쿠푸스를 아느냐? 아니, 너, 넌?]

카프레는 그제야 하라간의 얼굴을 알아보았다. 얼마 전 사이돈 성에서 쿠푸스가 죽었다는 소식을 들었을 때 카프레는 사건의 뒷조사를 했었다. 그때 하라간의 얼굴을 세밀하게 묘사한 몽타주도 받아 보았다.

[하라간?]

카프레가 쥐어짜듯 뇌파를 보냈다.

와직!

그 즉시 하라간이 엄지와 새끼손가락 사이에 힘을 주어 상대의 두 눈구멍 사이 미간 뼈를 부숴 버렸다.

[크악!]

카프레가 자지러졌다.

하라간이 아무렇지도 않게 뇌까렸다.

[어디서 내 이름을 함부로 불러? 내가 네 친구냐?]

[크우우, 네놈이 어떻게 여기에…… 크헙!]

말을 하다 말고 카프레의 허리가 반으로 접혔다. 순간적으로 카프레의 두 다리가 번쩍 들리면서 가슴에 붙었다가 다시 떨어졌다. 하라간에 의해 복부를 세차게 걷어차인 반동 탓이었다.

카프레의 복부를 걷어차 올린 하라간은 앞으로 고꾸라지는 상대를 붙잡아 어깨뼈를 그대로 잡아 뽑았다.

[끄아아아악!]

상상을 초월하는 고통에 카프레가 비명을 질렀다.

하라간은 발을 스윽 들었다가 카프레의 두개골 옆면에 툭 내리찍었다. 그 발뒤꿈치에 밟혀 카프레의 이빨과 아래턱뼈가 으스러졌다.

[끄억!]

카프레가 고개를 한껏 뒤로 젖혔다.

하라간이 발끝으로 상대의 척추를 톡 걷어찼다.

척추뼈 마디 가운데 하나가 순간적으로 꽝꽝 얼었다가 부서졌다. 이번엔 카프레가 비명도 지르지 못했다. 그저 바르르 몸을 떨 뿐이었다.

카프레의 비명에 놀라 나카다가 날아왔다.

[아버님!]

하얀 날개를 펄럭이며 등장한 나카다는 하라간에 의해 유린당하는 카프레를 발견하고는 크게 고함을 질렀다. 허공에서 날개를 좌악 접은 나카다가 140 킬로그램이 넘는 육중한 몸으로 쏜살같이 내리꽂혔다.

이대로 육탄 돌격하여 상대를 부숴 버리겠다는 것이 나

카다의 의도였다.

그 의도가 깨지기까지는 그리 오랜 시간이 걸리지 않았다. 하라간은 검지를 들어 허공에서 뚝 떨어진 나카다의 이마를 찍었다.

하라간과의 거리가 10 미터까지 좁혀들었을 때 이미 나카다의 두개골 이마 부위에 손가락 크기의 구멍이 뚫렸다.

하라간과의 거리가 5 미터 남았을 때 나카다의 이마에 난 구멍은 점점 더 커져서 주먹이 들어갈 정도가 되었다.

하라간과의 거리가 1 미터로 좁혀졌을 때는 이미 나카다의 두개골은 세상에서 사라지고 없었다. 두개골뿐 아니라 갈비뼈도 모두 없어졌다. 마치 지름 1 미터의 날카로운 금속 원통이 나카다를 위에서 눌러 찍어 내부를 도려낸 것처럼, 나카다의 모든 것이 사라져 버렸다.

그보다 한발 앞서 하라간의 손끝에서 투명한 촉수가 튀어나왔다. 눈에 보이지 않지만 끝이 뾰족한 촉수는 나카다의 척추를 강제로 부수고 그 속에 든 노란 덩어리를 쪽 빨아 마셨다.

하라간 주변에 새하얀 깃털이 마구 흩날렸다. 잘게 부서진 나카다의 뼈가 우수수 떨어졌다.

[끄억? 꺽. 꺽.]

하라간의 발밑에 깔린 카프레가 고개를 위로 치켜들었

다. 아들의 죽음에 카프레가 괴상한 소리를 냈다.

[뭐가 이렇게 시끄러워?]

하라간은 발을 슬쩍 들었다가 내리찍었다.

발길질 한 방에 카프레의 넓적한 허벅지 뼈가 가루로 바스러졌다. 하라간은 다시 한 번 발을 들었다가 카프레의 나머지 한쪽 허벅지 뼈도 부숴 버렸다.

친위대원들은 그제야 현장에 도착했다.

"헉, 헉, 하라간 님."

"죄송합니다. 저희가 한발 늦었습니다."

레다와 라티파가 하라간에게 용서를 빌었다.

"송구하옵니다."

융과 테티, 네페르도 하라간을 보자마자 무릎부터 꿇었다.

사샴은 불안한 듯 카프레를 곁눈질하다가 하라간과 시선이 마주치자 고개를 옆으로 홱 돌렸다.

까딱까딱.

하라간이 사샴을 불렀다.

사샴이 손가락으로 자신의 얼굴을 가리켰다.

[저 말입니까?]

[그래, 너.]

[저 말고 다른 사람이 아니고요?]

샤샴은 끝까지 버티려고 애썼다.

[쓰읍!]

하라간이 눈을 찌푸렸다. 순간적으로 하라간에게서 뻗은 냉혹한 기세가 샤샴을 향해 뱀 떼처럼 밀려왔다.

샤샴이 펄쩍 뛰었다.

[아닙니다. 갑니다. 당장 달려가겠습니다.]

샤샴이 후다닥 뛰어가 하라간 앞에 차렷 자세를 취했다.

주변에 어지럽게 흩날리는 새하얀 깃털들을 보자 샤샴의 마음이 쿵 내려앉았다. 하라간의 발밑에 깔려 몸이 반쯤 부서진 카프레를 보자 샤샴은 반쯤 얼이 빠졌다.

하라간의 샤샴의 어깨에 팔을 둘렀다.

[그동안 내가 바빠서 이것저것 묻지도 않았지? 제대로 포로 대접을 해 주었어야 했는데, 솔직히 좀 심심했을 거야.]

[아닙니다. 심심하지 않았습니다.]

샤샴이 고개를 바짝 치켜들고 대답했다.

[에이, 심심했잖아?]

[아닙니다.]

샤샴은 거듭 부인했다.

하라간이 그런 샤샴의 두개골을 양손으로 붙잡았다.

치이이이익!

샤샴의 두개골 위쪽, 귀가 있던 부위에서 하얀 연기가 치솟았다. 하라간은 샤샴의 귀 부위에 양손 엄지를 대고 지그시 눌렀다. 강철보다 단단한 샤샴의 두개골에 동그랗게 서리가 끼었다가 잘게 부스러져 갔다. 그 구멍 사이로 하라간의 엄지가 천천히 밀려들어 왔다.

[끄윽, 끄윽, 끄윽.]

놀란 샤샴이 딸꾹질을 해 댔다.

하라간은 샤샴이 놀라건 말건 신경 쓰지 않았다. 얼마 지나지 않아 샤샴의 두개골에 엄지 크기의 구멍 2개가 뚫렸다.

하라간이 그걸 보고 흡족해했다.

[좋네. 그렇게 구멍을 뚫어 놓았으니 이제 말귀가 잘 통하겠지.]

[네네.]

[그래도 말귀가 통하지 않으면 구멍을 좀 더 뚫어 주고.]

[으헛, 아닙니다. 절대 아닙니다. 구멍 2개만으로 충분합니다.]

샤샵이 세차게 도리질을 했다.

하라간이 그런 샤샵을 의미심장한 미소로 바라보았다.

[그럼 이제 털어놔 봐.]

[무엇을 말입니까? 으헉!]

되물어보던 샤샵이 펄쩍 뛰었다. 하라간이 다시 엄지를 뻗었기 때문이다. 샤샵은 부리나케 입을 놀렸다.

[털어놓겠습니다. 제가 아는 것은 다 털어놓겠습니다.]

하라간은 제일 궁금한 것부터 물었다.

[수인족을 천족으로 만드는 거 말이야, 누구 짓이야?]

[네?]

[누가 이들을 천족으로 탈바꿈시켜 주었느냐고. 토레의 동생 카프레가 처음부터 이 모양으로 생겨 먹진 않았을 것 아냐? 천족 가운데 누구 짓이야?]

[그건 저도 잘 모르…… 끄악!]

대답이 약간 늦어진다 싶자 하라간은 마음의 검으로 샤샵의 갈비뼈 하나를 그대로 잘라 버렸다.

깜짝 놀란 샤샵이 엉거주춤 주저앉았다.

하라간이 냉혹하게 턱짓을 했다.

[주저앉고 싶어? 영원히 앉아서 지내게 그 다리부터 잘라 줄까?]

[으헉, 아닙니다. 아닙니다.]

샤샴이 다시 벌떡 일어났다.

[누구야?]

하라간이 물었다.

샤샴이 잠깐 망설였다. 그러다 다시 펄쩍 뛰었다.

[끄억!]

갈비뼈가 어느새 하나 더 잘렸다. 바닥에 떨어진 2개의 뼈다귀를 보자 샤샴은 정신이 번쩍 들었다.

하라간이 마지막 경고를 날렸다.

[더는 안 물어볼게. 이번에도 대답이 늦으면 차라리 그만 묻고 말지. 너 말고도 내게 대답을 해 줄 천족은 많아.]

[압니다. 절대 대답을 늦추지 않겠습니다.]

샤샴은 군기가 바짝 들었다. 그래서 하라간이 묻지 않은 것까지 술술 읊었다.

[사실 저희 천족이 인간계에 내려오게 된 것은 저희가 천신의 은혜를 잃었기 때문입니다.]

[그건 나도 알아.]

놀랍게도 하라간은 천신의 존재를 알고 있었다. 또한 그는 천족이 천신의 은혜를 잃어버렸다는 사실도 잘 알았다.

하라간의 대답에 샤샴이 기겁을 했다.

[으헉! 그 사실을 이미 알고 계셨습니까?]

[알고 있지. 천신의 은혜가 더 이상 내려오지 않기 시작

한 시점도 알지. xxxx부터잖아.]

하라간은 일부러 xxxx 부분을 샤샴의 뇌에만 전달되도록 작게 말했다.

샤샴은 진짜로 까무러칠 뻔했다.

[우갹?]

하라간은 괜히 그를 떠보는 것이 아니었다. 천계에서 벌어진 일에 대해 정확하게 알고 압박하는 거였다. 샤샴은 온몸이 부들부들 떨렸다.

[그, 그래서 저희 천계의 여왕님께서 인간계로 강림하셨습니다. 천계의 육대신장님들께서 여왕님을 보필하기 위해 먼저 강림하셨고요.]

[육대신장인가 뭔가 하는 녀석들이 주로 남부 연합에 강림했다며?]

[그렇사옵니다. 빛의 신장 플라비우스 님과 어둠 신장 막센 님, 동신장 브렌누스 님, 서신장 도릭스 님, 남신장 바투스 님, 북신장 수키우스 님이 모두 인간계에 현신하셨습니다. 이 가운데 네 분은 강림한 신체가 미흡하여 신체의 재구성에 힘을 쏟고 계십니다. 다행히 막센 님과 도릭스 님은 좋은 신체를 얻어 곧바로 활동에 들어가셨고요.]

천계의 비밀 정보를 털어놓으면서 샤샴은 하라간의 눈치를 살폈다.

지금 샤샴은 속이 타들어 갔다. 천계의 비밀을 가능하면 숨기고 싶은데, 하라간이 대체 어디까지 진실을 알고 있는지 가늠이 되지 않았다.

'비밀을 지키려고 섣부르게 거짓말을 했다간 내가 카프레의 꼴이 된다. 하지만 진짜로 다 털어놓으면 난 진짜 천계의 배신자가 되는데, 이걸 어쩌지?'

샤샴은 입을 놀리는 와중에도 빠르게 이런 계산을 했다. 샤샴이 하라간의 얼굴 표정을 유심히 살피는 것은 바로 이 때문이었다. 어느 시점에서 거짓말을 해야 할지 판단하기 위함.

안타깝게도 하라간은 티끌만큼도 얼굴 표정에 변화가 없었다. 그러니 샤샴으로서는 지금 하라간이 이 정보를 모르고 듣는 것인지, 아니면 다 알고 있으면서 확인만 하는 것인지 판단이 서지 않았다.

하라간이 샤샴의 말을 불쑥 끊었다.

[그래서, 수인족들을 천족으로 재탄생시킨 자가 어둠 신장 막센이야, 아니면 도릭스야?]

[마, 막…… 센…… 켁!]

막센이라는 이름을 조심스럽게 입에 담다 말고 샤샴이 두 손으로 자신의 왼쪽 갈비뼈 부위를 잡았다.

어느새 썽둥 잘린 샤샴의 갈비뼈가 바닥에 떨어져 청승

맞게 달그락 소리를 내었다.

[왜, 왜?]

샤샴이 말을 더듬었다.

하라간이 비릿하게 웃었다.

Chapter 5

[잠시 이름을 헷갈렸나 보네? 막센이 아니잖아.]

하라간은 모든 것을 알고 있다는 듯이 반문했다.

[헙!]

샤샴은 등골이 쭈뼛했다.

토레 왕국에 작업을 건 천족은 분명 막센이 아니라 도릭스였다. 조금 전 샤샴은 하라간을 떠보기 위해 살짝 거짓말을 했다. 그런데 하라간이 곧바로 응징한 것이다. 샤샴은 놀란 가슴을 억지로 진정시키며 무릎을 꿇었다.

[으헉, 제가 막센 님이라고 했던가요? 실수입니다. 요 주둥아리가 그만 헛소리를 내뱉었습니다. 용서해 주십시오. 토레 왕국에 개입한 천족은 막센 님이 아닙니다. 서신장 도릭스 님입니다. 정말 죄송합니다.]

하라간이 속으로 피식 웃었다.

사실 하라간은 막센과 도릭스의 역할에 대해서 알지 못했다. 대신 하라간은 군사 경험이 많고 노련했다.

'샤샴이 줄줄 읊은 순서대로 서열이 정해져 있겠지. 보통 위에서부터 아래로 말하니까 말이야. 그렇다면 막센이 위고 도릭스가 아래야.'

남부 연합에 천계 여왕이 강림했다고 한다. 그렇다면 위 서열인 막센은 여왕을 지키기 위해 그 곁에 머물고 있을 가능성이 높았다.

'그리고 아래 서열인 도릭스가 먼저 북부로 올라와 침공 준비를 시작했겠지.'

하라간은 이렇게 예측한 뒤 샤샴을 한번 찔러보았다.

그 예상이 딱 맞았다. 샤샴은 벌벌 떨면서 진실을 고백했다.

하라간이 샤샴을 향해 손가락을 빙글빙글 돌렸다.

[도릭스인지 뭔지 하는 작자 말이야. 이곳으로 좀 불러봐.]

뜬금없는 주문에 샤샴이 고개를 반짝 들었다.

[네?]

[도릭스를 여기로 유인해 보라고.]

[아니, 제가 어떻게…….]

샤샴이 뭐라고 항변하려는 것을 하라간이 끊었다.

[너 쓸모가 많다며?]

[네?]

[진짜 쓸모가 있으려면 그 정도는 해 줘야 하는 거 아냐? 토레 왕국에서 진행 중이던 계획이 어그러졌다. 이걸 해결하려면 서신장 도릭스가 직접 움직여야 한다. 이렇게 시나리오 좀 짜 보라고.]

말을 하다 말고 하라간은 침을 꿀꺽 삼켰다.

나카다와 아비도스만으로는 입맛만 버렸다. 하라간은 천족이라는 별미를 좀 더 제대로 즐겨 보고 싶었다. 그러자면 인위적으로 만들어진 짝퉁 천족 말고, 도릭스와 같은 진짜 천족을 잡아야 했다.

'그 두툼한 놈을 잡아서 척추를 싹 발라 내고 육즙이 흐르는 정수를 쪽 빨아 마시면, 캬아!'

하라간의 입속엔 벌써부터 군침이 가득했다.

입맛을 다시는 하라간을 샤샵이 목격했다.

'우힉?'

샤샵은 비로소 깨달았다.

'몸에 신경이 없어 추위를 느끼지 못하는 내가 왜 이 인간을 마주할 때마다 오한이 드나 이상했는데, 이제야 그 이유를 알겠구나. 이자, 인간이 아니야. 인간이 아니라 마물 그 자체. 우리 천족을 붙잡아 골수를 뽑아 먹는다고 알려진 마해의 마물 본체다. 그것도 그냥 마물이 아니야. 마해 밑바닥을 휘젓고 다닌다는 최고위 마물 가운데 하나라고. 으으으으으! 젠장. 인간계에 우리 천족만 강림한 것이 아니었구나. 심해저 1층 레벨의 평범한 마물이 아니라 최소한 2층, 아니면 3층 레벨의 최고위 마물이 이미 인간계에 강림해 있었어. 크으으읏!'

샤샵이 주먹을 꽉 쥐었다.

카프레와 같이 급조된 천족들은 무력이 그다지 강하지 못했다. 따라서 심해저 1층 레벨의 키르샤를 상대하기 위해서는 천족의 진짜 전사들이 나서야 했다.

만약 상대가 심해저 2층 레벨의 막키르샤라면 육대신장 가운데 동서남북의 네 신장이 나서지 않으면 승산이 별로 없었다.

만약 상대가 심해저 3층 레벨의 최고위급 마물이라면 빛의 신장 플라비우스나 어둠의 신장 막센, 그리고 천계의 여왕이 직접 손을 써야만 했다.

'흐흐흑. 이제 나 어쩌지? 책으로만 배운 최고위 마물을 왜 재수 없게 내가 직접 맞닥뜨리게 된 거야? 크흐흐흑.'

샤샵은 울고 싶었다. 그러면서 샤샵의 마음속 깊은 곳으로부터 깊은 빡침이 올라왔다.

'이 거지발싸개 같은 벨커스 녀석. 감히 나를 이런 함정에 빠트려? 뭐? 자기의 추종자들이 북부 지방에 미리 판을 깔아 두었으니 나는 포로가 된 척하고 조용히 군나르 왕국에 침투만 하면 된다고? 그게 무슨 개소리야. 이제 보니 벨커스 녀석이 나를 엿 먹인 거야.'

샤샾은 보통 천족이 아니었다. 비록 무력은 미약하지만 샤샾은 천계의 전략을 기획하는 핵심 참모 가운데 한 명이었다.

'그런 나를 벨커스가 마해에 팔아넘긴 거야. 크으읏. 역시 얍삽한 인간들은 믿을 게 못 돼. 벨커스 녀석, 인간 주제에 제법 능력이 있어 우리 천족의 친구로 받아들여 주고 높은 지위를 하사했더니 이렇게 내 뒤통수를 쳐?'

여기까지 생각하자 샤샾의 눈에서 불똥이 튀었다.

'아뿔싸! 여왕 폐하께서 위험하시다. 벨커스의 진짜 목적은 내가 아닐 거야. 그놈은 우리 고귀하신 여왕 폐하를 마해에 팔아넘기려고 하고 있어. 그리고 그 계획의 일환으로 천계의 두뇌인 나부터 제거한 거야. 그다음이 도릭스 신장님, 그리고 막센 신장님. 하나하나 각개 격파하겠다는 수작이지.'

샤샾은 열심히 머리를 굴렸다.

아무리 생각해도 이 추측이 옳은 것 같았다.

'그래. 맞아. 벨커스의 추종자와 같은 하찮은 인간들이 어떻게 이런 최고위 마물의 존재를 알겠어? 놈들은 이미 마해와 배꼽을 맞춘 거야. 그리고 우리 천족들을 하나하나 꾀어서 이 최고위 마물에게 보내 주는 거지. 천계 최고의 두뇌라 자부하는 나는 그 함정에 딱 걸려서 이 꼴이 된 거고. 이런 개새끼들.'

샤샴은 속으로 이빨을 갈았다.

빠악!

하라간이 손바닥으로 샤샴의 두개골을 후려쳤다. 그 충격이 어찌나 컸던지 샤샴의 턱뼈가 순간적으로 어깨뼈 안쪽까지 살짝 들어갔다가 다시 튕겨 나왔다. 샤샴은 눈앞에서 별이 빙글빙글 돈다고 느꼈다.

[뭔 잔대가리를 그렇게 굴려? 도릭스를 여기로 부를 수 있어, 없어? 있으면 부르고, 없으면 그냥 이 자리에서 네가 도릭스 대신 휘리릭 하면 돼. 간단하잖아.]

'휘리릭' 이라는 의성어를 언급하면서 하라간은 혀로 무언가를 쭉 흡입하는 시늉을 했다.

그 동작을 보자 샤샴의 두개골 끝부터 발가락뼈 끝까지 전기가 빡 통했다.

'으헉! 잡아먹힌다. 천계에서 두뇌가 가장 섹시한 이 샤샴이 마해의 초거대 마물에게 잡아먹힌다고. 골수가 빨려서 죽게 된다고. 안 돼. 그건 아니야. 마물에게 골수가 빨려

서 죽으면 나는 죽어서도 천신께 가지 못해. 내 혼까지 더럽혀질 수는 없어.'

마물에게 잡아먹히는 것은 천족들이 가장 끔찍하게 여기는 죽음이었다. 그런 처참한 죽음을 당한 천족의 혼은 제사장인 대원사가 아무리 기도를 해 줘도 천신의 품으로 돌아갈 수 없었다. 샤샵은 그렇게 믿었다.

[우우, 우우우. 그건 아니야. 그렇게 되어서는 안 돼.]

샤샵은 완전히 패닉 상태에 빠졌다.

빠악!

하라간이 한 번 더 샤샵의 머리통을 후려쳤다.

정신이 번쩍 든 샤샵의 눈에 살짝 벌어진 하라간의 입술이 보였다. 그 입 안에 고인 침도 엿보였다.

샤샵은 반사적으로 대답했다.

[유인하겠습니다.]

[뭐?]

[도릭스 님을 이곳으로 유인하겠습니다. 저는 참말로 쓸모가 많은 놈입니다. 그걸 증명해 보이겠습니다.]

샤샵이 발목뼈를 착 붙이며 외쳤다.

하라간의 눈이 반달형으로 휘어졌다.

[호오? 그래? 네가 도릭스를 이곳으로 유인할 수 있다고?]

샤샹이 목뼈가 꺾일 정도로 크게 고개를 끄덕였다.

[그렇습니다. 믿어 주십시오. 곧바로 유인에 들어가겠습니다.]

샤샹은 정말 절실했다.

제7화

벨커스의 추종자들 II

Chapter 1

카프레의 반란은 불과 여덟 시간 만에 진화되었다. 처음에 압도적인 기세로 궁전을 점령하고 토레의 수족들을 잘라 내던 반란군은 카프레와 나카다, 아비도스 삼부자가 고꾸라지자 곧바로 궁지에 몰렸다.

결정타를 날린 이는 바로 호텝이었다.

하라간의 귀띔을 받은 호텝은 부하들을 이끌고 궁전 주변에 설치된 봉인석들을 우선 제거했다. 봉인마법진이 사라지자 솔샤르들이 다시 본래의 힘을 되찾았다.

토레를 추종하는 수인족들이 연해 레벨, 혹은 해구 레벨의 마물과 결합하여 반란군 진영을 몰아붙였다. 반란군 솔샤르들도 황급히 마물과 결합하여 저항했으나 상대가 되지 못했다.

[반역자들을 박살 내라. 이미 반역의 수괴 카프레는 아군의 포로가 되었다.]

호텝이 이렇게 소리치며 수비병들을 독려했다.

암사자의 사나운 포효에 놀라 반란군들의 꼬리가 아래로 처졌다.

하라간은 일부러 호텝을 돕지 않았다.

'수인족 사이에서 벌어진 반역이잖아? 당연히 수인족 스스로 처리하는 것이 모양새가 좋지.'

이것이 하라간의 생각이었다.

호텝은 하라간의 배려를 무척 고맙게 생각했다. 위기의 순간 나타나 카프레와 아비도스, 나카다를 처리해 준 것도 고맙고, 적당한 선에서 뒤로 물러나 수인족의 체면을 세워 준 점도 감사했다.

[고마워요. 하라간 님 덕분에 반역자들을 처리할 수 있었어요.]

진압이 모두 끝난 후, 호텝은 하라간에게 감사 인사부터 했다.

하라간은 정중하게 상대를 대했다.

[천만에요. 왕비님께서 뒤처리를 잘하신 덕분이죠. 그나

저나 큰 변고를 당했다고 들었습니다.]

하라간이 언급한 변고란, 호텝의 아들 파이윰 왕자의 죽음을 의미했다. 순간적으로 호텝의 얼굴에 슬픔이 차올랐다. 이어서 반역자 카프레에 대한 분노가 그 슬픔을 대체했다. 호텝이 표독한 표정으로 물었다.

[하라간 님, 부탁이 있어요.]

[카프레 말입니까?]

하라간은 호텝이 무엇을 원하는지 알았다.

호텝이 강하게 고개를 주억거렸다.

[맞아요. 염치없는 부탁이지만 그 반역자를 제게 넘겨주세요.]

나카나와 아비도스는 하라간의 손에 죽었지만, 카프레는 아직 숨이 붙어 있는 상태였다. 하라간에 의해 봉인골마저 빼앗긴 카프레는 수인족들의 상대가 될 수 없었다.

물론 물리적으로 천족은 수인족보다 훨씬 더 강했다. 제대로 된 천족 전사는 봉인골의 도움 없이도 해구 레벨의 마물과 거뜬히 맞서 싸울 정도였다.

하지만 카프레는 정식 천족 전사가 아니었다. 게다가 그는 하라간에 의해 날개도 잘리고 두 다리도 잃은 상태였다. 그러니 만약 카프레가 호텝의 손에 떨어진다면 엄청난 고문을 당하다가 죽을 것이다.

[넘겨주기 어려운가요?]

호텝이 조심스레 하라간의 눈치를 보았다.

카프레는 천족의 비밀을 밝힐 중요한 포로였다. 하라간이 카프레를 군나르 왕국으로 데려가서 조사하겠다고 해도 호텝은 할 말이 없었다.

의외로 하라간은 욕심을 부리지 않았다.

[그러시지요.]

[네에? 진짜 그 반역자를 제게 넘겨주시는 건가요?]

호텝이 눈을 동그랗게 떴다.

하라간이 빙그레 웃었다.

[저는 귀국의 위대하신 분께 은혜를 입은 적이 있습니다.]

[아! 저도 들었어요. 4년 전에 말이죠?]

호텝이 아는 척을 했다.

하라간은 속으로 쓴웃음을 지었다.

'은혜는 무슨. 그때 나는 토레의 손에 목숨을 잃었다고.'

확실히 루잉 백작은 토레의 손에 죽었다. 하지만 그 후 하라간의 몸을 빌려 되살아났을 뿐 아니라, 어마어마한 마신이 되어 버렸다.

'가만. 그렇게 치면 내가 토레에게 은혜를 입긴 입은 셈

인가?'

하라간은 잠시 헷갈렸다.

어쨌거나 카프레는 하라간에게 별 도움이 되지 않는 존재였다. 그런 뼈다귀를 군나르 왕국에 굳이 데려가느니 차라리 이 기회에 호텝에게 은혜를 베풀어 놓는 편이 나았다.

[그렇죠. 4년 전에 은혜를 입었지요. 그러니 제가 어찌 왕비님의 부탁을 거절할 수 있겠습니까?]

하라간은 시원하게 말했다.

호텝이 하라간의 두 손을 꼭 잡았다.

[고마워요. 사실 4년 전 사건은 저희 왕국에서 하라간 님에게 미안하기도 했던 일이거든요. 그런데 그걸 잊지 않고 이렇게 양보해 주시니 정말 감사해요.]

암사자형 수인족인 호텝은 하라간보다 한 뼘은 더 컸다. 그런 호텝이 손을 꼭 잡으며 다가오면 하라간이 상대적으로 위축되거나 왜소해 보여야 정상이었다.

그런데 오히려 호텝이 위화감을 느끼고 한 발 뒤로 물러섰다.

'뭐지?'

호텝은 자신의 몸에 소름이 돋은 이유를 알지 못했다.

하라간이 화제를 돌렸다.

[그나저나 피해 규모는 확인하셨습니까?]

호텝의 얼굴이 어두워졌다.

[아니요. 아직 다 파악하지 못했어요. 그저 왕자 3명이 모두 변을 당했다는 사실만 파악했을 뿐이에요.]

토레의 첫째 왕비가 낳은 메림드 왕자는 반역자의 손에 죽었다. 둘째 왕비 호텝이 낳은 파이윰 왕자도 반역자의 손에 처참하게 피살되었다. 반역 초기 카프레는 왕자들이 머무는 별궁부터 먼저 공격해서 토레의 핏줄을 끊어 놓았다.

한데 운이 좋게도 리카온 왕자는 별궁에 머물지 않았다. 사이돈 성에서 입은 부상이 심해 다른 곳에서 치료 중이었기 때문이다.

'뭐야? 리카온마저 죽었다고?'

4년 전 리카온은 하라간의 친구였다.

사이돈 성에서 다시 만난 리카온은 무척 실망스러웠지만, 그래도 하라간은 리카온에게 싫은 소리를 하지 않았다.

하라간은 반란이 모두 진압된 다음 리카온의 얼굴이나 한번 볼 생각이었다.

'그런데 리카온이 죽었어? 카프레의 부하들이 리카온이 있는 곳을 수색해서 해치웠나?'

하라간은 얼핏 이런 생각을 했다.

곧 생각이 바뀌었다. 수인족 암사자 호텝의 눈가에 빠르게 스치고 지나간 불안한 기색을 목격했기 때문이다.

'이런!'

하라간은 깨달았다.

리카온은 반역도당의 손에 죽은 것이 아니었다. 호텝이 리카온을 죽였다. 직접 죽이지는 않았을지 몰라도, 죽이라는 명령은 그녀가 내렸다.

Chapter 2

반란으로 인해 토레 왕국이 발칵 뒤집혔다. 그 와중에 메림드와 파이윱 왕자가 모두 피살되었다. 정식 왕비가 아니라 후궁이 생산한 왕자들도 다수 죽었다.

이런 상황에서 셋째 왕비가 낳은 리카온만은 건재했다. 그렇다면 토레의 다음 후계자는 리카온으로 굳어질 확률이 높았다.

'호텝은 영민하게 이 사실을 파악하고는 남몰래 손을 썼을 거야. 반란군을 진압하는 와중에 리카온을 쓱싹했겠지. 그다음 반란군의 소행으로 위장해 놓았을 테고. 리카온은 사이돈 성에서 입은 부상 때문에 저항도 못 했을 테지? 쯧쯧쯧.'

하라간은 속으로 혀를 찼다.

세상은 비정했다. 약한 자는 죽고 강한 자만 살아남는 것이 세상 이치였다. 이곳 북부에서는 이러한 약육강식의 논리가 더 강하게 작용했다.

이어서 하라간의 머릿속에 수인족의 특성이 떠올랐다.

'그래. 수인족은 인간과는 다르지. 자식을 잃은 어미에게는 다시 수태 능력이 생겨난다고 들었어. 위급한 순간, 종족의 번식을 위해서 말이야.'

호텝은 토레와의 사이에서 여러 공주들을 낳았고, 파이윰 왕자를 생산했다. 그 후 나이가 들어 호텝의 임신 기능은 자연스럽게 퇴화했다.

그런데 급작스러운 반역으로 파이윰이 죽었다. 그러니 조만간 호텝에게 다시 수태 능력이 생길 것이다. 호텝은 새로운 왕자를 생산할 때까지 계속해서 토레와 합방을 시도할 것이 뻔했다. 물론 토레의 첫째 왕비도 마찬가지다.

'수인족의 왕권 다툼에 내가 개입할 필요는 없겠지.'

하라간은 호텝이 무슨 짓을 했는지 깨달았다. 하지만 그걸 가지고 호텝을 비난할 생각은 없었다. 리카온의 복수를 해 줘야 한다는 의무감도 들지 않았다.

'어쩌면 토레도 호텝이 한 짓을 눈치챌지 몰라. 그래도 토레는 호텝에게 벌을 내리지 않을 거야. 그의 성격이라면, 리카온이 죽은 것은 리카온이 약했기 때문이라고 치부할

테지.'

이런 생각을 하면서 하라간은 호텝과의 대화를 마무리 지었다. 호텝도 하라간이 편히 쉴 수 있도록 자리를 비켜 주었다.

하라간은 토레의 궁전에서 열흘을 보냈다.

이 열흘 동안 궁전은 연일 시끄러웠다. 반역에 조금이라도 가담되었거나, 카프레와 친분이 있는 수인족들은 모조리 끌려와 모진 고문을 당했다. 군 출신의 암사자 호텝은 궁전 안팎을 확 휘어잡고 반역자들을 처단했다. 피비린내가 사방에 진동했다.

물론 하라간 일행이 머무는 별궁은 조용했다. 호텝은 하라간을 은인으로 여기고 극진히 대접했다. 하라간의 친위대원들도 나무 군락 위에 지어진 수인족들의 독특한 궁전을 구경하며 모처럼 편안한 휴식을 취했다.

요새 하라간 일행 가운데 가장 바쁜 자는 샤샴이었다. 하라간은 툭 하면 샤샴을 불러 괴롭혔다.

[알지?]

[압니다.]

[며칠 남았더라?]

[이제 딱 이틀 남았습니다.]

샤샴이 울상을 하고 대답했다.

[그래? 얼마 남지 않았네? 이걸 어쩌나?]

하라간이 빙글빙글 웃었다.

'으윽.'

샤샴은 그 미소가 세상에서 가장 끔찍하다고 생각했다.

상대가 대답이 없자 하라간이 말을 덧붙였다.

[내가 너에게 12일의 시간을 주었지? 그 안에 도릭스를 내 앞에 유인해 와. 그렇지 않으면! 너도 보았겠지만 나는 참을성이 별로 없다고.]

약을 올리듯이 샤샴을 압박하면서 하라간은 상대의 미끈한 척추를 눈으로 더듬었다. 당장에라도 그 척추를 열어 골수를 뽑아 먹을 듯한 노골적인 눈빛이 쏟아져 나왔다.

'우우읏.'

샤샴은 진저리를 쳤다.

'벌써 열흘이 지났으니 이제 내게 남은 시간은 48시간뿐이구나. 그 전에 도릭스 님이 이곳에 나타나 저 악마와 싸우든지, 아니면 내가 저 끔찍한 마물에게 잡아먹혀 천신의 품에서 영영 멀어지든지, 결과는 둘 중 하나야.'

샤샴은 후자가 되지 않기를 간절히 빌었다.

으슥한 밤.

구름이 달빛을 가려 대지에 어둠이 넉넉하게 깔린 자정 무렵이었다. 뿔 달린 가면으로 얼굴을 가린 사내가 암석산 절벽을 발끝으로 톡톡 차서 뛰어올라 왔다. 사내의 가면은 물론이고 행동이나 동작이 산악 지대를 누비는 숫양을 연상시켰다.

뾰족한 절벽 정상에 도착한 가면 사내는 주변을 휙 둘러보았다.

어둠 속에서 날짐승이 펄럭 하강해 절벽 정상에 착지했다. 독수리보다 훨씬 더 큰 날개를 가진 이 날짐승은, 사실은 조류가 아니라 샤샴이었다.

가면 사내가 눈을 찌푸렸다.

[나를 왜 찾았소?]

[토레 왕국에 중요한 일이 발생했으니까 불렀지, 괜히 불렀겠나?]

샤샴이 퉁명스레 쏘아붙였다.

가면 사내가 눈을 더욱 깊게 찌푸렸다.

[혹시 계획에 차질이 생긴 거요? 수인족 궁전 점령을 실패했단 말이오?]

샤샴은 대답 대신 고개만 주억거렸다.

가면 사내가 의심의 눈초리로 샤샴을 노려보았다.

[정말 실패요? 우리가 토레를 다른 곳으로 유인해 주었

는데도 실패했다? 하!]

[다른 곳이라고 해 봤자 군나르 왕국이지. 그리고 내가 왜 이곳에 왔는지 잘 생각해 봐. 나는 벨커스의 계획에 따라 군나르 왕국에 침투했었다고. 그런 내가 이곳 토레 왕국에 왔다는 것은…….]

[설마 토레와 군나르가 함께 이곳에 와 있다는 뜻이오?]

샤샴이 말을 둘러대기도 전에 가면 사내가 먼저 전후 사정을 유추했다.

샤샴이 바라던 바였다. 샤샴은 이번에도 아무런 대답 없이 고개만 끄덕였다.

가면 사내의 눈빛이 딱딱하게 굳었다.

[으윽. 군주 2명이 함께 움직였다니! 그렇다면 계획이 실패할 수밖에.]

처음에 가면 사내는 이렇게 납득하는 듯했다. 하지만 곧이어 고개를 갸웃했다.

[그런데 이상하다? 골드 라이온(Gold Lion : 황금 사자)님께서 분명히 말씀하셨는데. 토레와 군나르가 서로 맞붙어 싸울 거라고, 그렇게 되도록 일을 꾸몄다고 하셨는데 어떻게 그 둘이 함께 등장했지?]

샤샴이 그 말을 받았다.

[둘이 싸운 것은 맞아. 군나르 왕국에서 내가 목격했어.]

[그런데 왜 그 둘이 함께 나타난 거요?]

[그들이 화해했으니까.]

[화해했다고? 그게 정말이오?]

가면 사내가 의심을 품었다.

샤샴이 버럭 화를 냈다.

[제기랄. 내가 왜 거짓말을 하겠나? 어쨌거나 두 군주 모두 부상이 심한 상태야. 둘이 치고받고 무섭게 싸운 터라 토레는 뿔 3개가 모두 날아갔고 군나르도 엄청난 중상을 입었지. 그런 몸 상태로 다시 이곳에 와서 카프레 부자와 전투를 벌이다 보니 지금 2명 모두 몸이 말이 아니야.]

[흐음.]

[그래서 급하게 연락을 했지. 이제 어쩔 건가? 카프레는 포로로 잡혔고, 그의 아들들은 토레와 군나르의 손에 죽었어. 여기까지만 보면 이번 작전은 실패야. 그런데 그냥 실패로 끝낼 건가? 아니면 부상이 심한 토레와 군나르를 한번 노려볼 텐가?]

군주 2명을 동시에 처리할 기회는 그리 자주 오는 것이 아니었다. 가면 사내는 눈을 빠르게 깜빡였다.

[그들의 부상이 그렇게 심하오?]

[내가 뭐라고 했어? 토레의 뿔이 모두 꺾였다니까. 게다가 군나르는 제대로 일어서지도 못한다고. 하지만 이대로

시간이 지나면 둘 다 회복되겠지. 키르샤 수준의 마물들은 원래 회복력이 말도 못 하게 빠르니까.]

[헙! 키르샤! 설마 토레와 군나르가 모두 키르샤란 말이오?]

가면 사내가 화들짝 놀랐다.

제8화
덫

Chapter 1

키르샤라는 말에 가면 사내가 기함했다.

샤샴은 버럭 성질을 부렸다.

[이런 제기랄. 내가 무슨 말만 하면 믿지를 못하는구먼. 나 샤샴이야. 천계의 꾀주머니 샤샴. 그런 내가 왜 벨커스의 졸개인 자네에게 거짓말을 해?]

어찌나 화가 났는지 샤샴은 상대를 졸개라고 폄하했다.

가면 사내는 그 말을 듣고도 반발하지 못했다.

[아니, 누가 의심을 한다고 했소?]

[지금 자네의 태도가 무척 삐딱하잖아. 안 그래? 내 말을 믿기 싫으면 그냥 가. 작전 실패로 그냥 끝내 버리고 말지,

뭐.]

샤샤이 상대를 향해 꺼지라는 의미의 손짓을 했다.

가면 사내는 잠시 망설였다.

[에잉.]

샤샤은 더 이상 상대와 말을 섞기 싫다는 듯 날개를 활짝 펴고 하늘로 날아올랐다.

가면 사내가 황급히 손을 뻗었다.

[잠깐.]

[잠깐은 무슨.]

샤샤은 듣지도 않고 더 높이 몸을 솟구쳤다.

가면 사내가 당황했다.

[잠깐. 잠깐만. 우리에게 조금만 더 시간을 주시오.]

샤샤은 살짝 하강해 고개를 갸웃하다가 되물었다.

[시간이 뭐가 더 필요해? 내 말을 믿지 못하고 머뭇거리면 어차피 토레와 군나르가 부상에서 회복될 텐데, 너희들 벨커스의 졸개들이 온전한 키르샤를 감당할 수 있겠어? 너도 알지? 키르샤급 마물들에겐 봉인석이 통하지 않는다는 거.]

가면 사내가 신음을 토했다.

[끄응. 알고 있소.]

[그래? 알고 있었네. 그럼 알아서들 해.]

샤샵이 다시 날아가 버릴 듯 날갯짓을 했다.

가면 사내가 샤샵을 붙잡았다.

[잠깐.]

[아, 왜 또?]

샤샵이 짜증을 냈다.

가면 사내가 목소리를 부드럽게 가다듬어 다시 물었다.

[북부의 두 군주가 심각한 부상을 입었다는 사실을 도릭스 님도 알고 계시오?]

[아시지.]

샤샵은 당연하다는 듯 대꾸했다.

가면 사내의 질문이 계속되었다.

[그런데 왜 도릭스 님께선 침묵하고 계시오? 부상당한 키르샤를 사냥할 좋은 기회인데?]

[영역 존중의 법칙.]

샤샵이 손가락 하나를 쭉 폈다.

[뭐요?]

[영역 존중의 법칙. 몰라? 천계에 이런 룰이 있다는 것도 몰랐어? 도릭스 님이 맡으신 사냥터는 엄연히 토레 왕국이야. 군나르 왕국에서의 작전은 벨커스가 담당하기로 약속이 되어 있었잖아. 도릭스 님은 남의 먹이를 빼앗는 경우 없는 분이 아니시라고. 그래서 너희들 벨커스의 졸개들

이 나타나 군나르를 사냥하는 사이 도릭스 님은 토레를 거꾸러뜨리시겠다는 것이 그분의 합리적인 생각이셔. 그런데 너희들이 행동을 미적거리고 있잖아. 내가 이 중대한 소식을 열흘 전에 보냈는데, 아무런 답장도 없고, 행동도 없고.]

[그건…….]

가면 사내는 말문이 막혔다.

샤샴이 거 보란 듯이 쏘아붙였다.

[거 봐. 내 이럴 줄 알았어. 너희 인간들은 언제나 그 모양이지. 의심만 많아서 이리 재고 저리 재고. 의심하고 또 의심하고. 벨커스도 똑같은 부류야. 나는 신장님들이 왜 너희들과 손을 잡았는지 이해를 못 하겠어.]

이 말을 끝으로 샤샴이 훌쩍 허공으로 솟았다.

가면 사내가 황급히 외쳤다.

[잠깐만 기다려 주시오.]

[싫어.]

샤샴은 뒤도 돌아보지 않았다.

다급해진 가면 사내가 발을 동동 굴렀다.

[내 말 좀 들어 보라니까. 지금 골드 라이온께서 이곳에 오고 계시오. 우리는 당신들 천족처럼 강하지가 않단 말이오. 그러니 키르샤를 잡으려면 우리도 전력을 모아야 하지 않겠소? 그 때문에 열흘이라는 시간이 걸린 것일 뿐, 다른

의도는 없소.]

그 항변이 통했는지 멀리 날아가던 샤샵이 다시 방향을 돌려 절벽 상공을 크게 선회했다. 샤샵이 땅에 내려서자 가면 사내가 바싹 다가왔다.

샤샵이 물었다.

[골드 라이온이 벨커스의 일곱 졸개들 가운데 우두머리라지?]

[쓰읍! 내게는 뭐라고 해도 좋소. 하지만 골드 라이온을 그렇게 비하하지는 마시오.]

가면 사내가 화를 냈다.

샤샵은 피식 웃은 뒤 되물었다.

[뭐, 그게 중요한 건 아니고. 그래서 어쩌겠다고? 도릭스 님이 토레를 공격하는 동안 군나르는 벨커스 쪽에서 맡아 주겠다 이거야?]

[공격 시점은 언제로 잡았소?]

[이틀 뒤.]

샤샵이 손가락뼈 2개를 폈다.

가면 사내가 고개를 끄덕였다.

[알겠소. 우리 전력을 어떻게든 이틀 뒤까지 맞춰 보겠소.]

[좋아.]

샤샵이 손을 내밀었다.

가면 사내는 잠시 머뭇거리다가 샤샵의 손을 잡았다. 차가운 뼈다귀의 감촉이 소름 끼쳤다. 가면 사내는 부르르 진저리를 쳤다.

샤샵은 씨익 웃어 준 다음, 다시 하늘로 날아올랐다.

'벨커스의 졸개 녀석들, 한번 된통 당해 봐라. 킥킥킥.'

밤하늘을 가로지르면서 샤샵은 이렇게 키득거렸다. 그러다 걱정스레 고개를 가로저었다.

[저 얄미운 녀석들을 덫에 끌어들여 엿 먹이는 것까지는 좋은데, 이러다 도릭스 님까지 당하시면 어떻게 하지? 하라간이 도릭스 님까지 해치울 수 있을까? 만약 그가 심해저 3층 레벨의 다즈키르샤라면 도릭스 님도 감당하기 힘드실 텐데. 후우우—]

샤샵은 무겁게 한숨을 쉬었다.

Chapter 2

벨커스의 추종자들은 결코 만만한 조직이 아니었다. 그들은 인간을 초월한 존재들로, 어지간한 천족 전사들보다 더 강했다.

'그런 자들이라면 하라간의 시선을 제법 빼앗을 수 있을 거야. 그사이 도릭스 님이 하라간을 거꾸러뜨리면 돼.'

샤샴은 이렇게 생각했다.

만약 하라간이 심해저 2층 레벨의 막키르샤라면 이 작전은 먹힐 가능성이 높았다. 만약 하라간이 다즈키르샤라면 이 작전은 위험했다. 자칫하다가는 작전에 투입된 벨커스의 추종자들이 전멸하고 도릭스도 위태로울 것이다.

'그래도 나는 죽지 않지.'

하라간의 명령대로 도릭스를 유인하고, 덤으로 벨커스의 추종자들까지 선물로 안겨 주었으니 샤샴이 벌을 받을 리는 없었다.

'에라 모르겠다. 도릭스 님이 이기건, 하라간이 이기건, 이기는 쪽이 내 편이다.'

샤샴은 그냥 이렇게 속 편하게 생각하기로 했다.

이튿날 아침, 샤샴은 하라간에게 또 불려 갔다.

[이제 얼마가 남았더라?]

하라간이 쿠션에 기대어 나른하게 물었다.

샤샴이 즉각 대답했다.

[하루 남았습니다.]

[네 생명이? 아니면 도릭스의 생명이?]

하라간이 놀리듯이 물었다.

샤샴이 자신 있게 대답했다.

[도릭스 님의 생명입니다.]

[뭐어?]

하라간이 상체를 슥 일으켰다.

[오호라. 오늘은 대답이 좀 달라졌네? 도릭스가 여기에 온대? 내일?]

질문을 하면서 하라간은 입맛을 다셨다.

샤샴은 치밀어 오르는 공포를 애써 억눌렀다.

[네. 옵니다.]

[내일?]

[그렇습니다.]

샤샴의 대답엔 망설임이 없었다.

하라간이 물끄러미 상대를 바라보았다.

샤샴은 갑자기 불안해졌다. 눈앞에 있는 이 미끈한 인간 소년은 지금까지 샤샴이 만나 보았던 그 어떤 존재보다 더 무서웠다.

'이 인간만큼 두려운 존재는 세상에 없을 거야. 여왕 폐하도 이 정도는 아니시지. 그 이전, 선대왕 폐하 부부라면 또 모를까.'

천신의 부르심을 받은 선대왕 폐하와 선대여왕 폐하는 정말 압도적인 존재들이었다. 그분들을 제외하고는 샤샴은 하라간이 가장 두려웠다.

'으헉, 가만.'

그 생각을 하자 샤샵은 갑자기 겁이 덜컥 났다.

'혹시 하라간이 빛의 신장 플라비우스 님보다 더 강한 것 아냐? 그럼 도릭스 님은 완전 망하는 건데?'

지금 도릭스가 죽으면 곤란했다. 천계의 육대신장은 그 개개인의 무력도 막강하지만, 그보다는 6명이 모여서 함께 발휘하는 '영멸의 법진'이 더 중요했다.

'마해의 초거대 마물들을 상대하려면 영멸의 법진이 꼭 필요하잖아. 그런데 도릭스 님이 여기서 죽으면 완전 끝이지.'

문득 샤샵은 이런 걱정을 했다.

하지만 곧 마음을 가다듬었다.

'에이, 설마. 아니겠지. 하라간이 도릭스 님보다 더 강할지는 몰라도 도릭스 님을 죽일 수는 없어. 도릭스 님의 권능이라면 어떻게든 생명은 건져서 도망치실 수 있을 거야.'

심지어 천족 가운데 최강자로 꼽히는 빛의 신장 플라비우스도 도릭스를 이길 수는 있어도 도망치는 도릭스를 붙잡는 것은 불가능했다.

이 세상에서 도릭스를 붙잡아 죽일 수 있는 방법은 딱 두

가지뿐.

영멸의 법진이 펼쳐져 그 안에 도릭스가 갇히거나, 아니면 천계의 여왕이 도릭스를 향해 삼신기의 '절대 신성력'을 사용하거나.

'제아무리 하라간이 다즈키르샤라고 해도 도릭스 님을 붙잡아 죽이지는 못해. 그러니까 그 점은 안심해도 돼.'

샤샴은 이렇게 위안을 삼았다.

샤샴과 면담을 마친 하라간은 호텝을 찾아갔다.

[어서 오세요, 하라간 님.]

호텝이 하라간을 반겨 맞았다. 그녀에게 있어서 하라간은 은인인 동시에 가장 중요한 징검다리였다. 미래 권력으로 건너갈 수 있는 징검다리 말이다. 호텝은 곰곰이 생각했다.

'내가 위대하신 분의 은총을 받아 다시 아기씨를 갖게 되면, 어떻게든 하라간 님을 그 아이의 후견인으로 삼아야 해. 그래야 내 아이가 이 왕국의 후계자가 될 수 있어.'

호텝은 하라간이 천족을 잡아 죽이는 장면을 직접 목격했다. 실로 조심스러운 이야기지만, 어쩌면 하라간이 토레보다도 더 강할지 모른다는 것이 호텝의 추측이었다.

하라간은 무력만 강한 것이 아니었다. 토레와 하라간의

사이가 아무래도 범상치 않았다.

'위대하신 분께서 반역을 진압하기 위해 하라간 님을 이곳에 보내 주셨어. 대체 무슨 사정이 있으셔서 그분께서 직접 이곳에 오지 못하셨는지 모르겠지만, 한 가지는 확실해. 가족을 지켜 달라고 도움을 청할 만큼 위대하신 분께서는 하라간 님을 신뢰하고 계셔.'

이렇게 판단한 호텝은 하라간과 최대한 친해지기로 결심했다.

호텝의 환대에 하라간도 빙그레 웃었다.

[왕비님, 요새 바쁘시지요?]

[맞아요. 반역도들을 처벌하느라 눈코 뜰 새가 없는 것은 사실이에요. 그래도 어쩌겠어요? 마땅히 제가 해야 할 일인걸요.]

호텝이 어깨를 으쓱했다.

하라간은 서둘러 자신이 찾아온 이유를 밝혔다.

[그럼 방해가 되지 않게 빨리 말씀드려야겠군요. 실은 왕비님께 부탁이 있어서 찾아왔습니다.]

[오! 얼마든지 말씀하세요. 하라간 님께 필요한 것이라면 무엇이든 들어 드려야지요.]

[내일 밤 궁전 남쪽의 경계를 소홀히 해 주시기 바랍니다.]

뜬금없는 부탁에 호텝의 눈이 가늘게 변했다.

[남쪽 성문의 경계를 풀어 달라고요? 분명 무슨 이유가 있으시겠죠?]

하라간은 숨기지 않고 답했다.

[반역자들을 부추긴 천족들이 내일 밤 남문을 통해 쳐들어올 겁니다.]

[네엣?]

호텝이 벌떡 일어났다. 그 바람에 다과상이 와장창 깨졌다.

천족이 쳐들어온다는 말에 호텝은 반쯤 얼이 빠졌다. 단 3명의 천족에 의해 토레의 궁전이 멸망할 뻔했다. 그러니 호텝이 경기를 일으키는 것이 당연했다.

하라간이 호텝을 안심시켰다.

[왕비님, 그때 보셨지요? 제게는 천족의 권능이 통하지 않습니다. 일반 솔샤르들은 천족과 마주치면 마물이 봉인을 당하지만, 저는 괜찮습니다.]

[아! 그랬죠.]

호텝은 뛰는 가슴을 겨우 진정시켰다.

하라간이 말을 이었다.

[그래서 경계를 소홀히 해 달라고 부탁드리는 겁니다. 토레 왕국의 솔샤르들을 불필요하게 희생시킬 필요는 없지

않습니까? 적들을 그냥 궁전 안으로 들여보내 주십시오. 뒤처리는 제가 하겠습니다.]

[이곳 궁전에서 싸우시게요?]

호텝의 눈동자가 불안하게 흔들렸다.

[적들을 잡으려면 궁전 깊숙이 유인할 필요가 있으니까요. 하지만 안심하셔도 됩니다. 싸우긴 하되 궁전이 망가질 일은 별로 없을 겁니다. 눈 깜짝할 사이에 때려잡을 생각이니까요.]

하라간의 눈이 유리알처럼 투명하게 빛났다.

호텝이 침을 꿀꺽 삼켰다.

〈다음 권에 계속〉